리니
워지네
울을 가리키네

天龍神舞

천룡신무

천룡신무 4

월인 新무협 판타지 소설

초판 1쇄 찍은 날 § 2005년 10월 4일
초판 1쇄 펴낸 날 § 2005년 10월 14일

지은이 § 월인
펴낸이 § 서경석

편집장 § 문혜영
편집책임 § 김민정
편집 § 장상수 · 이재권 · 유경화

펴낸곳 § 도서출판 청어람
등록번호 § 제1081-1-89호
등록일자 § 1999. 5. 31
어람번호 § 제2-0710호

주소 § 경기도 부천시 원미구 심곡1동 350-1 남성B/D 3F (우) 420-011
전화 § 032-656-4452 팩스 § 032-656-4453
http://www.chungeoram.com
E-mail § eoram99@chollian.net

ⓒ 월인, 2005

ISBN 89-5831-756-6 04810
ISBN 89-5831-616-0 (세트)

천룡·신무

天龍神舞

월인 新무협 판타지 소설

④

폭풍철곤(暴風鐵棍)

도서출판 청어람

목차

第二十九章

검보의 몰락

검보의 몰락

까가각—

골목 안에 몸을 숨긴 천개일의 광음마각에서 다시 심맥을 뒤흔드는 소리가 울려 나왔다. 그러자 뒤에 있던 말 한 마리도 앞발을 치켜들며 울부짖었다.

고삐를 바짝 당겨 쥔 오무평은 놈들의 집요함에 치를 떨었다.

혹시라도 포위망을 빠져나올 사람들이 있을 경우에 대비해 이곳까지 매복을 심은 것이나, 소란스런 강변을 벗어나 음공을 펼치기 훨씬 좋은 한산한 이곳 거리에 광음마각 천개일을 배치한 것 등은 지독하다고 할 만한 용병술이었다.

그러니 천하사패(天下四覇)의 하나인 서왕문이란 소리를 듣는구나 하는 생각과 함께 오무평은 말들을 쳐다보았다.

이젠 네 마리의 말들이 모두 미쳐 날뛰려 하고 있었다.

"내 저놈을 기필코!"

광음마각 천개일에게 참을 수 없는 분노를 느낀 오무평은 어자석을 박차고 나갈 자세를 잡았다.

"안 돼요, 노야! 정상이 아닌 말들을 이렇게라도 다룰 수 있는 사람은 노야뿐이에요!"

백봉령주가 다급히 외쳤다.

그녀의 말대로 오무평이 단단히 고삐를 쥐고 말들을 통제하지 않았다면 말들은 지금쯤 제멋대로 날뛰며 엉켜 버렸을 것이다.

"노야, 그냥 달리세요! 놈들이 쫓아와요!"

마차 안에서 백봉령주가 재차 소리를 질렀다.

말들이 잠시 주춤하는 사이, 강변 위로 올라온 서왕문의 무리들이 빠르게 달려오고 있었다.

"이런……."

오무평은 채찍을 들고 이러지도 저러지도 못한 채 난감한 표정을 지었다.

말을 세워 진정시키자니 따라잡힐 것 같고, 그대로 질주하자니 광분한 말들이 미쳐 날뛰다 서로 얽히거나 쓰러지기라도 하면 그때는 오히려 말들이 마차를 가로막는 장애물로 전락할 것이다.

"모두 내려서 저놈들부터 처치해라!"

유상기가 잡고 있던 그물을 놓고 마차에서 뛰어내리며 고함을 질렀다. 그러나 살아남은 사람들 중에서 제일 심한 상처를 입은 그는 땅을 박차기도 전에 천개일의 음공에 신형을 휘청거렸다.

"내게 생각이 있소!"

진우청은 유상기의 어깨를 잡아 마차 위로 도로 끌어 올리며 고개를 돌렸다.

"내 허리를 잡고 좀 받쳐!"

진우청은 유화결을 향해 소리를 질렀다.

갑작스런 진우청의 고함에 유화결은 잔뜩 인상을 쓰며 진우청을 쳐다보았다.

그 역시 광음마각의 음공 때문에 괴로움을 느끼고 있는 중이었다.

"어서, 멍청아!"

벼락같은 고함 소리에 유화결은 한 손으로는 쇠 그물을 더 힘껏 감아쥐고, 다른 한 팔로는 진우청의 허리를 감았다.

어디까지가 허린지 구별도 가지 않았지만 유화결은 팔을 끝까지 뻗어 겨우 진우청의 몸을 받칠 수 있었다.

유화결의 부축으로 양손이 자유로워진 진우청은 급히 용곤과 호곤을 꺼내 들었다.

"노인장, 계속 달리시오!"

오무평을 향해 고함을 지른 진우청은 용곤과 호곤을 강하게 부딪쳤다.

두 개의 철곤에서 쇳소리가 터져 나왔다.

깜짝 놀라 간담이 서늘해질 정도로 큰 소리였지만 천개일의 광음마각에서 터져 나오는 소리처럼 심맥과 오장육부를 긁어대는 기운은 서려 있지 않았다.

그 소리에 말들도 움찔 놀라며 고개를 흔들었다.

쨍―

강하면서도 청명한 쇳소리가 다시 한 번 사방으로 울렸다. 그러자 신기하게도 말들의 눈빛이 서서히 제 색깔로 돌아오고 있었다.

유화결과 마차 안에 있던 백봉령주는 멍한 표정으로 진우청을 쳐다보았다.

이런 방법으로 음공을 상대할 수 있으리라고는 생각도 못했던 것이다.

두 사람의 눈에는 서왕문 무리들을 개 패듯이 패던 저 몽둥이가 이런 효용도 있는가? 아울러, 저 둔하게 생긴 청년이 이런 재주도 있었던가? 하는 생각이 고스란히 담겨 있었다.

진우청으로서는 이것이 처음으로 시도하는 일은 아니었다.

캄캄한 지하에서 혈유의 주문 소리에 맞섰을 때도 용곤과 호곤을 부딪쳐 이런 충돌음을 터뜨리며 상대했다.

구멍 뚫린 벽을 통해 스며드는 바람 소리 속에 숨겨진 음울한 주문을 두 개의 곤이 부딪치는 쇳소리로 지워 버렸던 진우청은 이번에도 그 방법을 이용한 것이다.

한 번 더 충돌음이 울리자 미쳐 날뛰려 했던 말들이 안정을 찾으며 앞발을 바로 세웠다. 그리고는 마차를 끌기 시작했다.

'저놈이!'

자신의 음공이 성공을 거두기 일보 직전에 쇳소리를 터뜨리며 방해하는 진우청을 보며 천개일은 눈을 부릅떴다.

독문절기로 음공을 배우지 않은 사람이 터뜨리는 이런 음파는 한계가 있었다. 위력적이지도 않았고, 한곳을 향해 선택적으로 뻗어나가지도 않았다. 그야말로 한두 번만 통하는 임시방편일 뿐이었다.

그런데 음공을 펼치기 위한 병기가 아닌, 단순한 두 개의 쇠몽둥이에서 터져 나오는 소리가 필생의 노력이 담긴 음공을 무력화시키고 있었다.

어이없는 심정이 된 천개일은 손끝으로 극성의 공력을 불어넣으며 광음마각을 세차게 긁었고, 쇠뿔 모양의 마각에서 뼛골까지 스며들 것 같은 소리가 터져 나왔다.

"흐흡—"

진우청은 용곤과 호곤에 더욱 깊은 호흡을 불어넣으며 연속적으로 부딪쳤다.

쨍쨍쨍—

용곤과 호곤에서 아까보다 두 배는 더 큰 소리가 터져 나왔다.

고막을 파열시킬 만한 굉음이었다. 그러나 그 순간만 지나면 이상하게도 그 소리는 가슴을 진정시키고 혈맥을 어루만져 주는 기분이 들게 했다.

그렇게 몇 차례의 공방이 더 오가자 광음마각에서 울려 나오는 음파가 용호곤에서 터져 나오는 쇳소리에 완전히 묻혀졌다.

"생긴 건 곰 같아도 재주는 한두 가지가 아니구나!"

이젠 완전히 정상을 되찾은 말들의 모습을 본 오무평은 중얼거림과 함께 서둘러 고삐를 휘둘렀다.

서서히 속도를 높이기 시작한 말들이 마각에서 울려 퍼지는 광음을 뒤로한 채 거리를 질주했다.

"언제까지 이렇게 있어야 되는 거냐, 곰탱이? 팔 빠지겠다!"

혹시라도 마각을 긁는 소리가 다시 들려올까 계속해서 용곤과 호곤을 굳게 쥐고 부딪칠 자세를 취하고 있는 진우청을 향해 유화결은 고함을 질렀다.

"휴우—"

한숨을 내쉰 진우청은 용곤과 호곤을 등 뒤에 꽂고는 한 손으로 쇠

그물을 잡았다.

"도대체 제대로 하는 게 뭐냐? 돌도 못 줍고… 잡는 것도 힘들고……."

여유를 되찾은 진우청은 유화결을 향해 뚱한 소리를 질렀다.

유화결은 험악한 눈으로 진우청을 쳐다보다가 고개를 돌렸다.

진우청 앞에서는 매번 바보 멍청이 신세가 되었지만 진우청이 아니었으면 목숨이 네 개쯤 되었어도 살아남지 못했을 것이란 사실은 부인할 수 없었다.

"이랴!"

오무평의 채찍이 세차게 허공을 가르자 속도를 높이기 시작하던 마차는 마침내 처음의 속도를 내며 바람처럼 질주했다.

그그긍!

그 시각, 유가검보의 철무전 안에 든 유화성과 유가검보 무사들은 신속히 기관을 작동시켰다.

무거운 바위가 지하로 떨어져 내리며 그 바위에 달린 쇠사슬이 두꺼운 철판들을 움직여 철무전 내부를 철옹성으로 만들어갔다.

"보주! 이것이 마지막입니다!"

젊은 무사 하나가 마지막 기관의 손잡이를 잡고 유화성의 명령을 기다렸다.

그것만 작동시키면 유가검보의 철무전은 빈틈없이 쇠 갑옷을 입게 되는 것이다.

"그건… 그냥 두시오!"

유화성은 갈라지는 목소리로 답했다.

"보, 보주!"

사내는 당황한 표정으로 유화성을 쳐다보았다. 비록 세 방향은 철벽이 되었지만 나머지 한쪽 문까지 철판으로 둘러싸지 않는 한 철무전은 철옹성이 될 수 없다.

"채석장이나 광산에서 이곳으로 달려오는 사람들이 있을 수도 있소. 그러니 기다려 주시오."

유화성은 핏발 선 눈으로 창밖을 바라보며 말했다.

나머지 한쪽 문마저 철판이 내려지면 그야말로 철옹성이 되지만 대신, 그때부터는 누군가 들이고 싶어도 쉽게 들일 수 없다. 기관을 역으로 재가동시키는 데는 제법 시간이 걸리고, 이런 상황이라면 그 시간은 치명적일 수도 있었다.

"보주, 여기가 이렇게 초토화된 이상……."

쨍―

유가검보 본가가 이렇게 쑥대밭이 될 정도면 다른 검대원들은 이미 죽고도 남았을 것이란 의견을 피력하려던 젊은 무사는 말을 끝내지 못한 채 새파랗게 질렸다.

순식간에 뽑혀져 나온 표풍검이 목덜미에 닿아 있었다.

"보, 보주!"

젊은 무사는 식은땀을 흘리며 겨우 한마디를 내뱉었다.

표풍검의 검인에서 시퍼렇게 뻗어 나오는 기운이 금방이라도 목을 가를 것 같았다.

"왜 이러십니까, 보주!"

옆에 있던 무사 하나도 공포감이 물든 표정으로 유화성을 쳐다보았다.

달라도 이렇게 달라질 수 있는가?

지금의 유화성은 자신들이 이제껏 알고 있던 사람과는 너무 달랐다.

언제나 혼몽하게 취한 모습으로 자신들과 마주치면 마치 죄라도 지은 것처럼 눈을 돌리며 사라지던 사내였다.

그런 사내의 눈에서 지금은 서릿발 같은 냉기가 뻗어 나오고, 가까이 가기만 해도 베일 것 같은 예기가 온몸 가득 흘러나왔다.

"미안하오. 잠시 격해졌소."

입술을 깨물며 말한 유화성은 검을 내렸다.

"살아 있는 사람이 있다면 반드시 이곳으로 달려올 것이오. 그러니…… 우리 힘으로 이곳을 지킬 수 있는 마지막 순간까지 지켜보도록 합시다. 우리만 살자고 그런 노력마저도 하지 않는다면 나중에 죽어서도 그들을 볼 낯이 없을 것이오."

유화성은 피를 토하듯 말하며 채석장과 광산 쪽, 그리고 신안 강변 쪽을 쳐다보았다.

"알겠습니다, 보주!"

사내의 눈에서도 혈광이 뻗어 나왔다.

"모두 대형을 짜라! 좀 있으면 외벽이 무너지고 놈들이 몰려들 것이다! 하지만 이쪽만 신경 쓰면 된다! 그러니 온 힘을 다해 막아라!"

근처에 있던 검대원들 중, 가장 선임자인 듯한 사내가 고함을 질렀다.

"목숨으로 막겠습니다!"

기력을 잃었던 사내들이 다시 고함을 질렀다.

쿵!

쿵!

남쪽 벽에서 둔중한 음향이 울렸다.

다른 쪽으로는 침입이 불가능하다는 것을 간파한 서왕문의 무사들이 철무전 남쪽 외벽을 집중적으로 공격하고 있었다.

외벽 역시 튼튼하게 축조되었기에 잠시 동안은 더 버티겠지만 결국은 무너지고 말 것이다.

'화결아, 화경아…….'

유화성은 이젠 거침없이 자신을 보주라 부르는 검대원들을 쳐다보며 속으로 두 동생의 이름을 불렀다.

방금 검대원 한 명이 말한 대로 검보가 이 정도로 초토화되었다면 다른 곳은 더 심각한 타격을 입었을 것이다. 그런 생각과 함께 차라리 그곳에 남아 죽어도 같이 죽고 살아도 같이 살았으면 하는 후회감도 밀려들었다.

그때 외벽 한쪽에 구멍이 났다.

와르르―

무너진 외벽 구멍으로 포연 같은 먼지가 밀려들었다.

그리고 그 속으로 한 명의 사내가 기어들어 왔다.

파앗―

유화성의 검이 섬광을 토했다.

이곳 역시 다른 곳처럼 철판으로 둘러싸였겠지 하고 방심하며 기어들던 사내의 목이 허공으로 떠올랐다.

사내의 죽음과 함께 잠시 침묵이 흘렀다.

"구멍을 더 넓혀라!"

한줄기 굵은 목소리가 외벽 구멍을 통해 들리며 더 이상은 아무도 뛰어들지 않고 벽을 두드리는 격타음만 커져 갔다.

방심하고 구멍 안으로 들어섰다가 일검에 목이 달아나는 동료를 본 서왕문 무사들은 벽부터 완전히 부순 후 한꺼번에 몰려들 생각인 모양이었다.

외벽의 구멍이 점점 더 커지는 것을 지켜보며 유화성은 은밀하게 수신호를 보냈다.

유화성이 보낸 수신호의 의미를 알아차린 검대원들이 철무전 한쪽에 준비된 활과 화살을 들고 소리없이 다가왔다.

쾅—

다시 벽이 무너지며 이젠 네댓 명이 한꺼번에 들어올 수 있을 만한 공간이 생겼다.

아니나 다를까, 고함 소리와 함께 네 명이 한꺼번에 날아들었다.

피피핑—

화살이 쏘아지자 고슴도치가 된 사내들이 비명과 함께 바닥에 나뒹굴었다.

"쥐새끼 같은 놈들! 벽을 모두 부숴라!"

분기 가득한 목소리가 들리며 벽 곳곳에서 연속적인 격타음이 들려왔다.

유화성은 차갑게 가라앉은 눈으로 밖을 응시했다.

날은 점점 어두워지고 있었다.

앞으로 반 시진만 지나면 사위는 완전히 어둠으로 물들 것이다.

그때까지도 아무 소식이 없으면 검보의 식구들은 모두 죽었다고 봐야 한다. 아울러 두 동생도 모두…….

유화성은 세차게 고개를 흔들어 차마 하고 싶지 않은 생각들을 지웠다.

우르르—

벽 한쪽이 다시 무너졌다.

뒤를 이어 다른 쪽 벽도 무너졌다.

둑이 무너진단 말처럼 한 번 무너지기 시작하자 남아 있던 외벽은 한꺼번에 무너져 내리기 시작했다.

벽이 왕창 무너지자 대문 몇 개가 들어갈 만한 공간이 생겼다.

그 공간으로 한꺼번에 적들이 뛰어들면 화살로도 힘들 것 같았다.

그러나 적들은 서둘지 않았다.

한쪽 문을 의도적으로 닫지 않는다는 것을 간파한 놈들은 독 안에 든 쥐를 다루듯 천천히 사냥할 모양이었다.

이곳 철무전은 최악의 경우를 대비한 피난처로 수성전을 펼치기에 유리한 장비들이 많았지만 지금처럼 한쪽 면을 틔워놓은 상태에서는 오히려 독 안에 든 쥐 신세가 되어 독 입구로부터 언제 몽둥이가 날아들지를 걱정해야 했다.

염려는 곧 현실이 되어 나타났다.

활짝 열려진 공간을 통해 방패를 든 무리들이 접근해 들었다.

방패는 유가검보 이곳저곳에서 뜯은 문짝이었지만 화살을 막기에는 충분했다.

피피핑—

적들이 나타나자 활을 겨누고 있던 검대원들이 반사적으로 시위를 놓았지만 화살들은 모두 방패에 꽂혔다.

"하앗—"

철무전 입구에 선 유화성은 천둥 같은 고함과 함께 표풍검을 휘둘렀다.

표풍검에서 뻗어 나온 한줄기 검풍(劍風)이 방패 역할을 하는 문짝에 작렬했다.

콰앙—

폭음과 함께 문짝이 갈라지고 그 뒤로 몸을 숨기며 다가들던 사내들의 모습이 드러났다.

그들을 향해 다시 화살들이 날았다.

"크윽!"

"큭!"

철무전 앞으로 다가들던 사내들이 토막난 문짝들과 함께 나뒹굴었다.

"멍청한 것들! 모두 한꺼번에 달려들어라!"

밖에서 노기 가득한 목소리가 울려왔다.

"와아!"

고함 소리와 함께 흑의무복의 사내들이 물밀듯 몰려들었다.

동시에 화살들이 날았지만 뛰어드는 인간들의 숫자가 훨씬 많았다.

이젠 더 이상 화살들을 날릴 사이도 없이 난전을 펼쳐야 할 상황이었다.

챙!

챙!

활을 버린 검대원들이 검을 빼 들었다. 그러나 그들이 검갑에서 빼든 검을 쳐들기도 전에 한발 앞서 유화성의 신형이 바람처럼 앞으로 쏘아졌다.

마치 다른 사람들의 개입을 원하지 않는다는 듯 단신으로 쏘아진 유화성은 폭풍같이 검을 휘둘렀다.

검이 휘둘러지자 시퍼런 섬광이 검의 길이만큼 길게 뻗어나갔다.

수천, 수만 번을 휘두르며 검으로 스며든 정순한 내력이 생명을 띠고 검의 형상으로 뻗어 나왔다.

그것은 한 자루의 검이 토해내는 검기(劍氣)였다.

우우웅—

웅혼한 검명과 함께 한 가닥 검기는 앞을 막는 것을 모조리 베어갔다.

비명도 지르지 못한 채 쩍 갈라진 가슴과 복부를 쳐다보며 서왕문 무사들이 한꺼번에 쓰러졌다.

검기에 베인 상처는 검에 베인 상처보다 훨씬 치명적이었다.

검은 육신만 베지만 검기는 육신과 심맥마저 한꺼번에 베어버린다.

육신과 함께 심맥마저 베어져 버린 서왕문 무사들은 쓰러지기도 전에 목숨이 먼저 끊어졌다.

"저 어린 놈이 어찌 저런 무위를 지녔단 말인가?"

앞으로 나온 반백의 노인은 은은한 감탄이 감도는 눈으로 유화성을 쳐다보았다.

저런 나이에 저런 정도의 검기를 뿌린다는 것은 고금(古今)을 막론하고 놀랄 만한 일이었다. 아울러 이번 일이 몇 배는 더 어려워질 수도 있다는 예감이 들었다.

유가검보 본단을 궤멸시키기 위해 흑령권 초강용과 함께 서왕문에서 끌어들인 두 명의 빈객 중 한 명인 쇄옥장(碎玉掌) 종무득(宗戊得)은 서서히 투지가 끓어오르는 눈으로 유화성을 쳐다보았다.

그러는 사이에도 유화성의 검은 거칠 것 없이 서왕문 무사들을 베어 나갔다.

번쩍 하고 섬광이 뻗어 나오는 곳에서는 어김없이 서왕문의 무사들이 바닥을 굴렀다.

"물러서라!"

고함을 지른 종무득이 유화성을 향해 일장을 날리자 무거운 음향과 함께 아지랑이 같은 기운이 유화성을 향해 뻗어나갔다.

언뜻 보기에는 미풍처럼 부드럽게 느껴지는 장력이었지만 그 속에는 쇄옥장이란 별호처럼, 옥을 가루로 만들 만한 기운이 숨어 있었다.

신들린 사람처럼 적도들을 베던 유화성은 가슴을 부술 듯 다가오는 장력에 쾌속하게 신형을 틀며 수평으로 검을 휘둘렀다.

우우웅―

지금까지 뻗어 나오던 검기가 두 뼘은 더 길어지며 아지랑이 같은 장력에 마주쳐 갔다.

콰앙―

두 줄기 경력이 마주친 곳에서 폭음이 터지며 먼지가 피어올랐다.

한 걸음 뒤로 물러난 유화성은 검게 물든 눈으로 종무득을 쳐다보았다.

정체는 알 수 없었지만 마주친 장력은 절대로 경시할 수 없는 수준이었다.

처음 뻗어 나올 때부터 요란한 폭음을 울리는 장력은 오히려 덜 위협적이었다. 그건 장력에 쏟아 부은 기운을 완벽히 안으로 갈무리하지 못했다는 말이다. 그러나 이렇게 무거운 진동음만 울리며 음유롭게 다가오는 장력은 경각심을 느낄 수밖에 없었다.

사방으로 퍼져 나갈 음파마저 고스란히 장력 속으로 갈무리하여 마지막 순간 한곳을 향해 터지는 힘은 정말 무서운 것이다.

'단 일 합에 끝내야 한다.'

유화성은 그렇게 결심했다.

두 번, 세 번 검을 휘둘러 검기를 뿌렸다간 내력 소모가 커서 오히려 당할 수도 있었다.

"하아앗—"

일갈을 토한 유화성은 검과 하나가 되어 종무득을 향해 날아갔다.

두 눈을 부릅뜬 종무득이 두 손을 빠르게 흔들며 각각 네 번의 장력을 내뻗었다.

유화성이 검기를 뿌리는 것보다 더 많은 시간과 노력을 쏟아 부으며 단전에 쌓은 무형의 기운이 노인의 손바닥을 통해 서리서리 쏟아졌다.

그러나 유화성은 종무득의 심장을 향해 찔러가는 검을 조금도 늦추지 않았다.

종무득의 연속된 장력이 유화성의 전신을 두드리려는 찰나, 직선으로 찔러가던 유화성의 검이 커다란 원을 그리며 여덟 가닥의 장력을 한꺼번에 잘라갔다.

초식의 경계를 무너뜨린 표풍무형의 초식이었다.

콰콰쾅—

고막을 찢는 듯한 소리가 울리며 두 사람이 뻗어낸 힘이 가운데서 충돌하고 두 사람은 서로를 마주 보며 섰다.

잠시 후, 종무득의 왼쪽 입꼬리가 위로 말려 올라갔다.

"정말 좋구나!"

종무득이 흐릿한 미소를 흘렸다.

그건 마치 귀여운 손자를 대했을 때나 보일 수 있는 미소였다.

주르르—

그 미소의 끝을 따라 종무득의 입가에서 한줄기 선혈이 흘러나왔다.

"나, 쇄옥장 종무득이… 이렇게 쓰러지리라고는… 상상하지 못했거늘."

종무득은 급격히 육신을 빠져나가는 생명의 불길을 억지로 부여잡으며 입술을 움직였다.

"후회하지… 않는다……. 하지만 조심하거라… 아이야……."

종무득은 모래탑처럼 풀썩 쓰러졌다.

격렬한 대결이 벌어졌던 장내에 잠시 정적이 감돌았다.

승자와 패자, 피아를 가리기 이전에 두 명의 고수가 보여준 무위에 잠시 동안 의식의 경직 현상이 일어난 것이다.

"쿨럭!"

쇄옥장 종무득을 쓰러뜨린 유화성도 결코 무사하지만은 않았다.

기침과 함께 한 사발이 넘는 피를 쏟은 유화성의 신형이 비틀 흔들렸다.

마치 괴물을 보듯이 유화성을 쳐다보던 서왕문도들의 눈에서 다시 야수 같은 살기가 뻗어 나오기 시작했다.

"와아―"

설상가상으로 유가검보의 채석장 한곳을 무너뜨린 무리들이 포위망을 형성하고 있는 무리들과 합류했다.

원군이 합류했다는 사실은 서왕문 무사들의 사기를 몇 배나 북돋워주는 결과를 낳았다.

쇄옥장 종무득의 죽음과 함께 주춤하던 서왕문 무사들은 합류하는 동료들과 같이 고함을 지르며 몰려들었다.

한 모금의 피를 더 토한 유화성은 표풍검을 들어 올렸다.

"안 되오, 보주! 어서 안으로……."

유화성과 제일 가까이에 있던 검대원 두 명이 낚아채듯이 유화성의 양팔을 잡고 철무전 안으로 몸을 날렸다.

유화성이 철무전 안으로 들자 흐트러졌던 전열을 정비한 후 검대원들이 당기고 있던 시위를 놓았다.

피피핑—

동료들의 가세로 기고만장하며 달려오던 사내들이 고슴도치가 되어 쓰러졌다. 그들에겐 가세한 동료들이 오히려 저승으로 안내하는 저승사자였다.

다시 화살이 날아가자 서왕문의 사내들은 도검을 휘두르며 뒤로 물러났다.

"전열을 정비하라!"

물러서는 서왕문 무사들의 뒤에서 누군가 고함을 질렀다.

주춤한 서왕문 무사들이 빠르게 전열을 정비했다. 그리고 제일 앞에 선 사내들은 바닥에 뒹구는 나무판을 들고 방패막을 만들었다.

"놈들 중에 고수는 한 명뿐이다! 그나마 그놈도 이젠 기운이 다 빠졌다! 전열을 흐트러뜨리지 말고 전진하라!"

뒤에서 들리는 고함 소리에 전열을 짠 서왕문 무사들이 천천히 앞으로 걸어왔다.

다시 화살들이 날았지만 아까와는 달리 아무런 타격도 주지 못했다.

진탕된 혈맥을 다스리지도 못한 유화성은 피가 나도록 검병을 움켜쥐며 검대원들과 마지막 남은 철벽을 내릴 수 있는 기관 장치를 번갈아 쳐다보았다.

지금이라도 저 손잡이를 당기면 철판은 떨어져 내릴 것이고, 철무전은 철옹성이 될 것이다. 그러면 그 안에서 남은 검대원들과 함께 장기

전을 펼칠 수 있다.

'화결아… 화경아……'

유화성은 다시 한 번 두 동생의 이름을 가슴속으로 불렀다.

어릴 때는 서로 무공 익히기 바빠 형 노릇, 오빠 노릇 제대로 못했고, 대성을 이룬 후에는 술독에 빠져 걱정만 하게 만들었다.

동생들이 아직 살아 있다는 보장도 없지만 유화성의 가슴속에는 두 동생들의 숨결이 생생하게 느껴졌다.

'크흑!'

유화성은 피눈물을 삼켰다.

'미안하다! 화결아, 화경아! 너희들의 형과 오빠의 입장만이라면 내 몸이 천 갈래, 만 갈래 조각이 나는 한이 있더라도 이 손잡이를 당기진 않겠지만 표풍검을 물려받고, 남은 검대원들의 목숨을 책임진 보주의 입장이 된 이상 이젠 어쩔 수 없구나!'

유화성은 기관 작동 장치에 손을 갖다 댔다.

"안 되오, 보주!"

철무전 안에서 검대원들을 지휘하던 삼검대주 송원방(宋園旁)이 몸을 날리며 말했다.

"보주의 뜻은 알겠지만…… 일각, 일각만 더 기다려 봅시다."

송원방이 유화성의 몸을 밀치며 말했다.

"아무리 우리가 큰 타격을 입고 놈들의 숫자가 많아도 철무전 안에 서라면 일각은 더 버틸 수 있소. 그 후에라도 소식이 없으면 보주의 지시에 항명을 해서라도 내가 기관을 작동시킬 것이오. 그러니 일각만 더 기다려 봅시다."

송원방은 이글거리는 눈빛으로 유화성을 가로막았다.

"내가 안으로 들지 못하더라도 일각 후엔 어김없이 작동시키겠다고 약속하시오!"

잠시 망설인 유화성은 단호한 목소리와 함께 송원방을 쳐다보았다.

송원방이 이를 악물며 고개를 끄덕였다.

눈길을 돌린 유화성은 몇 번 심호흡을 한 후, 입구 쪽으로 시선을 고정시켰다. 그곳은 가장 위험하면서도 철무전 안에 있는 검대원들의 안위에 가장 큰 영향을 미치는 곳이었다.

유화성은 가볍지 않은 내상을 몇 번의 심호흡으로 다스리고는 그곳으로 쏘아졌다.

바닥에 발을 디디기도 전에 유화성의 검에서 검풍이 휘몰아쳤다.

"크악—"

"아악!"

검풍에 휩싸인 사내들의 가슴 옷깃이 너덜해지며 피가 터져 나왔다.

'계집애같이 유약한 아이인 줄 알았는데…….'

유화성을 쳐다보던 삼검대주 송원방의 눈이 활활 타올랐다.

가슴속의 상처를 이기지 못하고 항상 술에 찌들어 폐인이 되었다고 생각했던 유화성이 지금은 냉혈철심을 지닌 사내가 되어 단호하게 움직이고 있었다.

그런 유화성의 모습에 투지가 끓어오른 검대원들도 혼신의 힘을 다해 검을 휘둘렀다.

가뜩이나 병목 같은 입구에서 유화성과 검대원들의 노도 같은 공격이 퍼부어지자 악착같이 철무전 안으로 들어오려던 사내들도 당황하며 잠시 전열이 흐트러졌지만 더 많은 무리들이 뒤에서 밀고 들어오며 입구를 향해 덮쳐들었다.

"넌 이곳을 맡아라!"

유화성을 쳐다보던 삼검대주 송원방은 부하 하나에게 지시를 내렸다.

송원방의 고함에 활을 들고 있던 검대원 하나가 달려왔다.

"이곳을 사수하다가 일각 후에는 이 손잡이를 당겨라! 그 이후에도 당기지 않으면 목을 치겠다!"

고함을 지르며 지시한 송원방은 유화성 쪽으로 몸을 날렸다.

"어린 놈이 공들여 끌어들인 고수를 둘이나 처치하다니. 그들에게 들어간 돈이 얼만데."

포위망 제일 뒤에 처져 있던 서왕문의 사왕각주(死王閣主) 사일염(司一炎)은 천천히 앞으로 나오며 혀를 찼다.

"하긴, 무식하게 힘만 썼지 머리를 못 쓰는 인간들은 언젠가는 저런 꼴이 되지."

사일염은 쓰러진 종무득을 쳐다보고는 눈살을 찌푸렸다.

바깥채는 쇄옥장 종무득이, 안채는 흑령권 초강용이 진두에 서고 자신은 그 두 노인들에게 적절히 부하들을 배분하고 지휘하며 본가를 완전히 무너뜨리는 계획이었다.

그런 계획 하에 총단에서는 막대한 자금을 주고 초강용과 종무득을 끌어들였다. 물론, 그 자금은 동방회에서 나오긴 했지만……

그런데 초강용의 수급이 허공으로 날아오르고, 종무득은 가슴이 갈라지며 상황이 예상치 못한 방향으로 흘러갔다.

그런다고 결과가 달라지지는 않을 것이다.

비무대가 있는 신안강 변에서 놈들을 몰살시킨 문도들까지 합세하면 그때는 저 어린 놈이 아무리 발악을 한다고 해도 어쩔 수 없을 것이다.

하지만 저 철문이 닫히면 뻔한 결과가 한참 더 뒤로 미뤄질 수도 있었다.

그런 사태만 막아놓으면 자신의 임무는 십분 완수하는 것이다.

'우선 저놈부터!'

불끈 내력을 끌어올린 사일염은 송원방을 향해 장력을 뿌렸다.

퍼엉―

폭발음이 터지면서 장력 한줄기가 송원방의 가슴으로 쏘아졌다.

쉴 새 없이 검을 휘두르던 송원방은 강력한 장력에 대경하며 몸을 틀었다.

그러나 쾌속한 사일염의 장력은 송원방의 왼쪽 옆구리를 두드렸다.

"큭!"

비명을 터뜨린 송원방의 신형이 일 장이나 뒤로 밀려갔다.

"송 대주!"

피를 울컥 게워내는 송원방을 향해 고함을 치던 유화성도 자신을 향해 날아오는 장력에 표풍검을 휘둘렀다.

장력과 검기가 부딪친 곳에서 폭발음이 터졌다.

"으음!"

"으음!"

두 마디 갑갑한 신음이 폭음에 이어서 들려왔다.

유화성은 인상을 찌푸렸다.

표풍검을 통해서 전해지는 내력이 내부까지 뒤흔드는 기분이었다.

앞서 처치한 종무득에 비하면 한 수 아래의 수준이었지만 내력을 많이 소모한 자신 역시 지금은 평소보다 몇 수 아래의 수준이나 마찬가지였다.

"이놈은 내가 맡을 테니 어서 안에 있는 떨거지들을 몰살시켜라!"

사일염이 명령을 내리자 서왕문 무사들이 물밀듯 철무전 안으로 몰려들었다.

유화성은 자신의 양쪽으로 적도들이 쏟아져 드는 것을 느끼면서도 꼼짝 못하고 서서 사일염을 지켜보았다.

지금의 몸 상태로는 한순간만 방심해도 치명적인 공격을 받을 수 있었다.

유화성은 속이 타 들어가는 기분을 느꼈다.

이젠 삼검대주 송원방마저 쓰러진 상태에서 물밀듯 밀려드는 적도들에게 검대원들이 몰살당하는 건 시간문제이다.

유화성은 내력을 불끈 끌어올렸다.

선공밖에 길이 없었다. 팽팽한 대치 상태에서 섣불리 선공을 펼치는 것은 그만큼 불리했지만 어쩔 수 없었다.

유화성은 발끝으로 땅을 박차며 표풍광망의 검초를 펼쳤다.

우우웅―

진동음과 함께 사일염의 전신을 뒤덮을 듯한 검망이 그물처럼 쏟아져 내렸다.

그러나 사일염은 유화성의 공격에 맞부딪치지 않고 슬쩍 몸을 뺐다.

시간을 끌수록 유리하다는 것을 잘 알고 있는 대처였다.

파파팡―

표풍광망의 검초에 난자당한 바닥이 비명을 토했다.

유화성은 연이어 표풍귀일의 초식을 펼치며 사일염에게로 달려들었다.

이번에는 피하지 않고 사일염도 장력을 뿌렸다.

다시 폭음이 울렸다.

유화성은 탁한 호흡 한 모금을 내뱉었다.

마음이 급한 탓에 무리한 공격을 펼친 결과였다.

"아이야, 서둘러서는 상대를 이길 수 없단다. 느긋하게 놀아보자꾸나."

사일염은 유화성의 몸 상태와 함께 초조해하는 심중을 읽고 일정한 거리를 유지하며 시간을 끌었다.

"그렇게는 안 되지."

초조한 마음의 유화성이 철무전 안쪽을 향해 신형을 이동시키려 하자 사일염은 어김없이 거리를 좁히며 공격 자세를 잡았다.

다가오면 멀어지고, 멀어지려면 다가오는 사일염의 움직임은 교활하기가 여우 같았다.

유화성은 표풍검을 휘두르며 사일염의 가슴으로 파고들었다.

그러자 사일염은 순식간에 신형을 뒤로 뺐다.

"헛―"

신형을 뒤로 빼던 사일염은 경호성을 지르며 급하게 상체를 틀었다.

한 개의 검이 전광석화처럼 옆구리를 찔러들고 있었기 때문이다.

"화, 화결아!"

재차 사일염을 공격하려던 유화성은 귀신을 본 듯 소리를 질렀다.

죽었는지 살았는지 짐작도 가지 않았던 동생이 가장 위급한 순간에 모습을 드러낸 것이다.

"물렁탱아! 혼자서 그렇게 미친 듯이 달려가면… 엇!"

유화결을 뒤쫓아오다가 유화결의 공격을 받은 사일염이 자신에게로 몸을 트는 것을 본 진우청은 반사적으로 손을 뻗었다.

그 모습은 누군가를 공격하기보다는 부딪치지 않기 위해 상대를 막으려는 동작이었다. 그러나 사일염의 표정은 그게 아니었다.

"이, 이놈!"

사일염은 경악으로 물든 눈빛과 함께 고함을 질렀다.

충돌을 막으려고 무의식적으로 내민 손 같았지만 진우청의 커다란 손에서 정체를 알 수 없는 이상한 기운이 가슴을 압박해 오고 있었던 것이다.

픽—!

반사적으로 뻗은 사일염의 손바닥이 진우청의 손바닥과 마주쳤다.

사일염은 주르르 뒤로 밀려나며 찢어져라 눈을 떴다.

급하게 신형을 멈춘 진우청도 와락 얼굴을 찌푸렸다.

"망할 노인네… 무슨 조막손이 이렇게 매운 거야!"

진우청은 얼떨결에 부딪친 손바닥을 비비며 고함을 질렀다.

두두두—

진우청의 음성 뒤를 이어 마차가 달려오고 있었다.

"화경아!"

유화성은 사일염을 공격할 생각도 않고 마차에서 날아 내리는 유화경과 마차를 번갈아 쳐다보았다.

"형! 어서, 어서 철무전으로……!"

유화결은 마차를 철무전 쪽으로 인도하며 유화성의 팔을 끌었다.

"이, 이런 쳐 죽일 놈들이……!"

진우청과 일장을 마주치고 낭패를 당한 사일염은 이번에는 유화결이 자신은 안중에도 두지 않고 행동하자 분기탱천한 모습으로 땅을 박찼다.

"망할 노인네. 멀쩡한 손바닥을 벌겋게 만들어놓고 어딜 가겠다고?"

고함을 지른 진우청이 사일염의 진로를 막으며 하나로 조립한 용호곤을 휘둘렀다.

"이, 이놈이!"

몸을 날리던 사일염은 가슴을 향해 쓸어오는 용호곤을 보며 급급히 상체를 틀었다.

용호곤의 방향이 뚝 꺾였다.

영활한 곳이라고는 한 군데도 없는 무식한 초식이었다.

그러나 사일염은 그 단순한 움직임에 세상이 온통 몽둥이 밭이 된 것 같은 기분을 느꼈다.

파파파파팡—

다섯 번의 장력을 연속으로 갈긴 후 겨우 몽둥이 밭에서 벗어난 사일염은 숨을 고를 새도 없이 뒤로 훌쩍 몸을 날렸다.

몽둥이에 이어 갑주를 두른 말들이 짓이길 듯 돌진해 오고 있었던 것이다.

두두두—!

사일염의 옆을 스친 마차는 철무전 입구에 쓰러진 시체와 문이 부서지며 생긴 잔해들을 밟고 그대로 철무전 안으로 돌진했다.

느닷없이 들이닥친 마차로 인해 철무전 안에서의 전투도 잠시 멈추어졌다.

"어서, 곰탱아!"

철무전 안으로 든 유화결은 기관의 손잡이를 당기며 소리를 질렀다.

그그긍—

기관이 작동되며 육중한 철문이 내려오고 있었다.

"어?"

진우청은 저곳이 뭐 하는 곳이냐고 묻기라도 하는 눈으로 사일염을 쳐다보았다.

사일염 역시 혼란스런 표정과 함께 눈빛이 흔들렸다.

유가검보를 몰살시키기 위해서라면 철문 안으로 뛰어들어야겠지만 그곳에서는 꼼짝없이 갇힌 신세가 된다.

쇠몽둥이를 든 이놈과 마차에 탄 사람들만 없다면 오히려 안으로 들어가서 몰살시킬 수도 있겠지만 지금은 도저히 확신할 수 없었다.

얼떨결에 마주친 손바닥은 뼛골까지 쑤실 정도로 충격을 주었고, 시커먼 쇠몽둥이는 관운장의 청룡도보다 더한 기운을 뿜고 있었다.

"모두 밖으로 나와라!"

이번에도 여우처럼 약삭빠르게 상황을 판단한 사일염은 다급하게 고함을 질렀다.

사일염의 목소리에 싸움을 벌이고 있던 서왕문의 사내들이 벌 떼처럼 쏟아져 나왔다.

"망할!"

철문이 다 내려지기 전에 어서 빠져나오려고 아우성을 치며 쏟아져 나오는 서왕문 무사들로 인해 자신이 들어갈 틈을 찾지 못한 진우청은 불평을 내뱉은 후 마구잡이로 몸을 날렸다.

픽—!

픽—!

쏟아져 나오던 서왕문도들이 진우청과 부딪쳐 도로 튕겨 들어갔다.

쾅—!

진우청이 철무전 안에 든 직후 철무전의 마지막 철문이 둔중한 소리와 함께 굳게 닫혀졌다.

철무전(鐵武殿)

　　　　　　　　　　"이, 이런!"

　철무전 깊은 곳에서 난전을 펼치다 미처 빠져나가지 못한 서왕문 무사들과, 진우청과 부딪쳐 도로 튕겨져 들어온 서왕문도들은 굳게 닫힌 철문 앞에서 낭패한 표정을 지었다.

　이제까지 독 안에 든 쥐를 상대하는 기분으로 싸우던 그들은 이젠 정반대로 자신들이 독 안에 든 쥐 꼴이 된 것이다.

　"의리없는 놈!"

　서왕문 무사들과 섞여서 서 있던 진우청은 유화결을 쳐다보며 도끼눈을 떴다.

　자신이 밖에 있는 것을 보면서도 가차없이 기관을 작동시킨단 말인가?

　물론, 어서 안으로 들어오라고 돼지 멱따는 소리로 고함을 치긴 했지만 혹시라도 못 들었으면 어쩔 뻔했는가?

그런 생각을 하던 진우청은 사방으로 콱 막힌 공간을 의식하며 고개를 두리번거렸다.

"그런데… 내가 왜 악착같이 이곳에 들어온… 헛!"

생각을 끝까지 이어가지도 못하고 경호성을 터뜨린 진우청은 급히 용호곤을 휘둘렀다.

깡—

서왕문 무사 한 명의 검이 용호곤에 부딪쳐 불꽃을 튕겼다.

"그러고 보니 이놈들은……?"

진우청은 서왕문 문도들 틈에서 얼른 신형을 빼냈다.

입은 옷들은 유가검보 무사들과 똑같았지만 소속은 엄연히 달랐다.

이들은 강변의 관중들 틈에 섞여 각양각색의 복장으로 변장한 서왕문도들과는 달리, 유가검보 무사들의 복장으로 변장하고 있었다. 그리하여 아무 의심 받지 않고 유가검보까지 접근한 모양이었다.

기습적인 공격을 막은 진우청은 용호곤을 들어 올렸다.

'독 안에 갇힌 쥐새끼들 주제에 감히 이빨을 드러내다니.'

진우청은 갇힌 서왕문도들에게로 천천히 다가갔다.

휘익—

제일 앞에 선 사내 하나가 득달같이 칼을 휘둘렀다.

진우청은 슬쩍 용호곤을 찔러 넣었다.

강변에서 싸운 서왕문도들과는 달리, 저 거무튀튀하고 단순하게 휘둘러지는 쇠몽둥이가 얼마나 무서운 것인지 알지 못하는 사내는 조소를 흘리며 용호곤을 쳐올렸다.

그리고 그 사이로 빠르게 짓쳐들 자세를 잡았다.

용호곤 끝이 슬쩍 변화를 일으켰다.

백운 노인 가문의 천강검법 중에 있는 초식이었다.

퍼억—

용호곤을 쳐가던 칼은 허공을 가르고 용호곤은 사내의 허리를 무겁게 가격했다.

사내가 입을 딱 벌렸다.

사내는 강변의 서왕문도들과 마찬가지로 비명도 토하지 못하고 무너졌다.

"이놈이?"

동료 한 명이 너무 쉽게 쓰러지는 것을 본 다른 사내 하나가 눈에 불을 켰다.

적진 안에서 더없이 처량한 포로 신세가 되었지만 사내들의 투지는 전혀 꺾이지 않았다.

네 개의 하늘 중 한 개인 서왕문의 문도들다운 모습이었다.

사내의 장검이 허공을 갈랐다.

진우청은 사내와 똑같은 자세로 용호곤을 휘둘렀다.

까깡—

허공에서 불꽃과 폭음이 동시에 터졌다.

아무리 장검이었지만 용호곤보다는 짧았고, 무게도 가벼웠다.

사내의 장검이 그대로 두 동강이 나며 토막난 검 조각이 바닥으로 떨어졌다.

퍼억—

장검을 동강 낸 용호곤이 사내의 가슴을 찔렀다.

"큭!"

억눌린 비명을 토한 사내가 쾌속하게 뒤로 날아가다가 철문에 부딪치며 떨어졌다.

"모두 쳐라!"

두 명의 동료가 맥없이 쓰러지는 것을 본 사내 하나가 자신들이 처한 상황도 생각지 않고 소리를 질렀다.

쉬이익—

순식간에 진우청을 둘러싼 사내들이 검을 휘둘렀다.

진우청은 무너지듯 그 자리에 주저앉으며 용호곤을 장검처럼 휘둘렀다.

투다다닥—

달려들던 사내들의 발목에서 둔탁한 소리들이 울렸다.

"아악—"

"악!"

허나 가슴 등을 맞았을 때는 터져 나오지 않던 비명들이 일시에 터져 나왔다.

그리고 뒤이어 더 처절한 비명이 들렸다.

몸을 날린 유화결이 살귀처럼 서왕문도들을 베어 넘기고 있었다.

진우청도 다시 용호곤을 휘둘렀다.

우우웅—

용호곤 끝에서 천강음이 흘러나오며 곤신에 부딪치는 검들이 모조리 동강나 떨어졌다.

강철을 뚫는 백운 노인 가문의 천강검초가 곤술에 접목되어 제대로 위력을 발휘한 것이다.

"크윽!"

"아악!"

유화결의 검이 계속해서 휘둘러지며 다섯 명의 서왕문 무사들이 더 베어졌다.

"그만!"

일검대주 유상기가 고함을 질렀다.

가문을 무너뜨린 원수들이었지만 살귀의 모습이 된 유화결이 검이 동강난 사람들까지 무자비하게 베어 넘기는 것은 그냥 둘 수가 없었던 것이다.

"모조리 죽일 테다!"

유상기의 목소리가 들리지 않는 듯 유화결은 피를 뒤집어쓴 채 검을 휘둘렀다.

쨍―

진우청이 용호곤으로 유화결의 검을 막았다.

그리고 곤신으로 유화결을 밀쳤다.

유화결은 그제야 감정을 조금 가라앉히고 거친 호흡을 토했다.

"모두 무기를 버려라!"

다가온 유상기가 서왕문도들을 보며 소리를 질렀다.

"버리게 해보시지."

사내들 중 한 명이 맞받아 소리쳤다.

독 안에 갇힌 신세였지만 죽음 같은 건 조금도 두렵지 않다는 표정이었다.

"모두 이곳에서 목숨을 버린다!"

사내가 재차 고함을 치자 다른 사내들도 검을 고쳐 들며 당장이라도 앞으로 치고 나올 것 같은 자세를 잡았다.

사내들의 살기등등한 모습을 보며 진우청은 눈살을 찌푸렸다.

대체 무슨 훈련을 어떻게 받았기에 상관의 명령 한마디에 자신의 목숨마저도 연연해하지 않는단 말인가?

그런 곳이 무림이고 강호인가?

말 그대로 목숨을 노리는 곳이 아닌, 서로 무위를 비교하는 비무대 회장에서 살육전이 벌어지고 숨 쉴 틈 없이 여기까지 달려왔지만 돌이켜 보면 너무 많은 사람들이 죽었다. 그리고 죽지 않아도 될 이런 상황에서도 이들은 아무런 거리낌 없이 죽으려 하고 있었다.

이것이 강호의 모습이고 이것이 무림의 모습인가?

그래서 사부께서는 천룡신무를 가르쳐 주시면서도 무림의 고수니 뭐니 하는 건 생각지도 말라고 하신 것인가?

그래서 천룡신무 최후의 힘인 천룡후마저도 죽을 위기에 처하지 않는 이상 터뜨리지 말라고 하신 것인가?

쨍—

진우청은 용호곤을 분리했다.

"죽는 것이 즐겁소?"

용곤과 호곤을 양손에 든 진우청은 서왕문도들을 향해 가라앉은 목소리로 물었다.

서왕문도들이 미친놈을 쳐다보듯이 진우청을 쳐다보았다.

"죽는 것이 그렇게 즐겁다면 죽지 않고도 수십 번씩 죽음을 의식하게 만들어주겠소."

발끝으로 땅을 찍은 진우청의 신형이 연기처럼 어른거리며 검을 쳐들고 있는 서왕문 무사들 사이로 스며들었다.

퍼퍼픽—

용곤과 호곤이 빛살처럼 휘둘러지기 시작했다.

"아악—"

"아아악!"

이제까지와는 달리 처절한 비명들이 터져 나오기 시작했다.

비명 소리와 어우러져 용곤과 호곤이 터뜨리는 격타음이 더욱 거세어졌다.

"아악—"

"크으윽!"

파육음과 함께 사내들의 입에서 연속적으로 비명이 터졌다.

용호곤에서 전해지는 지독한 고통과 함께 처절한 비명을 내질렀지만 쓰러지는 사람은 아무도 없었다.

자신들의 몸을 허공에 띄우듯이 두들기는 두 개의 쇠몽둥이에 서왕문 무사들은 쓰러지고 싶어도 쓰러질 수가 없었다.

용곤에 허벅지를 가격당하고 쓰러지려는 순간, 어깨를 두드려 오는 호곤에 의해 신형은 거짓말같이 일으켜 세워졌고, 가장 얻어맞기 좋은 자세가 되었다.

그곳을 향해 다시 쇠몽둥이가 날아들었다.

어디를 어떻게 두들겼는지 단 한 곳도 부러진 것 같지는 않았지만 비명을 지르지 않고는 참기 힘든 고통들이 전신으로 몰려들었다.

"으아악—"

"아아악—"

이젠 모든 서왕문도들이 한꺼번에 비명을 내질렀다.

비명 소리는 갈수록 더 높아졌다.

"아직도 죽는 것이 즐겁소?"

비명 소리 속에서 핏발 선 진우청의 목소리도 들려왔다.

그리고 용곤과 호곤은 더욱 신들린 듯 춤을 추었다.

퍼버벅!

퍽!

파육음이 폭포수가 떨어져 내리며 뿜어내는 음향처럼 연속적으로 터져 나왔다.

"제발—"

"제발 그만 하시오!"

누군가의 입에서 애원하는 소리가 터져 나오며 뒤따라 다른 사람의 입에서도 똑같은 소리가 터져 나왔다.

도검에 심장이 갈라지면서도 짧은 신음 한줄기만 토하고는 죽음을 맞이할 수 있는 자신들이었다.

그러나 지금은 어린애처럼 비명을 토할 수밖에 없었다.

적진이니, 장렬한 최후니 하는 것들은 지금 이 순간 무의미했다.

두 개의 쇠몽둥이가 안겨주는 죽음보다 더한 고통만이 온 뇌리에 가득했다.

"왜 그러시오? 죽지 않고도 죽음을 맛보니 행복하지 않소?"

진우청은 더욱 세차게 용호곤을 휘둘렀다.

"그만 하게, 이 사람아!"

백운 노인의 목소리가 울렸다.

"이젠 그만 하세요… 제발!"

백봉령주의 목소리도 실내를 감돌았다.

그러나 진우청의 몽둥이질은 멈추지 않았다.

우직한 황소가 제대로 한 번 분노하면 호랑이도 줄행랑을 놓는다고 했다.

진우청이 터뜨리는 분노에, 맞는 사람들은 물론 쳐다보는 사람들도 질린 표정을 하며 만류의 소리를 질렀다.

그 소리는 더 세게 터져 나오는 비명과 파육음에 의해 깨끗이 묻혀졌다.

그리고도 몽둥이질은 한참이나 계속되었다.

"죽는 것이 그렇게 즐겁고 자랑스럽다면 하루에 몇 번씩이라도 죽음을 맛보게 해주겠소!"

마침내 몽둥이질을 멈춘 진우청이 서왕문 무사들을 향해 말했다.

후두두둑―

서왕문 무사들이 거의 동시에 무너졌다.

그리고는 온몸이 진흙탕에 빨려 들어가듯 바닥으로 퍼질러졌다.

'무, 무서워!'

눈에서 불길이 일고 있는 진우청을 보며 유화경과 백봉령주는 주춤주춤 뒤로 물러났다.

저 불길 같은 힘이 자신들을 살리고 여기까지 데려왔지만 지금은 두려움을 넘어 공포스럽기까지 했다.

단 몇 시진 전에는 덩치는 컸지만 둔해 보이고, 세파에 물이 덜 든 순박한 청년 같았는데 지금은 그 어떤 사람보다 무서웠다.

봉산철강을 장력으로 무너뜨리고 그 무수한 화살들을 맨몸으로 쳐낼 때도 이렇게 무섭지는 않았다.

그때는 무서움을 느낄 여유도 없었거니와 이 청년이 이처럼 분노하지도 않았다.

자신들로서는 저승 문턱을 몇 번이나 왔다 갔다 하는 순간에도 저 청년은 시종 한 가닥 여유를 가지고 움직였다.

그 여유 때문에 자신들도 따라서 한 가닥 여유를 가질 수 있었고 이런 두려움은 느끼지 못했다.

그러나 지금은 두려웠다.

이글거리는 눈빛과 낮게 가라앉은 호흡 속에는 모든 것을 태울 듯한 거대한 불길 같은 두려움이 느껴졌다.

'후흡—'

두려움 가득한 모든 시선들 속에서 진우청의 어깨가 가볍게 들썩였다.

격노했던 감정을 한줄기 호흡으로 가라앉히고 있는 것이다.

'잠시 발광을 했군… 쩝!'

두어 번의 심호흡으로 흥분을 가라앉히고 호흡 속에 녹아든 진우청은 자신에게 고정된 시선들을 의식하며 입맛을 다셨다.

갑자기 왜 그렇게 분노가 치밀었는지 모를 일이었다.

아마도 몇 시진에 걸친 혈전에서 자욱하게 스며든 피 냄새가 발광을 일으키게 만든 것 같았다.

붉디붉은 색의 선혈과 비릿한 혈향은 인간의 이지를 마비시키고 이처럼 광분하게 만드는 것만 같았다.

'흐흡—'

진우청은 다시 한 번 낮은 호흡을 토했다.

한 번의 발광으로 인해 온몸에 스며든 피 냄새가 조금 씻겨진 것 같았다.

대신 공허감과 피로감이 한꺼번에 몰려왔다.

힘이 부치고, 내력이 고갈되어 느껴지는 공허감이 아니었다.

수많은 주검들을 보고 그 속에서 살아남은 사람들이 공통적으로 느끼는 그런 피로감과 공허감이었다.

털썩!

누군가 바닥에 주저앉았다.

그것을 시작으로 하나둘 자리에 주저앉았다.

언제까지 이 철무전 안에서 버틸 수 있을지는 알 수 없었지만 지금은 단 일각이라도 휴식이 필요했다.

육체는 물론 정신도 같이 쉬어야 했다.

진우청도 한쪽 구석으로 걸어가 바닥에 주저앉았다.

바깥에서는 소란이 점점 커졌다.

강변에서부터 쫓아온 서왕문 무사들과 이곳에 있던 무사들이 만나며 질러대는 소리들이었다.

그러나 그들이 아무리 설쳐 대도 당분간은 어쩔 도리가 없을 만큼 철무전은 철옹성이었다.

안에 있는 사람들도 모두 그것을 느꼈기에 밖에서 아무리 떠들어도 아랑곳 않고 눈을 감았다.

차츰 밖에 있는 사람들의 고함 소리도 줄어들었다.

그들도 당장은 도리가 없다는 것을 느꼈고, 유가검보에 비해 타격은 훨씬 적었지만 휴식이 필요하기는 마찬가지였다.

날이 밝으면 온갖 계책들이 난무하며 서로를 죽이기 위해 또다시 혈안이 되겠지만 오늘밤은 어쩔 수 없는, 그러나 절실히 필요한 휴식을 취할 수밖에 없었다.

그렇게 지옥 같은 하루가 저물어갔다.

아직 해가 뜨지 않은 새벽이었다.

그러나 철무전에 든 대부분의 사람들은 깨어 있었다.

지치고 다친 몸 상태로 봐서는 며칠을 연속으로 잠에 빠져들어도 모자랄 것 같았지만 지옥을 경험한 사람들은 한 시진 정도만 눈을 붙이고는 악몽을 꾸며 깨어나거나 상처에서 느껴지는 통증으로 인해 깨어나 그 다음부터는 고스란히 밤을 지새운 것이다.

그리고 새벽을 맞았다.

새벽이라고 해서 사방은 물론 천장까지 철판으로 뒤덮인 철무전 내부가 달라 보일 건 없었지만 차가운 새벽의 냄새는 모두에게 한 가닥 생기를 일깨워 주었다.

"모두 모여라!"

충혈된 눈을 한 유상기가 철무전 가운데로 걸어나와 소리쳤다.

목소리는 낮았지만 사방이 막힌 철무전 안이었기에 선명하게 모두의 귓전으로 스며들었다.

몸을 움직일 수 있는 유가검보의 검대원들이 철무전 중앙으로 모였다.

비록 상처를 입고 초췌한 몰골이었지만 그들이 검을 들고 한자리에 모이자 예전의 위용이 잠시 되살아났다.

유상기는 앞에 모인 검대원들을 한 번 훑어보았다.

그의 눈에서 피보다 진한 눈물이 솟구쳤다.

그러나 억지로 눈물을 삼킨 유상기는 다시 입을 열었다.

"너희들도 이미 알고 있겠지만 보주님께서는 전사하셨다."

유상기는 최대한 감정을 억누르고 말했다.

"그리고 다른 대원들도 죽었거나, 운이 좋아 살아남은 몇몇도 적도의 눈이 미치지 않는 곳으로 흩어졌을 것이다."

유상기의 말대로 그 사실을 익히 알고 있는 검대원들은 아무도 입을 열지 않았다.

저쪽 구석에 앉아 밤새도록 울었던 유화경만이 퉁퉁 부은 눈으로 다시 굵은 눈물을 소리없이 흘리고 있었다.

"그리고 화성이가 이젠 새로운 보주가 되었다."

유상기는 단언하듯 말했다.

그건 당연한 것이기도 했고, 이미 표풍검을 들고 있는 유화성이었기에 아무도 이의를 제기하지 않았다. 단지 조촐한 잔치마저 생략된 너무나 초라한 취임식이 가슴을 찢어지게 할 뿐이었다.

"지금부터 너희들의 생사여탈권은 물론, 앞으로의 모든 일은 신임보주의 소관이다. 앞으로……"

"그만두십시오, 숙부님!"

유화성이 유상기의 말을 자르며 나섰다. 그리고 검대원들을 보며 입술을 움직였다.

"유가검보는 이젠 멸문한 가문이나 마찬가지니 더 이상은 의무니 규율이니 하는 것들은 무의미합니다."

유화성은 무표정한 얼굴로 말했다. 혼백이 떠난 사람 같은 유화성의 얼굴이 오싹한 느낌을 불러일으켰다.

"더 이상은 유가검보라는 이름 때문에 여러분이 희생할 필요 없소. 저들은 우리 가문을 노린 것이지 여러분을 노린 것이 아니오. 검대는 지금 이 순간부로 해체하겠소."

"화성아!"

"보주!"

유상기와 남은 검대원들이 놀란 표정으로 고함을 질렀다.

비록 얼마 살아남지 않았지만 새로운 보주를 맞아 죽을 때까지 복수에 매진하여도 모자랄 일인데 검대를 해체한다니?

"이제부터 난 지옥으로 뛰어들 것이오. 그런 지옥의 불길 속에서는 내 한 몸도 건사하기가 힘들 것이오. 여러분의 피맺힌 한은 모르는 바 아니지만 더 이상은 보주로서 여러분을 지켜줄 수가 없소. 그러니 검대는 해체하겠소. 이곳에서 살아나갈 때까지는 최선을 다하겠소. 그러나 그 후부터 여러분은 아무런 구속 없이……."

"큭큭큭!"

피를 토하는 듯한 유화성의 말이 검대원들 중 누군가의 웃음소리에 멈춰졌다.

"지옥의 불길 속이라고? 그 좋은 곳을 혼자서만 가겠단 말이지?"

눈에 핏발이 선 텁석부리 사내 하나가 유화성을 노려보며 말했다.

"보주! 보주가 코흘리개 때부터 난 유가검보의 검대원이었소. 그러나 이젠 나 역시 검대원 신분을 버리겠소. 대신 보주와 함께 지옥을 동행할 지옥조에 가입하겠소."

사내는 검을 뽑아 들어 손등을 찔렀다. 그리고 그 피를 얼굴에 묻혔다.

"큭큭!"

다시 한 명의 사내가 똑같은 웃음을 흘리며 나섰다.

"솔직히… 이제부터 내가 신임보주니 뭐니 하며 죽어도 같이 죽고 살아도 같이 살자는 따위의 개소리를 지껄였다면 철무전을 나서는 순간 사라졌을 것이오. 하지만 지옥으로 가겠다니 안 따를 수가 없소. 지옥조 이호로 가입하겠소."

두 번째 사내도 텁석부리 사내처럼 손등을 찍고 온 얼굴에 피를 뒤집어쓰다시피 했다. 그리고 그 뒤를 따라 모든 검대원들이 검을 빼 들고 손등을 찍었다.

유가검보 검대원들 중 최정예의 무사들이었고 이미 지옥을 경험하고 살아남은 사내들이었다.

그들이 지옥조 조원으로 재편하고 있었다.

탁탁—

백봉령주의 손이 빠르게 움직이고 있었다.

그에 따라 마차는 뼈대만 남긴 채 하나하나 분해되어 갔다.

"그동안 신분을 속인 건 정말 미안해요. 조직에 매인 몸에다, 누가 적이고 친구인지 몰라 그럴 수밖에 없었어요."

백봉령주는 초점을 잃은 채 한곳에만 시선을 고정시키고 있는 유화경을 향해 말했다.

"아영이하고는 외사촌 간이었어요."

백봉령주는 유화경이 듣든 말든 계속해서 얘기를 하며 손을 움직였다.

유화성에게 해주었던 것과 같은 얘기가 끝났을 때쯤 마차의 분해도 끝났다.

"그건 조심하세요!"

백봉령주가 긴장된 목소리로 말하자 같이 마차를 분해하던 묵시량 등 몇몇 사내가 흠칫하며 손놀림을 멈추었다.

백봉령주는 사내들을 대신해 조심스럽게 몇 가지 장치들을 해체했다.

그 장치들은 최악의 경우에 대비해 마차 자체를 왕창 폭발시킬 수 있는 기폭 장치였다.

"어릴 때부터 난 무얼 만드는 걸 좋아했어요. 그래서 어른들로부터 혼도 나고 매도 맞으며, 커서 시집도 못 갈 거란 얘기도 많이 들었죠."

백봉령주는 가장 중요한 부분을 분해하고 난 후 다시 말을 이었다.

옆에 있는 유화경에게 하는 얘기였지만 그 소리는 유화결과 유화성에게도 똑똑히 들렸다.

"하지만 타고난 팔자가 어디 가나요. 결국 남패천에까지 흘러들어 거기서 비원각의 백봉령주라는 직책까지 얻게 되었죠. 이 마차 역시 그곳에서 내가 설계하고 만든 거예요."

백봉령주는 잠시 말을 멈추고 여러 개의 선들을 잘라냈다.

"그릇을 가져와요."

백봉령주의 지시에 사내들이 밥그릇만한 그릇들을 여러 개 가져왔다.

백봉령주는 마차 바닥 제일 밑에 있는 판을 끄집어내어 조심스럽게 뚜껑을 분리했다. 그리고 그 속에 있는 가루들을 여러 개의 그릇에 골고루 부었다.

그릇에서는 매캐한 유황 냄새가 풍겼다. 이미 화탄으로 포위망을 뚫고 왔기에 사전 지식이 없는 사람이라도 그것이 화약이라는 것을 알 수 있었다.

"화탄을 몇 개 더 만들 생각이에요. 그리고 암기들도 다시 장착하고……."

백봉령주는 적지 않은 시간 동안 마차를 분리한 이유를 설명했다.

신안강 변에서의 격전으로 인해 비밀 무기를 거의 다 써버렸다. 지

금부터는 남아 있는 재료와 이곳 철무전에 있는 무기들로 재장전해야
했다.

"언니… 화약 잘 만들어요?"

어젯밤부터 지금까지 넋을 잃은 듯 한마디도 않고 허공만 쳐다보던
유화경이 갈라져서 전혀 딴사람같이 들리는 목소리로 물었다.

"그, 그래요. 그런데……?"

놀란 백봉령주가 유화경을 보며 답했다.

"나한테도 가르쳐 줄 수 있어요?"

유화경은 여전히 눈을 허공에 둔 채 갈라지는 목소리로 말했다.

백봉령주는 대답을 미루며 머뭇거렸다.

화약을 다루는 기술이 하루아침에 배울 수 있는 것도 아니고, 숙달
된다 해도 매 순간 목숨을 걸며 해야 하는 작업이었다.

그런 생각에 백봉령주는 유화성을 쳐다보았다.

눈을 맞춰온 유화성이 미미하게 고개를 끄덕였다.

유화경에게 있어서 지금은 그런 위험보다 살아갈 의욕을 안겨주는
것이 중요했다.

"가르쳐 줄 순 있지만 무척 위험……."

"가문이 풍비박산난 것보다 위험할까요?"

허공에 고정되어 있던 유화경의 시선에 처음으로 초점이 잡혔다.

"정체가… 뭐냐?"

하나같이 잠을 설친 중에도 유일하게 늦잠을 자고 부스스하게 일어
난 진우청을 향해 유화결이 질문을 던졌다.

유화결의 목소리도 유화경처럼 갈라져 있었고, 충혈된 눈은 당장에

라도 실핏줄이 터져 핏물이 뚝뚝 떨어질 것 같은 모습이었다.

진우청은 아직 잠이 덜 깬 눈으로 유화결을 쳐다보았다.

"정체가⋯ 뭐냐니까?"

유화결이 다시 물었다.

"좀 앉는 게 어때? 위로 쳐다보는 데는 익숙지가 않아서⋯⋯."

진우청은 칼날처럼 서 있는 유화결에게서 시선을 돌리며 말했다.

잠시 후, 유화결은 진우청 옆에 천천히 앉았다.

밤새 한잠도 못 잤는지 온몸 곳곳으로 탁한 호흡이 뿜어져 나왔다.

"뭐가 알고 싶은 거냐?"

진우청은 한숨을 한 번 내쉬고는 되물었다.

"모두가 적들 같아⋯⋯. 너도 그렇고⋯ 저 여자도⋯⋯. 모두 내 가문을 무너뜨리기 위해 은밀히 이곳으로 숨어들어 온 적들 같아."

유화결은 생기가 다 빠져나간 음성으로 말했다.

진우청은 잠시 할 말을 잊었다.

유화결의 심정이 이해가 갔다.

어느 날 갑자기 누군가 떼거리로 몰려들어 가문을 풍비박산 내고, 부모님을 모두 돌아가시게 하여 형과 동생만 남았다면 자신 역시 그럴 것이다.

아니, 어쩌면 자신은 지금 유화결만큼 냉정을 유지하지 못하고 길길이 날뛰다 죽었을지도 몰랐다.

그렇게 생각하니 밤새 한 번도 안 깨고 잔 것이 죄스럽게까지 느껴졌다.

"내가 적이었다면 네가 살았겠냐?"

진우청은 조심스럽게 답했다.

유화결의 눈이 조금 흔들렸다. 그러나 여전히 아무도 믿지 못하는 기운은 남아 있었다.

"나도 내 정체가 뭔지 궁금한 중이야. 뱀인 줄 알았는데 용 같기도 하고… 어떤 때는 네 말대로 곰 같기도 하고……."

횡설수설하던 진우청은 차가워지는 유화결의 눈빛을 대하고는 입을 다물었다. 그리고는 다시 말했다.

"그러니까… 여덟 살 때 집에서 쫓겨나다시피 하며 사부를 따라 산에 올랐지. 그리고 십 년 동안 숨 쉴 틈 없이 수련을 하던 중, 사부께서 더 이상은 못 가르치겠으니 집으로 가라고 해서 거기서도 쫓겨나다시피 내려와 이곳까지 흘러든 거야."

"사부는 어떤 사람이지?"

유화결의 눈빛이 조금 누그러지며 다시 물었다.

유화결의 질문과 함께 백봉령주는 물론 유화성과 유화경, 그리고 주변에 있는 모든 사람들의 눈이 빛을 냈다.

다른 데 신경 쓰는 척했지만 모든 관심은 진우청의 대답에 모여 있었던 것이다.

"내 말이 그 말이야. 이름도 모르고 성도 모르니… 내가 뭘 배웠는지까지도……."

유화결의 눈빛이 다시 매서워지는 것을 느낀 진우청은 조금 더 진지한 목소리로 설명을 계속했다.

"십 년 동안 당신 자신의 얘기는 거의 안 하셨지. 이십 년 계약으로 입산했기에 나머지 십 년 동안 천천히 알아보자 하고 기다렸는데 십 년 만에 쫓겨 내려오는 바람에……."

설명을 마친 진우청은 입맛을 다셨다.

자신이 생각해도 말도 안 되는 거짓말을 하는 것 같았다. 그러니 남들은 오죽하랴……

'그런데 이 자식이……?'

이번에는 진우청의 눈빛이 매서워졌다.

분위가 분위기인지라 고분고분 답해줬는데 숫제 이건 범인 취조 수준 아닌가?

"내가 너한테 뭐 못해준 거 있냐, 물렁탱이?"

진우청은 벌컥 언성을 높였다. 그리고 유화결을 노려보았다.

"미안… 하다! 생명의 은인인데……. 내 말투가 워낙……."

유화결은 눈을 내리며 어렵게, 어렵게 사과했다.

애초에는 고맙다는 말을 하러 왔는데 칼끝처럼 날카로워진 신경에다, 너무 태평스럽게 자고 일어난 진우청의 모습에 이런 분위기가 된 것이다.

"네 가문의 일에 대해서는 정말… 할 말이 없다."

시선을 떨구며 사과하는 유화결의 모습이 너무 참담하게 느껴져 진우청은 얼른 목소리를 누그러뜨렸다.

"살려준 은혜… 평생 잊지 않겠다."

애초에 하려고 했던 말을 던진 유화결이 몸을 일으켜 저만치 멀어졌다.

진우청은 금방이라도 무너질 듯한 유화결의 어깨를 보며 나직이 한숨을 내쉬었다.

第三十一章

탈출

탈출

"오늘 저녁 탈출하겠소."

철무전에서의 하루가 지나고 어둠이 내리기 시작할 무렵 유화성은 단호하게 말했다.

낮 동안 밖에서는 난리들을 쳤지만 철무전 안은 영향을 받지 않았다.

큰 통나무가 와서 부딪치기도 했고, 온갖 종류의 병기들이 긁어대기도 했지만 철벽은 꿈쩍도 하지 않았다.

그리고 어스름이 내리고 있는 지금 유화성은 자신의 생각을 말한 것이다.

"화성아!"

숙부 유상기가 당황한 표정으로 유화성을 쳐다보았다.

이곳 철무전은 장기전을 위해 심혈을 기울여 만들어진 곳이다. 그러기에 한동안은 버틸 수 있다. 그렇게 시간을 보내다 보면 두 형님이 이곳으로 달려올 것이고, 화산에서도 가만있지 않을 것이다. 너무 창졸지간에 일어난 일이라 미리 움직이지는 못했겠지만 소문은 바람보다 빠르니 얼마 후면 이곳을 향해 달려올 것이다.

유상기는 그런 자신의 뜻을 유화성에게 피력했다.

"아무도 오지 않을 겁니다."

유상기의 말에 유화성은 단호하게 말했다.

"치밀한 계획으로 이곳을 순식간에 무너뜨린 놈들입니다. 그런 놈들이 그만한 대비 하나 하지 않았으리라 생각할 수 없습니다."

유화성은 계속해서 자신의 생각을 거침없이 말했다.

"놈들이 유가검보를 무너뜨린 구체적인 이유는 알 수 없지만 이렇게 대규모로 일을 벌일 정도라면 두 분 숙부님과 화산의 움직임까지도 충분한 대책을 세워놓았을 것입니다. 그렇다면 아무리 기다려도 구원군은 오지 않을 것이고 대신, 포위망만 두꺼워질 겁니다. 한시라도 빨리 탈출하는 게 낫습니다."

유화성의 말에 잠시 동안 아무도 토를 달지 않았다.

"왜, 왜 놈들이… 가만있는 우리 가문을……!"

잠시 후 유화결이 울부짖듯 말했다.

"그건 언젠가는 밝혀지겠지. 어쨌든 놈들의 의도는 우리 가문을 쓸어버리려는 것은 확실하다."

유화성은 감정을 억누르며 말했다.

"그런데… 어떻게 탈출한단 말이냐?"

유화성과 마찬가지로 억지로 감정을 억누른 유상기는 밖을 쳐다보며 물었다.

두터운 철벽으로 인해 밖에서도 안으로 들어올 수 없지만 안에서도 밖으로 나갈 수 없었다.

밖으로 나가기 위해서는 철문 한쪽을 개방해야 가능한데 그건 자살 행위나 마찬가지였다.

"이쪽으로 오십시오."

유화성은 짤막한 말과 함께 철무전 한쪽으로 걸어갔다.

쨍—

철무전 한쪽 벽 앞에 선 유화성은 표풍검을 꺼내 들었다.

갑작스런 그의 행동에 모든 사람들은 의아한 표정으로 쳐다보았다.

유화성은 표풍검 손잡이를 양손으로 잡고 공력을 불어넣었다.

잠시 후 손잡이가 검신에서 분리되었다. 그리고 속이 빈 손잡이 안에서 돌돌 말린 양피지 한 장이 떨어져 내렸다.

"아예 통구이로 만들어주마. 흐흐흐!"

신안강 변에서 진우청과 백봉령주 일행의 방해로 뜻을 이루지 못하고 이곳까지 쫓아온 꼽추노인 서등곤(徐等坤)은 음소를 흘렸다.

등껍질 속으로 몸을 숨긴 거북이는 애써 껍질 속으로 손을 집어넣어 꺼내지 않아도 장작 위에 뒤집어 엎어놓고 불을 붙이면 그대로 거북구이가 되고 만다.

아무리 애를 써도 철무전을 뚫지 못한다는 것을 안 서등곤은 오후부터는 불에 탈 만한 것은 모두 모으게 하고 철무전 주변에다 차곡차곡 쌓아 올렸다. 그리고 저녁때쯤 철무전의 철벽 주변이 장작더미로 빈틈없이 메워지자 불을 붙이라는 명령을 내린 것이다.

"잘 타는구려!"

옆에 있던 서왕문 사왕각주 사일염도 비릿한 웃음을 흘렸다.

철무전 입구에서 유화성과 싸우다가 마차의 등장과 함께 놓쳐 버리고 부하들마저 그 안에 갇히게 만든 그로서는 꼽추노인 등에게 면목이 없었지만 그들 역시 그곳 강변에서 완전히 끝내지 못하고 노른자 격인 인간들은 놓쳐 버렸으니 서로 피장파장이었다. 그래서 누가 먼저랄 것도 없이 이런 강수로 철무전을 공격하는 것이다.

화르르—

점차 거세어지던 불길이 어느 순간부터는 걷잡을 수 없이 번져 나갔다.

"얼마나 버틸까?"

강변에서 꼽추노인과 같이 서 있던 뚱보노인 고문홍(高問弘)도 불길을 보며 흥분한 표정으로 말했다.

동굴 속에 갇힌 오소리의 심정이야 어떻든 동굴 입구에서 불을 질러 오소리가 튀어나오기를 기다리는 사람들은 흥분을 감추지 못하는 법이다.

고문홍의 표정이 딱 그랬다.

"한 시진 이상 버티면 내 손에 장을 지지겠다."

서등곤이 손가락을 들어 보이며 말했다.

"비상 통로가 있어 이미 다른 곳으로 샜다면 어쩔 것이오?"

사왕각주 사일염이 신중하게 말했다.

각자 서왕문의 각주인 그들이었지만 꼽추 서등곤과 뚱보노인 고문홍은 친구처럼 격의없는 반면, 사일염은 그들과는 거리가 있었다.

"조금 전까지도 놈들의 인기척이 그대로 느껴졌소이다. 설혹 그렇다

해도 상관없소. 이미 이 인근을 철통같이 포위하고 있으니까 말이오."

꼽추노인 서등곤은 자신있게 말했다.

"그나저나 왜 이곳을 우리가 차지해야 하는 것이오?"

사일염은 활활 타오르는 불길을 감탄스런 눈빛으로 지켜보다가 문득 질문을 던졌다.

"글쎄 말이오. 빠른 시간 안에 쳐부수고 점령해야 된다고 해서 목에 단내가 나도록 설쳤는데 와서 보니 별거없지 않소?"

고문홍도 주변을 둘러보며 고개를 갸웃거렸다.

안휘성 제일의 검가이긴 하지만 그 어느 곳에도 값나갈 만한 물건이 없었고 눈에 불을 켤 만한 특별한 것이 없었다.

"거참!"

사일염은 수염을 쓰다듬으며 당신은 혹시 뭐 알고 있지 않느냐 눈으로 서등곤을 쳐다보았다.

"나 역시 슬슬 짜증이 난단 말이오. 이 나이에 그 먼 길을 달려와 설쳤는데 뭐 챙길 게 하나도 없으니 말이오."

서등곤은 눈살을 찌푸리며 말했다.

"우리야 못 챙겨도 서왕문 자체는 동방회로부터 거액을 받았으니 돌아가면 뭔가 있겠지요."

고문홍은 입맛을 다시며 말했다.

"그건 그거고… 이런 일 다음에는 마땅히 부수입이라는 게 생기는데… 엇!"

꼽추노인 서등곤은 말을 다 끝내지 못하고 다급성을 터뜨렸다.

문이 열린 철무전 한쪽에서 백봉령주 일행이 탔던 마차가 불길을 뚫고 쏜살같이 달려나오고 있었다.

문이 열리는 데 시간이 걸렸지만 활활 타오르는 불길이 오히려 그걸 막아 모르고 있었던 것이다.

"마, 막아라!"

설마 이렇게 빠른 시간에 밖으로 튀어나올 것이라고는 예상 못하고 있던 서등곤은 반사적으로 고함을 질렀다.

피피피핑—

강변에서와 마찬가지로 마차 곳곳에서 강침들이 튀어나왔다.

원래의 강침보다는 위력이 약했지만 방심하고 있던 서왕문도들에게 치명적인 상처를 주기에는 충분했다.

"크윽!"

"큭!"

사방에서 비명이 터져 나오며 방심하고 달려들던 서왕문 무사들이 바닥으로 쓰러졌다.

"저, 저 찢어 죽일 놈들……!"

서등곤은 볼을 부르르 떨며 악을 썼다.

강변에서도 저 마차 때문에 놓치고 말았는데 이곳에서도 똑같은 꼴을 당하는 것이 기가 막힌 것이다.

"어서 막아라!"

서등곤의 명령에 정신을 차린 사내들이 장애물을 던지며 마차 앞을 가로막았다.

콰앙—

폭발음과 함께 마차의 진로를 가로막던 사람들과 장애물들이 한꺼번에 튀어 올랐다.

백봉령주가 마차 바닥에 깔린 화약으로 새로 제조한 화탄이었다.

"저, 저 육시랄 놈들!"

서등곤은 자기 분을 못 이겨 그 자리에서 팔짝팔짝 뛰었다.

뇌두면 빠른 속도로 달아나고, 접근하면 암기와 화탄이 튀어나오고…….

변방에서 전쟁을 치르는 군사들이라면 저런 종류의 마차에 대한 대응법이 있겠지만 일 대 일의 대결을 즐겨하는 무림인에게는 정말 속수무책인 마차였다.

"대문을 닫아라!"

서등곤 옆에 선 고문홍도 소리를 질렀다.

그러나 대문은 조각조각 쪼개어져 장작 무더기로 변한 지 오래되었다.

대문이 달려 있던 텅 빈 공간을 향해 마차는 질주했다.

"마차를 모는 저놈은 일검대주 유상기다! 그렇다면 저 안에는 유가검보의 자식들이 있을 수도 있다! 그래도 모르니 반은 이곳을 지키고, 나머지 반은 지름길로 달려가 마차를 막아라!"

잠시 뭔가 생각한 사왕각주 사일염은 고함을 질렀다.

마차는 말보다 안전하고 편하긴 하지만 아무 길로나 달릴 수 없는 단점이 있다. 사일염은 그 단점을 파고들어 지름길로 달려가 관도 앞쪽을 막을 생각이었다.

휙!

휘익—

수십 명의 사내들이 마차가 달려간 반대쪽으로 몸을 날렸다.

뒤이어 사일염도 사내들을 따라 몸을 날렸다.

히히히힝—

약 이각 정도를 달려온 마차는 유상기의 급한 고삐질과 함께 그 자리에 멈춰 섰다.

마차가 달릴 수 있는 넓을 길을 따라 빙 둘러 산모퉁이에 도착했을 때, 산을 가로질러 달려온 사내들이 길을 막고 서 있었다.

'으음!'

말고삐를 잡고 있던 유상기는 신음을 토했다.

인간들만 막고 섰다면 백봉령주에게서 배운 대로 장치들을 조종해 강침을 날리고, 화탄들도 던져 진로를 뚫을 수 있겠지만 인간들 앞에는 수북한 돌무더기들이 제방처럼 쌓여 있었다.

산을 가로지르며 모두들 한 개씩 들고 온 돌로 길을 막은 모양이었다.

역시 네 개의 하늘 중 하나인 서왕문이란 생각이 들었다.

비록 빙 둘러온 길이었지만 전속력으로 말을 몰았다. 그런데도 저들은 이곳에 먼저 달려와 돌무더기까지 쌓고 기다리고 있었다.

무공과 용병술 모두 유가검보로서는 상대할 수 없는 거대한 집단이란 생각이 다시 뇌리를 가득 채웠다.

'최대한 버티며 시간을 끌어야 한다.'

결심을 굳힌 유상기는 화탄 한 개를 집어 들었다.

휘익—

유상기의 손을 떠난 화탄이 돌무더기 위로 떨어졌다.

귀를 멍하게 할 만한 폭음과 함께 주변이 대낮처럼 밝아졌다.

유상기는 순간적인 섬광 속에서 돌 더미들이 허공으로 튀어 오르는 것을 보았다.

그러나 그것들은 대부분 그 주변으로 다시 떨어져 내렸다.

휘익―

유상기는 다시 한 개의 화탄을 더 던졌다.

이번에는 돌무더기 너머에 있는 서왕문 무사들을 향해서였다.

화탄이 날아가자 서왕문 무사들은 일제히 옆으로 피했다.

화탄은 터졌지만 하나가 된 듯한 움직임 가운데서 단 한 명의 희생 자도 없었다.

"한꺼번에 던질까요, 대주님?"

상처를 입은 사내 하나가 유상기를 보며 말했다.

거동이 불가능한 상처를 입고 죽음의 길로 동참한 부하였다.

"아껴두고 꼭 필요할 때만 던지게."

유상기는 젖은 목소리로 말하고는 말고삐를 더욱 굳게 잡았다.

이젠 최대한 시간을 끌며 장기전을 펼쳐야 한다. 그러면서도 일부러 시간을 끈다는 의심을 받지 않아야 한다.

휘익―

유상기는 말고삐를 잡아당겼다.

네 필의 말들이 뒷걸음질을 치며 진로를 바꾸었다.

왔던 길을 되돌아가려는 것이다.

"이랴!"

방향을 돌린 말들이 유상기의 고함 소리와 함께 왔던 길을 다시 달렸다.

그러나 일 다경도 달리기 전에 그곳 역시 막혀 있음을 안 유상기는 마차를 세웠다.

다른 한 무리의 서왕문 무사들이 퇴로마저 봉쇄하고 있었다.

"화성아, 화결아……."

유상기는 두 조카의 이름을 불렀다.

"부디 살아나거라. 그래서 원수를 갚고 유가검보를 다시 일으켜 세우거라."

유상기는 말고삐를 잡은 손을 으스러져라 움켜쥐었다.

"숙부님! 크흑!"

들판 정반대 쪽 산속에서 몸을 숨긴 채 유화결은 분루를 흘렸다.

보주의 신물인 표풍검 손잡이 속에서 나온 양피지는 철무전을 탈출할 수 있는 비밀 통로와 그곳의 문들을 열 수 있는 기관 도해였다.

그것을 보는 순간 유상기는 양동 작전을 제안하고 자신을 따를 사람을 모았다.

다리를 심하게 다쳐 거동이 불가능하거나, 철무전을 무사히 빠져나가더라도 방해만 되는 검대원들이 유상기를 따랐다.

부디 원한을 꼭 갚아달라는 피에 젖은 목소리와 함께…….

"어서 움직입시다, 보주! 일검대주님의 희생이 헛되지 않게……."

유화결과 마찬가지로 못 박힌 듯 산 아래를 내려다보는 유화성을 향해 털보장한이 낮게 말했다.

"그만 가자, 화결아!"

터져 나오려는 절규를 애써 억누른 유화성은 유화결의 어깨를 끌었다.

지금은 자신의 일거수일투족이 형제들과 검대원들, 그리고 같이 움직이는 일행의 안위와 직결된다.

자신은 뼈를 깎는 고통을 느끼더라도 태연을 가장하며 행동해야 한다.

그렇게 마음을 다잡고 겉으로는 의연하게 행동하지만 이 모든 것이 현실 같지가 않았다. 지독한 악몽 속에서 깨어나지 못하고 아직까지 허우적거리는 것 같았다.

아버지에 이어 이젠 막내숙부까지 잃었다.

아니, 잃은 것이나 마찬가지이다.

동이 틀 때까지 시간을 끌겠다고 했지만 그때까지 버틸 수 없을지도 모른다.

단 하루 사이에 일어난 일치고는 너무 처참했다.

그러나 이젠 다시 필사의 탈출을 시도해야 할 때다.

최종 목적지를 어디로 할지도 아직 결정하지 못했다.

숙부님들이 계신 유가검보 지부로 갈지, 아니면 곧장 화산으로 갈지…….

우선은 은밀히 움직이며 이곳에서 최대한 멀어져야 한다.

"어서!"

유화성은 다시 한 번 채근하며 유화결의 팔을 끌었다.

"어서 가요."

백봉령주도 유화경의 팔을 끌며 재촉했다.

"바보 같은 놈! 너 때문에 다른 사람들까지 다 죽겠다!"

발목에 만근석이라도 단 듯 움직이지 않는 유화결을 향해 마침내 진우청이 고함을 터뜨렸다. 그리고 뽑아 올리듯이 유화결의 뒷덜미를 잡고 앞장을 섰다.

그 뒤를 따라 살아남은 검대원들, 그리고 백봉령주 일행과 백운 노인이 소리없이 신형을 움직였다.

낮에는 숨어서 휴식을 취하고 밤에는 은밀히 산길을 따라 움직이는 여러 날의 강행군 동안 큰 위험에 직면하지는 않았다.

일검대주 유상기가 벌어준 하루 동안의 시간이 아직까지 안전을 지켜주는 것 같았다.

"마지막인가요?"

백봉령주는 현기조장 묵시량이 가져온 새장을 받아 들며 물었다.

"그렇습니다."

묵시량은 새장 속에서 마지막 전서구 한 마리를 꺼내주며 답했다.

백봉령주는 전서구의 다리에 달린 조그만 통에 암호 쪽지를 말아 넣고는 전서구의 날개를 몇 번 쓰다듬었다.

"무사히 도착해서 소식을 전해다오."

벡봉령주는 간절한 목소리와 함께 전서구를 날렸다.

푸르륵―

전서구는 힘찬 날갯짓과 함께 날아올라 잠시 방향을 가늠하기라도 하는지 허공을 한 바퀴 맴돌더니 어느 한 방향을 향해 쏜살같이 사라졌다.

"쩝!"

백봉령주와 묵시량의 하는 양을 묵묵히 지켜보던 진우청은 입맛을 다셨다.

쉴 새 없이 움직이며 뭔가를 궁리하고, 만들고, 비둘기를 날리는 백봉령주와 묵시량, 그리고 몇몇 사내들은 잠도 없고 뒷간도 필요없는 사람들 같았다.

철무전을 빠져나오며 용의주도하게 준비해 온 것들 때문에 최소한의 요기도 가능했고 길도 잃지 않고 이곳까지 헤쳐 나온 것 같았다. 그러나 조직이라는 큰 단체를 위해 너무 기계적으로 움직이는 그들의 모습은 인간 같지가 않았다.

"어깨는 괜찮소?"

진우청은 무뚝뚝한 음성으로 묵시량을 향해 질문을 던졌다.

유가검보 삼검대 소속 향주 나지강의 인피면구를 벗어 던지고 자신의 얼굴로 행동하던 묵시량은 움찔하며 진우청을 쳐다보았다.

강변에서는 복면을 쓴 채 결투를 벌였기에 못 알아볼 수도 있다는 생각을 했다. 그리고 지금까지 자신을 보고도 그런 내색을 않았는데 진우청이 갑자기 아는 체를 하며 그것도 아픈 부분을 건드린 것이다.

"쩝! 그땐 미안했소. 이렇게 동지가 될 줄 알았다면 그렇게 심하게 패대기는 치지 않았을 것을……."

진우청은 전혀 표정 변화 없이 묵시량의 신경을 한 번 더 긁었다.

뿌드득─

묵시량이 이를 갈며 주먹을 말아 쥐었다.

"현기조장님!"

백봉령주가 낮은 음성으로 묵시량의 주의를 일깨웠다.

어스름이 내리기 시작하는 시간이지만 아직까지는 죽은 듯이 숨어 있다가 완전히 어두워졌을 때 움직여야 한다. 그런 상황에서 자칫 자중지란이 일어나서는 안 되는 일이다.

"진 공자님도 괜한 시비 걸지 마시고 휴식이나 좀 더 취하세요."

백봉령주는 진우청을 향해서도 주의를 주었다.

"시비가 아니라… 그냥 무료해서 뒤늦은 인사나 나누자는 것인데……."

진우청은 뒷머리를 긁적거린 후 다시 말을 이었다.

"그런데 어디로 가는 것이오?"

진우청의 말에 백봉령주는 잠시 멍한 표정을 지었다.

그동안 몇 번이나 머리를 맞대고 진로를 고민하고 함께 의논했었다.

그런데 그때는 신경도 쓰지 않고 잠을 자거나 딴 짓만 하더니 이제야 진로를 묻는 진우청의 질문에 어이없는 기분이 든 것이다.

"우선은 놈들의 세력이 미칠 수 없는 곳으로 가야 해요. 닷새 정도만 더 가면 남패천 강서지부가 있는 곳이에요. 그러나 전서구가 탈없이 도착해서 강서지부에서 마중을 나온다면 사흘 후쯤에는 그들과 조우할지 모르겠어요."

백봉령주는 조심스럽게 설명했다.

"그럼 야간 행군은 사흘 후면 끝난다 그 말이지요?"

진우청은 지루한 기색이 싹 달아나는 표정으로 말했다.

"그런데 강서성이라면 항주나 소주 방향과는 어떻게 되는 것이오?"

잠시 뭔가를 생각하던 진우청은 백봉령주를 향해 다시 질문을 던졌다.

"항주나 소주? 거긴 왜……?"

백봉령주는 움직임을 멈추며 긴장된 표정으로 진우청을 쳐다보았다.

항주와 소주는 동방회의 근거지이다. 특히 소주는 동방회의 총단이 세워져 있는 곳이기도 하다.

"그냥 그곳에서 유람이나 할까 해서 그러오. 그런데 잘은 몰라도 어째 그곳에서 점점 멀어지는 것 같은 느낌이 드는데……."

진우청은 고개를 빼고는 지금껏 자신이 지나온 방향을 쳐다보며 말했다.

'대체 이 인간은⋯⋯?'

긴장되었던 백봉령주의 표정에 이젠 더없이 복잡한 기운이 떠올랐다.

휘주에서도 예측 불가능한 진우청의 행보 때문에 머리를 싸맸다.

그러나 이젠 같은 배를 타고 있기에 그런 신경을 쓰지 않았는데 이곳에서 동방회의 본거지인 항주와 소주를 들먹이다니?

"자네 지금 진심으로 하는 말인가?"

저만치서 진우청과 백봉령주의 말을 듣고 있던 절명자 오무평이 약간은 높아진 목소리로 말했다.

진우청은 갑자기 대화에 끼어든 오무평을 향해 대답 대신 뚱한 눈빛만 보냈다.

"자네는 동방회에서 우리보다 더 눈엣가시로 생각하고 있을 텐데 그들의 소굴이나 마찬가지인 소주나 항주로 가겠다는 건 범 아가리 속으로 들어가겠다는 행위나 마찬가지라 하는 말일세. 덩치나 보통이면 변장이라도 가능하겠지만⋯⋯."

오무평은 진우청의 눈에 비친 의문을 풀어주며 무의식적으로 곰방대를 들어 올렸다. 그러나 이런 상황에서는 담배를 피우는 것이 금기라는 사실은 상기하며 입맛만 다셨다.

"젠장!"

진우청은 불평을 토했다.

산을 내려와 지금까지 뭐 하나 제대로 되는 일이 없었다.

용소루에서 저녁을 공짜로 먹고, 그때 얻은 돈으로 투계판에서 겨우 푼돈을 땄을 뿐, 그 다음부터는 비무대회에 건 판돈도 날렸고 상금도 따지 못했다. 그리고 이젠 시비에 휘말려 들어 동방휜지 뭔지 하는 놈들의 눈엣가시가 되어 소주, 항주에 가지도 못하는 신세란 말이다.

"소주나 항주 땅을 그놈들이 다 산 것도 아닐 텐데……."

진우청은 좀 더 큰 소리로 불평을 토로했다.

"하지만 그곳에서 누군가 자넬 알아보면 떼거리로 달려들 걸세."

이번에는 백운 노인이 행여 그곳에는 갈 생각도 말라는 눈빛과 함께 말했다.

"무슨 짐승들도 아니고……."

백운 노인까지 가세하며 주의를 주자 진우청은 고개를 돌렸다. 그러나 적국도 아닌, 같은 나라 안에서 갈 수 없는 곳이 생겨 버린 사실이 기가 막혔다.

'그런 면에서는 짐승이나 사람이나 똑같군.'

착잡한 표정이 된 진우청은 내심 중얼거렸다.

산속의 짐승들은 자기 구역이 있었다.

그래서 자기 구역 내에 다른 짐승들이 침입하면 죽기 살기로 싸웠다.

사람들 세상에서는 좀 나을 줄 알았는데 똑같았다. 오히려 짐승들 세상보다 더한 것 같았다.

팽—

진우청은 바닥에다 세차게 코를 풀었다.

그리고는 벌떡 일어났다.

"어딜 가려고 그러나?"

백운 노인이 걱정스런 표정으로 진우청을 쳐다보았다.

"건포 조각 몇 개로는 도저히 허기가 져서 못살겠으니 토끼라도 두어 마리 잡아오렵니다."

진우청은 엉덩이에 묻은 먼지들을 툴툴 털며 숲 속을 향해 신형을 움직였다.

"토끼를 잡아도 불을 피울 수 없을뿐더러, 할 수 있다고 해도 고기 냄새를 풍겨선 안 되니 소용없네."

절명자 오무평이 진우청을 향해 말했다.

"그럼 생 걸로 뜯어 먹읍시다."

진우청은 들은 척도 않고 오무평 곁을 지나치며 상체로 묵시량의 어깨를 뚝 밀쳤다.

진우청과의 결투에서 탈골된 어깨에 충격이 가해지자 묵시량은 입을 딱 벌리며 뒤로 물러섰다.

"그럼 같이 가세."

오무평이 몸을 일으키며 진우청을 따랐다.

아직도 진우청의 정체를 의심하는 오무평은 그가 혼자 가는 것을 내버려 둘 수 없었기 때문이다.

오무평의 발자국 소리 때문에 토끼를 잡기는커녕 구경도 하지 못한 진우청은 투덜거리며 되돌아왔다.

토끼를 잡으면 추적자들에게 발각이 되든 말든 우선 구워 먹자고 할 것이 분명할 진우청이었기에 오무평은 일부러 발자국 소리를 크게 내어 주변의 모든 동물을 쫓아버린 것이다.

진우청은 오무평의 방해에 잔뜩 골이 났지만 고기를 눈앞에 보고도 못 먹는 것보다는 차라리 안 보는 게 낫다는 생각으로 체념하고는 남은 건포 조각을 우적우적 씹었다.

"이젠 움직입시다."

날이 좀 더 어두워지고 저 멀리까지 나가 보초를 서고 있던 검대원들이 돌아오자 유화성은 몸을 일으켰다.

이제까지와 똑같은 행군이 시작되는 순간이었다.

"삼 일 후면 정말 이 지겨운 행군 안 해도 되는 것이오?"

진우청은 오무평을 향해 질문을 던졌다.

"운만 조금 있어준다면……."

오무평이 가볍게 고개를 끄덕였다.

"그럼 안 되겠군!"

오무평의 대답을 들은 진우청은 빈정거리듯 말했다.

"무슨 소린가?"

오무평은 날카로운 눈초리로 진우청을 쳐다보았다.

"날 때부터 지금까지 운이 좋았던 날은 사흘도 안 되는 놈이라서 말이오."

진우청은 오무평만 들을 수 있게 낮은 소리로 악담처럼 중얼거린 후 성큼성큼 앞장을 섰다.

진우청의 악담과는 달리 그날 밤은 운이 좋았다.

그리고 그 좋은 운은 이틀 후까지도 이어졌다.

백봉령주가 학수고대하던 남패천 강서지부 사람들이 백봉령주 일행을 찾은 것이다.

백봉령주가 날린 전서구가 제대로 도착해 강서지부 무사들이 마중을 나온 모양이었다.

본군은 뒤에 있고 그들은 선발대라 열 명도 되지 않았지만 백봉령주 일행은 환호성을 질렀다.

아직 하루 정도 더 가야 완전히 남패천 영역으로 발을 들이게 되지만 동방회의 영역은 벗어났다고 봐도 무방한 것이다.

"휴우—"

진우청은 긴 한숨을 내쉬었다.

자신과는 전혀 상관없는 엉뚱한 일에 얽혀들어 지금껏 고생을 했지만 이제 해방이 된 기분이었다.

'소주나 항주가 안 된다면 동정호로 가자.'

진우청은 마음속으로 진로를 바꾸며 길게 기지개를 켰다.

"이젠 서로 헤어져야 할 시간이군요."

남패천 무사들과 조우한 조금 뒤 깊은 생각에 잠겨 있던 유화성이 조용한 목소리로 말했다.

백봉령주의 커다란 두 눈이 더욱 커졌다.

이곳까지 목숨을 건 행군을 했으면 당연히 남패천 강서지부에 들러 몸을 추스른 후 다음 일을 계획할 것이라 의심치 않았다. 그런데 유화성은 목전에서 방향을 바꾸려 하고 있었다.

"무슨 말인가요, 공자님? 동방회의 영역에서 멀어지긴 했지만 아직까지 완전한 남패천 영역은 아니에요. 그리고 여기까지 온 건 남패천으로 가기 위함이 아닌가요?"

백봉령주는 숨도 쉬지 않고 빠르게 말했다.

"우린 화산으로 갈 것이오. 단 하루라도 빨리……."

단호하게 말하는 유화성의 눈에서 칼날 같은 기운이 뻗어 나왔다.

뭔가 다른 말을 하려던 백봉령주는 유화성의 눈빛을 대하고는 입을 다물었다.

하긴, 남패천 역시 유가검보의 친구는 아니었다.

화산파의 속가라 할 수도 있는 유가검보였기에 남패천과는 알게 모르게 대립 관계에 있었다.

게다가 이젠 몰락한 것이나 마찬가지인 유가검보의 사람들을 남패천에서 반길 리도 없었고, 설사 반겨준다 하더라도 그곳에서는 더 비참한 심정을 느낄 수 있을지도 몰랐다.

백봉령주 자신의 입장에서야 전혀 그런 심정이 아니지만 유화성 일행은 그럴 수 있었다.

백봉령주는 긴 한숨을 내쉬었다.

처음으로 자신이 남패천이라는 단체에 매인 것이 후회스러웠다.

그렇지 않다면 무슨 수를 써서라도 유화성을 따라가며 돕고 싶었다.

"고맙다는 말을 해서는 안 되겠지?"

진우청에게로 다가온 유화성은 진우청의 손을 잡았다.

"고맙다는 말로서 자네에게 입은 은혜를 갚자면 평생 염불처럼 외우고 다녀도 모자랄 테니까."

진우청의 손을 잡은 유화성의 손에 점점 힘이 들어갔다.

진우청은 두 눈만 몇 번 끔벅거린 채 할 말을 잊었다.

언제까지 같이 다닐 순 없는 사람들이었지만 이건 너무 갑작스러웠다.

그동안 지옥 같은 험로를 뚫고 지나와 이제 긴장을 풀고 조금 여유를 가져도 될 것 같은데 유화성은 다시 험로를 택해 그 길을 걸어가려는 것이다. 그리고 그 눈빛에는 무엇으로도 뜻을 바꿀 수 없는 기운이 서려 있었다.

'그때의 그 주정뱅이가 맞는 건가?'

진우청은 용소루에서 처음 봤을 때에 비해 너무 달라 보이는 유화성의 지금 모습과 함께 온몸으로 풍겨 나오는 짙은 피 냄새를 맡고는 한숨을 내쉬었다.

누구든 그런 일을 당했다면 이렇게 변할 수밖에 없으리라. 그리고 또 누구도 그걸 탓할 수 없는 일이었다.

"너무 무모한 결정이 아닙니까? 적진을 완전히 벗어나 기력이라도……."

진우청은 걱정스런 표정으로 말하다 단호하게 흔드는 유화성의 고갯짓에 입을 다물었다.

그 어떤 것도 지옥으로 가겠다는 사내의 뜻을 꺾을 수는 없을 것 같았다.

"언젠가 또 볼 수 있는 날이 있겠지. 그때까지 몸조심하게."

오히려 진우청을 걱정한 유화성은 천천히 진우청의 손을 놓고 등을 돌렸다.

세상의 무게를 다 짊어진 듯한 사내의 등이 망막을 가득 채워왔다.

그 망막 속으로 문득 또 한 사람의 형상이 겹쳐졌다.

유화성을 보면 언제나 그 모습이 떠올랐다.

폭풍우 속에 핀 한 떨기 화초 같은 여인!

고독한 유화성의 등에 흐릿하게 이여옥의 모습이 투영되어 왔다.

진우청은 그 영상을 조금이라도 더 붙잡아보려 안간힘을 썼지만 이여옥의 모습은 아지랑이처럼 사라지고 유화결의 모습이 그 자리를 대신했다.

'망할 놈!'

이여옥의 영상을 흩어버리며 다가오는 유화결을 보고 진우청은 내심 중얼거렸다.

"곰탱이……."

냉막한 표정의 유화결이 나지막하게 말했다.

'이 자식이……?'

진우청은 눈을 부릅떴다.

그 순간 유화결의 팔이 와락 진우청의 어깨를 끌어당겼다.

"무, 무슨 짓이야, 이 미친놈!"

진우청은 펄쩍 뛸 듯이 고함을 질렀다.

"언젠가는……."

잠시 진우청의 어깨에 둘렀던 팔을 풀어낸 유화결이 입술을 움직였다.

"강호에 발을 들여놓은 이상, 언젠가는 네놈도 피를 흘리는 날이 올 것이다. 그때는… 나를 불러라. 내 피 한 방울도 남김없이 다 뽑아줄 테니까."

유화결은 손을 내려 유화성과 마찬가지로 진우청의 손을 굳게 잡았다.

표정은 얼음장 같았지만 손은 유화성보다 오히려 더 따뜻했다.

잠시 유화결을 쳐다보던 진우청은 피식 웃음을 흘렸다.

"네놈 피를 어디다 쓰란 말이냐? 너무 물렁해서 선짓국도 못 끓일 텐데."

진우청이 실없는 농담을 던졌지만 생기를 잃은 유화결의 눈빛은 조금도 밝아지지 않았다.

이윽고 유화결은 천천히 진우청의 손을 놓고 등을 돌렸다.

"저도 고맙다는 말은 하지 않을게요. 하지만 은혜는 평생 잊지 않겠어요."

유화경도 눈물이 글썽이는 눈으로 진우청을 향해 작별 인사를 했다. 그리고는 결연한 표정으로 유화성을 쳐다보았다.

"난 언니를 따라가겠어요. 그래서 화약을 다루는 법을 배우겠어요, 오라버니."

유화경의 목소리가 칼로 자르듯 울려 나왔다.

목소리뿐만 아니었다. 그동안 철없는 막내로 두 오빠에게 친구처럼 막 대하던 말투도 달라져 있었다.

깍듯한 존대와 오빠 대신 오라버니라는 호칭!

유화성도 유화결도 잠시 말문을 열지 못했다.

잠시 후 유화성의 고개가 천천히 끄덕여졌다.

유화경에게는 오히려 남패천이 나을지 몰랐다.

친인이라고는 없는 곳에서 설움이야 말할 수 없이 크겠지만 자신들이 가고자 하는 길만큼은 위험하지 않으리라.

"잘 부탁하오, 이 소저. 언젠가……."

유화경을 부탁하던 유화성은 입을 다물었다. 현재의 그로서는 뒷일을 기약하는 말을 할 수가 없었기 때문이다.

백봉령주는 대답을 하지 못하고 세차게 입술을 깨물며 고개만 끄덕거렸다.

말을 하려고 입을 열면 울음이 먼저 터져 나올 것만 같았다.

이렇게 이별을 하여야 하는 건가?

이렇게 헤어질 수밖에 없는 것인가?

백봉령주는 가슴이 찢어지는 느낌이었다.

그동안 생사를 넘나드는 험로였지만 저 사내와 함께했기에 힘든 줄도 몰랐다.

그러나 이런 감정은 저 사내에게는 사치일 것이다.

백봉령주는 무너질 것 같은 신형을 억지로 바로 세웠다.

"그럼!"

포권을 지어 백운 노인과 오무평, 그리고 남패천의 무사들에게도 눈인사를 한 유화성은 신형을 움직였다.

누구보다 섬세하고 다정다감한 사내였지만 지금은 그 어떤 비정한 사내들보다 더 단호하게 등을 돌렸다.

"부디 몸조심해라, 물렁탱아!"

진우청은 유화결의 등 뒤로 고함을 질렀다. 유화결은 묵묵히 걸음만 옮겼다.

대신, 다시는 뒤돌아보지 않을 것 같던 유화성이 천천히 돌아서며 백봉령주를 쳐다보았다.

짧은 순간이었지만 억겁처럼 영원한 시간이 두 사람 사이로 흘렀다.

유화성의 눈은 백봉령주의 얼굴에서 마지막으로 한 번 더 옛 연인의 모습을 찾고 있었다.

'아영!'

마침내 백봉령주의 눈에서 닭똥 같은 눈물이 주르르 볼을 타고 내렸다.

자신의 얼굴에서 아영의 흔적을 찾는 유화성을 향해 억지 미소라도 지어주고 싶은 마음은 간절했지만 터져 나오는 오열에 백봉령주는 두 손으로 얼굴을 가리고 무너졌다.

"미안하오……."

백봉령주의 귓전으로 유화성의 목소리가 바람결처럼 서서히 멀어져 갔다.

第三十二章

혈로(血路)

혈로(血路)

　　　　　　　　　　"휴우—"

　진우청은 어스름 속으로 사라져 가는 유화성과 유화결 등을 보며 낮
은 한숨을 내쉬었다.

　유화성의 모습과 행동은 거듭해서 이여옥을 떠올리게 만들었다.

　세찬 폭풍우 속에서 온통 꽃잎이 찢겨진 채 피어 있는 꽃!

　특히 조금 전 백봉령주를 쳐다보던 유화성의 눈빛은 마차를 타고 멀
어지며 자신을 쳐다보던 이여옥의 눈빛과 너무 닮아 보였다.

　'어떻게 지내고 있을까?'

　문득 진우청은 이여옥의 안위가 궁금했다.

　동시에 임문정에 대한 참을 수 없는 적의가 가슴속 가득 차 오르는
것을 느꼈다.

　대체 무슨 짓을 벌이고 있는 것일까?

자신의 목적을 위해 한 가문을 이렇게 잔인하게 풍비박산 낸 놈이라면…… 그런 놈과 함께하는 그녀는 무사할 것인가?

그때는 임문정에게 이여옥을 넘겨준 자신의 결정이 잘한 것인지 잘못한 것인지 판단을 내릴 수 없었지만 지금은 커다란 후회가 밀려왔다.

그때 아무리 그녀가 스스로 택한 길이라고 강변하더라도 해천 노인에게 다시 데려다 주어야 했다는 생각도 들었다.

그러나 사람에겐 제각각의 운명이 있다는 이여옥의 목소리를 떠올리며 진우청은 다시 한 번 긴 한숨을 내쉬었다.

"땅 꺼지겠네, 이 사람아……."

연거푸 한숨을 내쉬는 진우청의 귓전으로 백운 노인의 목소리가 들렸다.

진우청은 얼른 고개를 돌리며 주위를 둘러보았다.

백봉령주는 아직도 오열을 멈추지 못하고 유화경과 함께 흐느끼고 있었다.

오무평과 남패천의 무사들도 너무 무거운 분위기 탓인지 우두커니 서 있었다.

그렇게 유화성과 유화결, 그리고 남은 유가검보의 무사들은 시야에서 사라졌다.

"노인장께선 어쩌시렵니까?"

유화성 일행이 사라진 방향에서 고개를 돌린 진우청은 백운 노인을 보고 물었다.

"집으로 돌아가야지!"

백운 노인은 아무 일 없었다는 듯이 말했다.

"하지만……."

너무 쉽게 나오는 백운 노인의 대답에 눈을 끔벅거린 진우청은 노인의 가문에는 아무런 일이 없을까 걱정이 되었다.

"빙 둘러 가면 괜찮을 걸세!"

가는 것이 문제가 아니라 집에 도착했을 때가 문제일 것 같았는데 백운 노인은 여전히 태연함을 잃지 않고 답했다.

"그럼 집까지 모셔다 드리겠습니다."

진우청은 태평스런 백운 노인의 모습에 일단 걱정을 접으며 말했다.

"다시 그곳으로 가면 자네에겐 문제가 많을 텐데……."

"그건 제가 하고 싶은 말입니다. 저야 여차하면 아디로든 사라지면 되지만 거기서 사셔야 하는 노인장께서야말로 정작 큰 문제가 있는 것 아닙니까?"

진우청은 속에 눌러두었던 염려를 입 밖으로 토로했다.

"괜찮을 걸세. 그 점에 대해선 나름대로 생각이 있다네."

백운 노인은 무슨 복안이 있는 표정으로 답하고는 곰방대에 담배를 재우고 불을 붙였다.

그동안 피우고 싶어도 억지로 참았던 터라 담배를 재우는 손이 자신도 모르게 빨라지고 있었다.

그것을 본 절명자 오무평 역시 곰방대를 꺼내 담배를 재우고 불을 붙였다.

이젠 거의 적진을 벗어났으니 담배 한 모금 정도는 크게 신경 쓸 일이 아니었다.

진우청은 고개를 돌려 오무평에게 시선을 주었다.

"노인장의 곰방대 휘두르는 모습과 쇠꼬챙이 휘두르는 모습은 정말 감명 깊었습니다."

"자네 몸놀림에 비하면 조족지혈이지."

오무평은 보일 듯 말 듯한 미소를 지으며 대꾸했다.

두 노인이 담배를 다 피우고 난 후, 진우청은 백운 노인과 함께 악연인지 인연인지 알 수 없는 남패천 사람들과도 이별을 했다.

"노인장께선 정말 걱정이 안 되십니까?"

백운 노인과 함께 산길을 걸으며 진우청은 질문을 던졌다.

그놈들과 대항해 유가검보의 편에서 싸웠으니 그놈들이 가만있지 않을 것이란 생각이 들었다.

그런데 집으로 돌아가는 노인은 여전히 그런 걱정은 하지 않고 태연하기만 했다.

"글쎄……."

노인은 잠시 뜸을 들였다가 말을 이었다.

"인가장이라면 앙심을 품고 우리 가문에 분풀이를 하겠지만 동방회라면 그러지 않을 걸세. 이번 일은 동방회가 벌인 것이고, 동방회의 목적은 우리 가문이 아닐세. 무슨 이유인지는 모르겠지만 그들의 목적은 유가검보였고, 이제 목적을 이뤘네. 그러니 그쪽으로 매진하지, 사소한 것으로 또 다른 말썽거리를 만들려 하지는 않을 걸세. 그래도 혹시나해서 수아를 집으로 돌려보내며 당분간은 가족들 모두 지부대인 집으로 가 있으라고 해두었네. 그놈들 힘이라면 지부대인의 목쯤이야 문제도 아니겠지만 굳이 그럴 필요가 없겠지. 그러니 이젠 자네도 마음을 놓게."

말을 마친 백운 노인은 잠시 쉬어가자는 듯 길옆 바위에 엉덩이를 걸쳤다.

진우청도 백운 노인 옆에 주저앉았다.

"용의주도하시군요."

진우청은 그 짧은 순간에 손녀와 가족들의 안전을 확보해 두고 유가검보와 인가장, 아니, 서왕문 문도들과의 싸움에 뛰어든 노인의 행동을 생각하며 혀를 내둘렀다.

"강호란 그런 곳일세. 음모와 계략이 난무하는 곳에서 순간순간 상황을 정확히 판단하고 대응하지 않는다면 아무리 무공이 뛰어나도 언젠가는 뒤통수를 맞게 된다네. 자네도 항상 그걸 명심하게."

백운 노인은 무공은 걱정없지만 그런 면에서는 햇병아리나 마찬가지인 진우청을 깊숙한 눈으로 쳐다보며 말했다.

"더러운 곳이군요. 강호는……."

진우청은 낮은 목소리로 내뱉었다.

"인간들이 사는 세상 자체가 그렇지."

백운 노인도 한탄처럼 내뱉고는 다시 곰방대를 꺼냈다.

밤을 새워 걸어오며 벌써 몇 번째인지 이젠 기억도 나지 않았다. 마치 이제까지 못 피운 담배를 한꺼번에 다 피우는 것 같은 모습이었다.

진우청은 백운 노인의 입과 코에서 뿜어져 나오는 담배 연기를 따라 하늘을 쳐다보았다. 어느새 별들은 새벽의 여명 속으로 사라져 가고 있었다.

"그런데… 앞으로 어떻게 될까요?"

잠시 후 진우청은 불쑥 질문을 던졌다.

"뭐가 말인가?"

백운 노인이 고개를 돌렸다.

"유가검보의 혈겁 말입니다. 멀쩡하던 한 가문이 이렇게 멸문을 당하고 수많은 사람들이 죽었는데 그냥 아무런 일도 없었다는 듯이……."

"세상은 이긴 자들의 뜻대로 흘러가게 마련이라네."

노인은 진우청의 말을 자르며 답했다.

"……."

"내막이야 어떤 것이든 이번 사건의 발단은 유가검보의 젊은 향주들이 인가장의 장남을 죽였기 때문에 시작된 싸움이었지. 그래서 눈이 뒤집힌 인가장주가 현상금을 내걸었고 그 현상금 사냥꾼들에 의해서 유가검보는 멸문지경에 이르렀지."

"하지만 그건 음모라고……."

진우청은 유화성 가문의 뜻을 대변하며 말했다.

"강호의 커다란 분쟁들은 거의 음모의 소산물이지. 싸움에 이겨 그 음모를 백일하에 뒤집지 못하면 십중팔구는 이긴 자들의 뜻대로 흘러간다네."

"그 말씀은……?"

"인가장으로서는 충분히 유가검보를 칠 이유가 있었고, 막대한 금액을 걸어 사냥꾼들이 움직인 것이지. 그 사냥꾼들 대부분이 서왕문 출신이겠지만 어느 것 하나 밝혀진 건 없다네. 설사 밝혀졌다 하더라도 이번 싸움에서 유가검보가 패했으니 그런 것들은 패한 자들의 시신과 함께 파묻히고 말걸세."

백운 노인은 미리 생각하고 있은 듯 막힘없이 말했다.

"그런 억지가 어디 있습니까?"

"패자에겐 억지겠지만 이긴 자들에겐 그게 정의이지. 언젠가 유화성 그 아이가 복수를 하게 된다면 그때는 유가검보가 정의가 되겠지."

백운 노인은 세상 물정 모르는 진우청에게 비정한 강호의 생리를 가르치기라도 하듯 냉정하게 답했다.

"노인장, 잠시만……."

백운 노인의 설명을 들으며 얼굴을 찌푸리던 진우청은 얼른 손바닥으로 백운 노인의 곰방대 불빛을 가렸다.

느닷없는 진우청의 행동에 백운 노인은 급히 곰방대를 흙 속에 찔러넣어 담뱃불을 껐다.

두 사람은 청력을 돋우어 주변의 기척을 살폈다.

바람 소리를 타고 미세한 소음이 들려왔다.

많은 수효는 아니었지만 발자국 소리를 죽이며 은밀히 다가오는 인기척이었다.

진우청은 천천히 용호곤을 빼 들었다.

백운 노인도 긴장한 표정으로 검갑을 들어 올렸다.

"백운! 거기 있나?"

잔뜩 긴장한 두 사람의 귓전으로 뜻밖의 소리가 들렸다.

"해천?"

백운 노인은 믿을 수 없다는 음색으로 마주 소리를 질렀다.

흐릿한 여명을 가르고 다가온 미세한 인기척은 뜻밖에도 해천 노인과 몇몇 청년들이었다.

청년들은 비무대회장에서 백운 노인을 보필하던 백운무관의 무사들이었다.

진우청은 용호곤을 내리고 긴장을 풀었다.

"대체… 이게 어찌 된 일인가?"

백운 노인은 너무 뜻밖에 만난 해천 노인의 손을 잡으며 소리를 높였다.

"그건 내가 할 말일세. 대체 어쩌자고……."

해천 노인은 백운 노인의 손을 흔들며 걱정 가득한 음성으로 말했다.

진우청은 두 노인의 두터운 정리에 아무 말도 않고 잠시 쳐다만 보았다.

"자네도 무사하구먼!"

해천 노인은 진우청에게도 눈길을 주며 인사를 했다.

"걱정을 끼쳐 드려 죄송합니다."

진우청은 마주 인사를 하며 빙긋 미소를 지었다.

"그런데 어찌 날 찾았나?"

백운 노인은 아직도 뜻밖이란 표정을 지우지 못하며 물었다.

"저놈이 자넬 찾아주더구먼. 허허!"

해천 노인은 웃음과 함께 청년 하나에게로 눈길을 주었다.

청년의 품에는 하얀 담비 한 마리가 안겨 있었다.

잡티 하나 없는 흰 털에, 반짝이는 눈동자는 언뜻 보기에도 예사 놈이 아닌 것 같았다.

"허허! 설아, 네 녀석이 날 찾았구나."

백운 노인이 너털웃음과 함께 팔을 벌리자 흰색 담비는 청년의 가슴을 가볍게 박차며 백운 노인의 품으로 뛰어들었다.

날아든다는 표현이 더 어울리게 백운 노인의 품으로 안겨든 담비의 움직임은 순간적으로 흰 빨랫줄이 쭈욱 늘어난 것 같았다.

'호랑이 잡는 담비라더니…….'

진우청은 내심 혀를 내둘렀다.

청년과 백운 노인과의 거리는 삼 장도 넘어 보였는데 담비는 땅으로 내려서지도 않고 그 자리에서 새처럼 백운 노인의 품으로 날아든 것이다.

"그래, 식구들은?"

잠시 흰색 담비를 쓰다듬던 백운 노인은 청년들에게 가족들의 안위를 물었다.

청년들은 백운무관과 가족들에게는 아무런 문제가 없음을 전했다. 그것은 백운 노인이 조금 전 예측했던 것과 조금도 다르지 않았다.

백운 노인과 진우청은 동시에 안도의 눈빛을 교환했다.

"우선 이것부터 좀 들게나."

잠깐 동안의 안부 인사가 나눠진 후, 해천 노인은 서둘러 보자기를 풀었다. 그 안에는 간단하지만 꼭 필요한 요깃거리가 들어 있었다.

"허허!"

백운 노인은 너털웃음과 함께 사양 않고 음식을 손에 들었다.

그동안 건포 조각으로 연명한 것이 마찬가지였다.

"자네도 어서 들게."

물론 진우청은 사양하지 않았다.

백운 노인과 진우청은 잠시 동안 숨도 쉬지 않고 음식을 삼켰다.

"그곳은 어떻게 돌아가는가?"

허기를 조금 달랜 백운 노인은 해천 노인에게 휘주 인근의 상황을 물었다.

탈출 이후 어떻게 상황이 바뀌었는지 궁금했던 진우청은 귀를 쫑긋 세웠다.

"일검대주 유상기는 죽었네."

해천 노인은 유화성의 숙부 유상기의 부음부터 전해주었다.

조카들에게 조금이라도 더 시간을 벌어주기 위해 양동 작전으로 적들을 유인하며 싸우던 유상기는 마차를 몰고 혈투를 벌이다가 마지막 순간 화탄을 모두 터뜨리며 같이 타고 있던 무사들과 함께 자폭했다고 했다.

마차에 장착된 암기들과 그 외 모든 장비들을 사용해 밤새 버티고 마지막 순간 자폭으로 시신마저 온전히 남기지 않았기에 사태를 정확히 파악하는 데는 한참 더 시간이 걸렸다고 했다.

아마도 유상기의 처절한 사투 덕분에 그의 조카들, 그리고 진우청 등은 이곳까지 무사히 오게 된 것 같았다.

유상기와는 짤막한 인사 정도밖에 나누지 못했지만 조카들을 살리고자 만류에 만류를 거듭하는 유화성에게 검까지 뽑아 들며 고함을 친 후 사지로 뛰어들던 모습을 떠올리며 진우청은 가슴이 찡해지는 느낌을 받았다.

"그 후는……?"

"한참 더 지난 다음 속은 것을 알고 추적이 시작되었네. 그래서 나도 급히 달려온 것이네. 그 다음부터는 나도 모르겠고……."

해천 노인은 설명을 끝마치곤 유가검보의 참상이 아직도 믿기지 않는 표정으로 혀를 찼다.

"어쨌든 자네가 이렇게 무사하다니 정말 다행일세."

"다 이 친구 덕분이지. 화살마저도……."

"들었네. 신성이 떴다고 하더구먼. 붕산철장 막철웅도 일장에 날려 보냈다고 하더군."

해천 노인은 새삼스런 눈으로 진우청을 쳐다보았다.

진우청은 멀뚱히 해천 노인을 바라보며 신성이란 말뜻을 몰라 눈을 끔벅거렸다.

무림의 후기지수에겐 최상의 칭찬이었지만 붕산철장이 누구인지도 모르고 무림에 대해 문외한이나 마찬가지인 진우청은 그 뜻을 정확히 인식하지 못했다.

대신 자신에 대한 소문이 널리 퍼질 수도 있다는 생각에 오히려 인상을 찌푸렸다.

되도록이면 가명을 썼지만 본명도 몇 번 썼으니 십 년 동안의 가출 행보에 방해가 될 수도 있었다.

"그건 그렇고 추적이 시작되었다고 했는데……."

백운 노인은 갑자기 생각난 듯 말했다.

"그렇다네. 유상기가 몰았던 마차에 유가검보의 자식들이 타지 않았다는 것을 알고는 추적이 시작되었다네. 그런데 방향이 정반대인 것 같아 다행일세."

해천 노인은 안도의 표정을 지었다.

"반대?"

"그렇다네. 철무전에서 한참 떨어진 인근에서 흔적이 발견되었는데 그곳은 이곳과는 정반대였다네."

해천 노인은 의구심이 깃든 표정으로 설명했다.

"허허! 그건 유화성 그 아이의 작품일세. 영특한 아이더구먼. 그 긴박한 순간에도 여러 개의 그런 표식을 정반대 쪽으로 남겨놓고 떠났으니……."

그리고는 그간의 상황들을 서로 간략히 설명했다.

해천 노인의 설명에 진우청도 당장은 안심이 되는 표정을 지었지만 추적이 다시 시작되었다는 말이 걱정을 모두 떨쳐 내지는 못했다.

'잘 헤쳐 나가겠지. 술이 깬 모습은 비범함 그 자체의 사내였으니까……'

진우청은 애써 걱정을 떨쳐 버리고는 두 노인을 쳐다보았다.

"그런데 두 분은 이제 어쩌시렵니까? 집으로 가실 건지……?"

"당분간은 그러지 않는 게 좋을 걸세. 돌아가더라도 한 열흘 어디서 놀다가 가세. 그래야 놈들에게 그간의 행적이 노출되지 않을 게 아니겠나?"

해천 노인은 백운 노인의 행적과 함께 유화성 등의 행적도 노출될 수 있음을 걱정하며 의견을 피력했다.

"그도 그렇겠구먼. 놈들이 그렇게 집요하게 추적할 줄은 몰랐네."

백운 노인은 걱정스런 눈빛과 함께 고개를 끄덕였다.

"그럼 당분간 어디 유람이나 좀 해보게."

해천 노인이 말했다.

'유람?'

진우청은 유람이란 말에 눈을 반짝 빛냈다.

산을 내려오며 가장 하고 싶었던 게 그것이 아니었던가?

그걸 하려면 돈이 필요했기에 도박을 하며 쉽게 돈을 벌려다가 온갖 고생을 하며 이곳까지 왔다.

아직도 불씨는 남아 있었지만 우선은 일단락되고 유람을 할 수 있을 것 같았다.

그런 생각과 함께 동이 터오고 있었다.

진우청은 온 얼굴 가득 햇살을 받으며 기지개를 쭉 켰다.

겹겹이 펼쳐진 산들을 바라보며 기지개와 함께 긴 하품까지 늘어지게 하던 진우청의 눈빛이 어느 순간 매의 그것처럼 날카롭게 빛났다.

"후후! 정말 영리한 놈이군!"
한 중년인이 설레설레 고개를 흔들었다.
"하마터면 끝까지 속아 정반대 쪽으로 줄기차게 달릴 뻔했어."
중년인의 입가로 차가운 미소가 흘러내렸다.
미소를 지운 중년인은 손을 흔들었다.
나무 숲이 흔들리며 한 사내가 유령처럼 나타났다.
"흑응을 띄워라!"
"복명!"
중년인의 명령에 답한 사내가 검은 천에 가린 물건을 가져왔다.
천이 벗겨지자 새장 하나가 드러나고 새장 안에 있던 까만색 매 한
마리가 감고 있던 눈을 떴다.

"잠깐!"
숲길을 헤쳐 나가던 유화성이 허공에 시선을 고정시킨 채 낮게 말했
다.
유화성을 따르던 사내들과 유화결이 긴장된 표정으로 유화성을 쳐
다보았다.
"활을 주시오!"
유화성은 돌아보지도 않고 뒤를 향해 손을 내밀었다.
긴장한 표정이 된 유화결은 무사들 중 한 사내에게서 활을 받아 들
고 유화성에게 건네주었다.
휴대하기 편한 작은 크기의 철궁이었다.

"왜 그래, 형?"

활을 건네준 유화결은 유화성을 따라 허공을 쳐다보며 질문을 던졌다.

"저 매가 한참 전부터 우리 머리 위에서 맴돌고 있어."

유화성은 허공에 시선을 고정시킨 채 답했다.

'설마?'

유화결은 긴장된 표정을 지으면서도 자신도 모르게 고개를 저었다.

매라는 놈은 사냥감을 찾기 위해서는 언제나 저렇게 허공 위 같은 자리에서 한참 동안이나 선회한다. 그러다가 기회가 생기면 쏜살같이 아래로 내리 꽂히며 사냥을 한다.

그런 것마저 의심을 하다 보면 바람 소리마저 의심해야 할 것이 아닌가?

유화결은 화살 깃을 다듬는 유화성의 손과 철궁을 쳐다보았다.

철무전을 탈출할 때 가지고 나온 철궁은 탄력이 좋은 강철로 활대를 만든 것으로 몸속에 감출 수 있을 정도로 작았지만 성능은 아주 우수하다. 하지만 매가 선회하고 있는 허공은 너무 높았다. 아무리 철궁이라도 매가 떠 있는 까마득한 허공까지 화살을 날릴 수 있을지 의심스러웠다.

시위에 화살을 재우고 거리를 가늠하던 유화성도 그걸 느꼈는지 잠시 생각에 잠겼다.

"모두 저 떡갈나무 숲 속으로 들어가 최대한 몸을 숨기시오."

유화성은 근처에 있는 검대원들에게 지시하고는 수신호를 내렸다.

무엇 때문에 그러는지는 몰랐지만 그동안 유화성의 통솔 능력을 완전히 신임한 검대원들은 지시대로 우거진 수풀 속으로 몸을 숨겨 최대한 땅바닥에 몸을 밀착시켰다.

유화성 역시 수풀 속에 몸을 숨긴 후 시위를 당겨 활을 쏠 준비를 했다.

유화결은 침을 삼키며 떡갈나무 이파리 사이로 허공을 주시했다.

아니나 다를까, 허공 높은 곳에서 큰 원을 그리며 선회하던 매는 목표물을 잃어버렸는지 허공을 선회하는 속도가 빨라지더니 점점 아래쪽으로 고도를 낮추기 시작했다.

'조금만 더…….'

유화성은 철궁의 활시위를 최대한 팽팽히 당겼다.

철궁이 금방이라도 부러질 듯 휘어졌다.

핑—

어느 순간 잔뜩 당겨졌던 활시위에서 진동음이 울리며 한 대의 화살이 섬전처럼 허공으로 솟구쳤다.

핑—

핑—

다시 두 가닥의 음향과 함께 두 대의 화살이 거의 동시에 허공으로 솟구친 후 시위는 울음을 멈추었다.

첫 번째 화살은 아슬아슬하게 매의 머리를 스치듯 빗나갔다.

대신, 그 화살로 인해 허공을 선회하던 매의 움직임이 주춤 멈추어졌다.

그때 또 한 대의 화살이 매의 꼬리 부분을 스치며 깃털 몇 개를 떨어뜨렸다.

뒤이어 세 번째 화살이 정확히 매의 배를 관통하며 등줄기까지 뚫고 나왔다.

화살의 여력에 의해 순간적으로 반 장 가까이 위로 치솟던 매의 몸뚱이는 이윽고 급전직하로 떨어져 내렸다.

"최대한 빨리 이곳을 벗어난다."

유화성은 벼락 치듯 몸을 일으키며 명령을 내렸다.

휘익—

획—

넓은 떡갈나무 이파리 속에 신형을 숨기고 있던 사내들이 유화성의 명령과 함께 바람처럼 몸을 날렸다.

'저 덩치로 저게 가능한가?'

백운 노인은 해천 노인과 함께 신형을 날리며 해천 노인을 쳐다보았다.

해천 노인 역시 그런 눈빛과 함께 진우청을 쫓아 몸을 날리고 있었다.

그러나 한 번 도약으로 대호처럼 바위들을 뛰어넘는 진우청과는 점점 거리가 벌어지기만 했다.

"방향은 알았으니 잠시만 쉬세."

마침내 백운 노인은 신형을 멈추며 호흡을 골랐다.

해천 노인 역시 고개를 끄덕이며 뒤를 돌아보았다.

백운 노인 가문의 젊은 무사들은 벌써 한참 뒤처져 있었다.

잠시 호흡도 고를 겸 그들은 기다릴 필요가 있었다.

"흐읍—"

몇 번의 심호흡을 하고 나자 저 뒤로 경공을 펼치는 젊은이들의 모습이 보였다.

"됐네!"

해천 노인은 다시 경공을 펼칠 자세를 잡았다. 그러나 진우청의 신형은 이미 보이지 않았다.

"설아야, 이젠 네가 활약할 차례다."

고개를 설레설레 흔들던 백운 노인은 품속에서 하얀 담비를 불러내어 바닥에 내렸다.

설아라 불린 담비는 주인의 의도를 알아차린듯 진우청이 사라진 방향으로 쏜살같이 달렸다.

"허허! 이 나이에 이게 무슨 꼴인가?"

백운 노인은 경공을 펼치느라 찢기고 흐트러진 옷매무시를 한 번 쳐다본 후 몸을 날렸다.

휘익—

유화성과 유화결의 검이 바람을 갈랐다.

"크흑!"

"큭!"

양 측면으로 달려드는 두 명의 사내가 단말마의 비명과 함께 무너졌다.

허공에 뜬 매를 쏘아 떨어뜨린 후 득달같이 몸을 날려 달려왔지만 반 시진도 되기 전에 적들과 마주쳤다.

다행히 숫자가 많지 않아 모두 처치했지만 이건 시작일 뿐이란 생각이 들었다.

유화성은 놈들의 집요함에 소름이 끼쳐 옴을 느끼며 땅을 박찼다.

'으음!'

유화성은 침음성을 삼켰다.

산모퉁이를 돌자 개울과 함께 탁 트인 들판이 펼쳐져 있었다.

쫓기는 사람보다 쫓는 사람들에게 훨씬 유리한 지형!

"최대한 빨리 들판을 지나 건너편 숲으로 스며든다."

유화성의 지시가 내려지자마자 사내들은 단 한순간의 망설임 없이 유화성의 지시를 따랐다.

유화성이 아니었으면 이곳까지 오지도 못하고 숲 속에서 방심하고 있다가 당했을 것이다.

이젠 그들에게 유화성의 명령은 천명이나 마찬가지였다.

"더 빨리!"

들판에 접어들며 완전히 노출되자 유화성은 다급한 목소리로 사내들을 독려했다.

밤새 강행군을 했고 조금 쉬려는 찰나 다시 시작된 필사의 탈출로 인해 모두들 녹초가 된 상태였다. 그러나 이 들판을 벗어나지 못하면 삶을 보장받을 수 없었다.

"젠장!"

욕지거리를 토하며 앞서 달리던 유화결이 달리던 속도를 줄였다.

최대한 빨리 들판을 벗어나 숨어들려는 숲 속에서 한 무리의 사람들이 달려나오고 있었다.

이들 역시 본진보다는 전위대 같았지만 두 번이나 마주쳤다는 것은 본진과도 곧 마주칠 수 있다는 얘기였다.

"치고 나간다!"

뒤에서 달려오던 유화성이 이젠 제일 전방으로 쏘아지며 고함을 질렀다.

주춤하던 사내들이 유화성을 따라 다시 땅을 박찼다.

쨍—

째쨍—

서로를 향해 달려오던 사내들이었기에 순식간에 마주치며 혼전이 벌어졌다.

팟—

유화성의 검에 두 명의 목이 한꺼번에 떠올랐다.

휘익—

다시 유화성의 검이 춤을 추었다.

표풍무형의 검초가 펼쳐지며 단순한 표풍일섬 속에 표풍광망이 펼쳐지며 달려오는 사내들을 향해 쓸어갔다.

"크아악—"

다섯 명의 사내들이 검기의 그물망에 갇히며 처절한 비명과 함께 무너져 내렸다.

"물러서라!"

계속 달려드려는 사내들을 향해 고함 소리가 들렸다. 그리고 그 고함 소리가 끝나기도 전에 새하얀 검기 한 가닥이 섬전처럼 쏘아져 왔다.

유화성은 쾌속하게 표풍귀일의 초식을 펼쳤다.

검기와 검기가 부딪친 곳에서 폭음이 울렸다.

그 폭음과 함께 치고 나가려던 유화성의 걸음도 대원들과 유화결의 걸음과 함께 자연 멈추어졌다.

그냥 치고 나갈 수 있는 상대가 아니었다.

"역시 어린 놈의 자질이 너무 뛰어나군."

한 번의 격돌과 함께 미미하게 눈 사이를 좁힌 중년인이 혼자말처럼 중얼거렸다.

"그런 자질 때문에 끝까지 추적하여 죽이라는 명령이 내려졌으니 복이 곧 화가 된 상황이야."

스산하게 중얼거린 중년인은 손짓을 했다.

조금 뒤에 처져 쫓아오던 무리들까지 합류하여 포위망을 형성했다.

유화성은 이를 갈았다.

기필코 자신들은 죽이려 하는 자들!

아울러 자신 가문의 원수들!

언젠가 후일을 도모하여 더 철저히 원수를 갚으려는 생각은 버려야 했다.

이젠 이곳에서 심장이 찢겨져 나가는 순간까지 최대한 많은 적을 죽이는 것으로 대신해야 할 것 같았다.

유화결과 검대원들도 유화성과 같은 심정으로 검을 드세게 움켜쥐었다.

"아악!"

살기 어린 눈으로 서로를 쳐다보던 유화성과 중년인은 갑자기 옆쪽에서 들려오는 비명에 고개를 돌렸다.

퍼퍽—

둔탁한 파육음과 함께 이번에는 두 명의 사내가 한꺼번에 바닥으로 무너져 내렸다.

"물렁탱이! 살아 있었구나!"

한줄기 고함 소리와 함께 온몸에 땀범벅이 된 진우청이 사내들 머리 위를 훌쩍 뛰어넘으며 유화결 옆으로 내려섰다.

"곰탱이······."

망연한 표정이 된 유화결의 입에서 나직한 목소리가 흘러나왔다.

"대체 여긴 어떻게······?"

유화성도 놀란 눈으로 목소리를 높였다.

"지금은 그게 문제가 아닙니다. 유 공자님이 가려는 방향으로 새까맣게 놈들이 몰려오고 있습니다. 이들은 선발대에 불과합니다."

진우청은 빠르게 말한 후 용호곤을 하나로 합쳤다.

"이놈이 그놈인가? 같이 있다니 더 잘됐군."

갑자기 나타난 진우청 때문에 잠시 공격을 멈추고 있던 중년인은 득달같이 쌍장을 내질렀다.

강맹한 검풍 한줄기가 진우청을 향해 쏟아졌다.

진우청 역시 용호곤을 마주 휘둘렀다.

묵광이 번뜩이는 용호곤 끝에서 천강음이 울리며 휘몰아친 바람이 중년인의 검에서 뻗어 나온 검풍을 깨끗이 지워 버렸다.

"이 떨거지들은 치우고 어서 되돌아가야 합니다!"

진우청은 다시 고함을 질렀다.

"떨거지?"

중년인의 턱수염이 노기로 인해 파르르 떨렸다.

그때 다시 몇 마디 비명이 들리며 백운 노인과 해천 노인 등이 날아들었다.

노인과 젊은이들의 합류를 확인한 진우청은 고함을 질렀다.

"우선 저 산까지 가서 반대편으로 진로를 바꿉시다!"

왔던 길로 돌아가야 한다는 말에 유화성은 잠시 망설였다.

"이런 웃기는 놈들을 보았나, 누구 마음대로 돌아간단 말이냐? 길게 시간 끌 것 없다! 던져라!"

진우청에 이어 백운 노인과 해천 노인 등도 가세하자 빠르게 눈동자를 굴리던 중년인은 손을 번쩍 들며 명령을 내렸다.

휘익—

획—

대치하고 있던 사내들이 일제히 가슴에서 꺼낸 물건들을 유화성과 진우청 등을 향해 던졌다.

"화탄이다! 모두 피해……!"

고함을 지른 유화성은 반사적으로 몸을 날렸다. 그리고 허공 중에서 화탄을 향해 표풍검을 휘둘렀다.

다른 사람들이 상황을 채 인식도 하기 전에 움직인 신속한 대응이었다.

우우웅—

유화성의 검에서 무겁고도 강맹한 경력이 뻗어 나와 날아오는 화탄을 가둔 후 왔던 곳으로 신속히 되날려 보냈다.

"피해라!"

자신들이 던진 화탄이 모조리 되돌아오는 것을 본 중년인이 부하들을 향해 고함을 지른 후 손에 들고 있던 화탄 한 개를 세차게 던졌다.

중년인의 손을 벗어난 화탄은 부하들이 던진 것과는 비교할 수 없는 속도로 날아와 허공에 뜬 유화성이 착지하는 바닥을 향해 꽂히듯 날아들었다.

땅으로 떨어져 내리는 유화성의 얼굴이 당혹감으로 물들었다.

"후 아앗—"

절체절명의 순간, 진우청이 천룡후를 터뜨렸다.

승천하는 용의 형상을 한 뿌연 기류가 유화성을 향해 해일처럼 뻗어 나갔다.

붕산철장을 상대할 때보다 훨씬 강력한 기운이었지만 이번에는 순간적으로 호흡을 끊지 않고, 모닥불을 살리기 위해 길게 불어넣는 것 같은 숨결이 담긴 천룡후였다.

찰나의 순간에 진우청의 장력에 담긴 힘을 알아본 유화성은 온몸을 활짝 편 채 자신을 향해 뻗어오는 장력에 전신을 내맡겼다.

유화성의 신형이 가랑잎처럼 뒤로 날아갔다.

콰앙―

가만있었으면 유화성이 날아 내렸을 법한 땅바닥이 폭음과 함께 갈기갈기 찢어지며 허공으로 터져 올랐다.

유화성이 검풍으로 날려 버린 화탄들도 바닥에 떨어져 폭음과 불길을 치솟게 했다. 뒤이어 흙무더기와 작은 돌덩이들이 자욱하게 허공으로 치솟았다가 우박처럼 떨어져 내렸다.

"혀, 형!"

정신이 나간 듯한 표정의 유화결이 유화성을 향해 미친 듯이 달려갔다.

진우청의 장력에 몸을 맡기고 날아간 유화성은 수풀 속에 반듯이 누워 있었다.

"형, 괜찮아?"

유화결이 벼락처럼 외쳤다.

한 가닥 선혈을 입에 문 유화성이 고개를 끄덕거린 후 비틀거리며 몸을 일으켰다.

창백한 표정이긴 했지만 화탄에 의한 상처를 입은 흔적은 없었다.

"정말, 정말 괜찮은 거야, 형?"

유화결은 아직도 믿기지 않는 표정으로 물었지만 답을 들을 틈이 없었다.

진우청의 통나무 같은 팔뚝이 허리를 잡아채 왔기 때문이다.

콰앙—

진우청이 유화결의 허리와 유화성의 어깨를 한꺼번에 잡아채고 몸을 날린 자리에서 아까와 똑같은 폭음과 불길, 흙먼지가 거의 동시에 터져 올랐다.

백봉령주 일행의 마차에서 튀어나온 화탄과 강침 때문에 많은 피해를 입고 일을 망친 데 대한 복수라도 하듯 중년인 일행은 똑같은 방식으로 유화성과 진우청 일행을 사냥해 왔다.

"지독한 놈들!"

백운 노인과 해천 노인도 자신들을 향해 날아드는 화탄을 피하며 신음처럼 중얼거렸다.

화탄을 던져 오는 빈도가 떨어질 때까지는 누굴 도울 처지가 아니었다. 자신들 몸을 건사하는 것도 버거웠다.

콰앙—

다시 화탄 하나가 터져 오르며 흙먼지가 가득 피어올랐다.

진우청은 아직까지 기력을 완전히 회복하지 못한 유화성을 잡아채며 몸을 날렸다.

진우청의 신형이 바닥으로 내려서는 순간, 유화결의 눈이 크게 뜨여졌다.

"피해!"

흙먼지 속에서 한 개의 강전이 진우청의 심장을 향해 섬전처럼 날아드는 것을 본 유화결은 온몸으로 진우청의 앞을 막았다.

퍼억!

강전은 유화결의 등에 깊숙이 꽂혔다.

"큭!"

억눌린 비명과 함께 유화결이 이를 악물었다.

뒤이어 유화결의 입에서 선혈이 흘러나왔다.

그건 등을 파고든 화살이 폐를 건드리고 입과 연결된 폐에서 피가 역류해 나오는 현상이었다.

진우청은 자신의 방패막이 되어 화살을 막은 유화결의 어깨를 와락 붙잡았다.

그러는 순간에도 유화결의 입에서는 선혈이 계속 흘러나오고 있었다.

유화결의 어깨를 잡고 상체를 떼어낸 진우청의 눈동자가 폭풍 속의 갈대처럼 마구 흔들렸다.

"괜… 찮…지?"

유화결이 선혈 가득한 입술을 움직이며 물었다.

억장이 막힌 진우청은 할 말을 잊었다.

"대답… 해! 괜… 찮은… 거지? 쿨룩!"

다시 한 번 힘겹게 말한 유화결은 기침과 함께 선혈을 토해냈다.

"누가, 누가 누굴 걱정하는 거냐, 이 망할 자식아!"

진우청은 뒤늦게 벼락처럼 고함을 질렀다.

그리고는 유화결의 등에 손을 갖다 댔다.

"어서 대답… 해, 곰탱이."

유화결은 안간힘을 쓰며 진우청의 안위를 확인하려 했다.

덜덜 떨며 말하는 유화결의 눈동자가 초점을 잃어가고 있었다.

"난, 난 괜찮아. 그러니 더 이상 아무 말도 하지 마라, 제발!"

허겁지겁 대답한 진우청은 유화결의 등을 손가락으로 빠르게 눌렀다.

"정말… 다행이다."

진우청의 안위를 확인하자 고통으로 일그러지던 유화결의 얼굴에 희미하게 미소가 어렸다.

이윽고 유화결의 몸에서 힘이 빠져나가며 스르르 무너졌다.

"화, 화결아!"

유화성이 비명처럼 외치며 무너지려는 유화결의 몸을 안아 들었다.

다시 두 대의 강전이 날아왔다.

챙—

챙!

백운 노인과 해천 노인이 강전을 쳐내며 달려왔다. 뒤를 이어 유가검보의 무사들도 흙먼지를 뒤집어쓴 채 달려왔다.

"화결아! 정신 차려라! 정신 차려, 이 녀석아!"

유화성은 유화결의 등에서 흘러나오는 선혈을 지혈하며 유화결의 볼을 두드렸다.

등을 파고든 강전 끝이 향한 곳은 유화결의 심장 부근이었다.

허파를 꿰뚫은 것은 확실했고 더 나아가 심장까지 건드렸는지 안 건드렸는지는 지금으로는 알 수가 없었다.

붉은 선혈이 멈추지 않는 걸로 봐서는 심장까지 건드리지 않았나 의심이 갔다.

유화성은 자신의 몸 상태도 잊고 필사적으로 유화결의 상처를 지혈시켰다.

"우와아—!"

마치 넋 잃은 사람처럼 두 사람을 지켜보던 진우청이 고함을 지르며 신형을 뽑아 올렸다.

대호가 도약하듯 허공으로 솟구친 진우청의 신형이 한 바퀴 회전 후 부하들과 함께 달려오는 중년인을 향해 떨어져 내렸다.

"하앗—"

중년인이 달려오는 속도 그대로 진우청을 향해 검을 휘둘렀다.

허공에 뜬 진우청의 손에서 용호곤이 무섭게 떨어져 내렸다.

땡강—

중년인의 검을 두 조각 낸 용호곤이 여력을 그대로 몰아 중년인의 어깨를 내려쳤다.

중년인의 어깨가 왕창 무너져 내리며 토막난 검을 든 팔이 기형으로 뒤틀렸다.

"하앗—"

용호곤이 다시 횡으로 쓸어갔다.

피할 생각조차 하지 못한 중년인이 영혼이 빠져나간 눈으로 가슴으로 날아드는 용호곤을 쳐다보았다.

퍼억—

중년인의 가슴이 어깨와 같이 무너지며 입으로 폭포수 같은 선혈이 터져 나왔다.

휘이잉—

다시 진우청의 신형이 앞으로 쏘아졌다.

쨍—

두 개로 분리된 용곤과 호곤이 각각 춤을 추었다.

퍼퍼퍽—

가죽 북을 두드리는 소리가 연속으로 울리며 자욱한 선혈이 튀어 올랐다.

중년인처럼 가슴이 함몰된 사내들의 입에서 터져 나온 선혈이었다.

뒤쪽에서 달려오던 사내들이 공포에 질린 눈빛과 함께 신형을 멈추었다.

이제껏 도검이나 창 같은 무기가 가장 위험하다고 생각했다.

도검에 팔다리가 잘려 나가고 창에 복부가 꿰뚫리는 모습은 수십 번을 보아도 진저리가 쳐졌다.

그래서 그런 무기들이 가장 잔인하고 무섭다고 생각했었다.

그런데 지금은 그런 생각을 깡그리 바꾸어야 했다.

벼락처럼 휘둘러지는 한 자루 쇠몽둥이!

그 쇠몽둥이는 인간의 가슴을 썩은 호박처럼 터뜨리고, 어깨를 왕창 으스러뜨리며 반쪽 인간으로 만들어놓았다.

도검과 창칼이 아무리 무서워도 이보다는 덜했다.

수박이 터지듯 상체가 터지며 칠공으로 터져 나오는 피는 영혼마저 얼릴 듯한 공포를 안겨주었다.

그 자리에 멈춰 선 사내들은 자신도 모르게 뒷걸음질을 쳤다. 그리고는 미친 듯이 도망을 치기 시작했다.

파앗—

진우청의 발끝이 더 강하게 땅을 박찼다.

허공에서 표창이 꽂히듯 내려 꽂힌 진우청이 연속으로 발을 휘둘렀다.

퍼퍼퍽!

등과 목덜미, 뒤통수를 걷어 채인 사내들 세 명이 통나무처럼 바닥을 굴렀다.

휘잉—

땅에 내려서기도 전에 진우청은 용호곤을 휘둘렀다.

용호곤에 걸린 사내 둘이 가랑잎처럼 날아갔다.

땅바닥에 처박히기도 전에 그들의 입에서는 피보라가 터져 나왔다.

중년인과 함께 온 사내들을 계속 쫓던 진우청은 신형을 멈추었다.

저 앞쪽으로 새까맣게 많은 인영들이 몰려오고 있었다.

진우청은 급히 방향을 바꾸어 몸을 날렸다.

"제발, 제발 죽지 마라, 이 자식아!"

겨우 지혈만 된 채 죽었는지 살았는지 구별도 안 가는 유화결에게 고함을 친 진우청은 그를 들쳐 업었다. 그리고 바람처럼 숲을 향해 치달렸다.

유화성과 검대원들, 그리고 두 노인들도 다급한 표정으로 진우청을 따라 몸을 날렸다.

"방금 그 아이더냐?"

반대편 산중턱에서 긴 백염을 휘날리는 한 노인이 앞에 선 초로인을 향해 무심한 어조로 물었다.

노인의 외모는 얼핏 보기에는 어느 곳에서나 볼 수 있는 노인처럼 평범했다.

하지만 한 번만 더 쳐다보면 평범함 속에서도 뭔가 이상하다는 것을 느낄 수 있었다.

수염과 함께 머리 역시 하얗게 탈색된 채 잘 정돈되어 있었다.

거기까지만 보면 이상할 것도 없었는데 노인의 외모는 어딘지 모르게 부조화의 인상을 풍겼다.

그 부조화의 원인은 노인의 눈썹에 있었다.

노인은 눈썹이 없었다.

하얀 머리 아래로 이마가 있었고, 그 아래로 바로 눈이 있었다.

그것이 평범함 속에서도 노인의 외모가 약간은 부자연스럽게 보이게 만든 이유였다.

그 점을 인식하고 한 번 더 쳐다보면 이번에는 평범함을 넘어서 가슴 철렁하는 비범함을 느낄 수 있었다.

눈썹이 없는 눈!

그 눈에서 뻗어 나오는 눈빛은 인자한 듯하면서도 언뜻언뜻 쇠도 녹일 것 같은 화기(火氣)가 뻗어 나왔다.

어쩌면 그 화기가 노인의 눈썹을 태워 버렸는지도 모르겠다는 생각이 들 정도였다.

"그렇게 알고 있습니다, 노야!"

옆에 선 초로인이 더할 수 없이 공손한 어조로 답했다.

"네가 보기엔 어떠하더냐? 그 아이의 움직임은?"

초로인도 다른 사람들 앞에서는 중늙은이 대접을 받을 것 같았는데 백염노인은 마치 손자에게나 하는 말투로 초로인에게 물었다.

"전 모르겠습니다. 연기에 가려 제대로 보지도 못했고, 설사 봤다 하더라도 저런 움직임의 정체는 알 수가 없습니다."

"그렇더냐? 하긴, 저런 움직임은 직접 마주해 보기 전에는 알기 힘든 법이지!"

많은 인원들이 벌써 들판을 지나 진우청 등이 향하는 숲으로 비호같이 몸을 날리고 있었지만 백염노인은 아랑곳 않은 자세로 허공을 쳐다보았다.

"승천하는 용의 형상을 한 장력으로 붕산철장을 단번에 날려 버리고, 빗발치는 화살들도 몸에서 일으키는 기세로 팅겨내는 아이라면 의심을 해보아야 할 일! 남패천의 영역으로 들어가기 전에 기필코 잡도록 하여라."

허공을 쳐다보던 백염노인은 차분하지만 절대로 항거할 수 없는 목소리로 명령을 내렸다.

"존명!"

초로인은 깊이 허리를 굽힌 후 백염노인 앞에서 물러났다.

"제자를 키웠단 말인가……."

초로인이 물러난 잠시 후 백염노인은 나직하게 읊조렸다.

"어쨌든 그곳의 문은 절대로 열리게 해서는 안 될 일……."

백염노인은 천천히 몸을 움직였다.

사문(師門)의 흔적

우욱

연신 얼굴을 때리는 나뭇가지도 의식하지 못한 채 진우청은 짙은 숲 속으로 몸을 날렸다.

이각 정도를 치달렸지만 맨몸으로 달리는 사람들에 비해 조금도 뒤처지지 않았다.

가느다란 나뭇가지를 밟고 몇 장씩 몸을 날리는 모습은 흡사 바람인 듯했고 바위 끝에서 저쪽 바위 끝으로 도약하는 모습은 대호를 방불케 했다.

물지게를 지고서도 비탈길을 치달리던 천룡도하의 춤사위는 그런 것들을 어렵지 않게 해주었다. 또한 유화결의 몸은 하산하기 얼마 전에 지고 날랐던 물지게에 비해 그리 무겁지도 않았다.

문제는 유화결의 몸 상태였다.

달리다 보면 어느새 지혈한 상처에서 뜨끈한 피가 등줄기로 흘러내렸다.

뜨거운 피가 등줄기를 적실 때마다 진우청은 안도감과 불안감을 동시에 느꼈다.

피가 뜨겁다는 것은 아직 살아 있다는 증거였다.

그래서 안도감이 들었다.

하지만 반복된 출혈은 결국 생명의 불꽃을 꺼지게 하고 만다.

그것은 안도감보다 더 큰 불안감을 가져다주었다.

진우청은 걸음을 멈추었다.

다시 상세를 살피고 지혈을 해야 했다. 그러는 사이 적들과 거리는 조금씩 좁혀질 것이지만 어쩔 수 없었다.

유화성이 바람처럼 달려왔다.

바닥에 내려진 유화결의 상처를 급히 지혈한 유화성은 유화결의 상세를 살폈다.

맥박은 뛰고 있었다. 그것으로 보아 화살이 심장을 건드린 것은 아닌 모양이었다.

그러나 화살이 워낙 깊이 박힌 상태인지라 유화결의 생명은 한시도 마음을 놓을 수 없는 상황이었다.

"흐읍—"

유화성은 유화결의 단전에 진기를 불어넣었다.

창백한 유화결의 얼굴에 약간의 혈색이 돌아왔다. 대신 유화성의 얼굴은 그만큼 핏기를 잃었다.

"화결아! 이 녀석아, 제발!"

유화성의 눈에서 흘러내린 굵은 눈물이 유화결의 얼굴 위로 떨어졌다.

피보다 더 뜨거운 형의 눈물에 감응이라도 된 것인지 처음으로 유화
결의 눈꺼풀이 움직였다.

"형……."

유화결의 메마른 입술이 힘겹게 움직였다.

"화, 화결아!"

유화성이 유화결의 볼을 쓰다듬으며 고함을 질렀다.

"형, 날 두고… 그냥 가. 그래서… 원수를……."

유화결은 몇 마디 겨우 토해내고는 다시 눈을 감았다.

"화결아! 화결아!"

유화성이 절규하듯 고함을 질렀다.

"물렁탱이! 악착같이 살아라! 안 그러면 지옥까지 따라가서 괴롭힐
테다!"

진우청은 고함을 질렀다. 그러나 유화결은 대답도 않고 재차 의식을
잃었다.

"다시 달려야 합니다."

진우청은 유화성을 밀쳐 내고는 유화결을 들쳐 업었다.

"이젠 내가 업겠네."

유화성이 진우청의 팔을 잡으며 말했다.

유화결이 화살을 맞은 후부터 지금까지 줄곧 진우청이 업고 달렸
다.

다른 사람 같았으면 거품을 물고 쓰러졌을 것이지만 진우청은 유화
결을 업고도 오히려 자신들보다 앞서 달렸다.

마르지 않는 샘처럼 흘러넘치는 진우청의 내력은 경악스러울 지경
이었지만 언제까지나 그럴 수 없었다.

"주정뱅이는 믿을 수 없소. 그리고 이런 일은 십 년 동안 이골이 났으니 길 안내나 잘하십시오."

유화성의 팔을 뿌리친 진우청은 유화결을 들쳐 업고 몸을 날렸다.

어느새 진우청의 신형이 비탈을 달려 내려가고 있었다.

유화성도 몸을 날려 바람처럼 아래로 쏘아졌다.

"허허!"

어이없는 웃음을 흘린 백운 노인과 해천 노인, 그리고 젊은 무사들도 뒤이어 몸을 날렸다.

비탈진 숲을 달려 내려오자 낭떠러지가 앞을 가로막았다.

정확히 말하면 큰 땅덩어리가 오랜 세월 지각의 움직임에 의해 길게 갈라진 모습이었다.

그 아래로 수백 장 높이의 절벽이 만들어져 있었다.

건너편에 아무것도 없는 낭떠러지보다는 나았지만 갈라진 틈의 넓이가 만만치 않았다.

어림잡아 일곱 장에 가까운 거리였다.

그건 무림인에게 정말 갈등을 불러일으키는 거리였다.

절정의 경공고수라면 넘을 수도 있는 거리였다. 반면, 경공고수가 아닌 사람이라면 죽을힘을 다하고 천운이 따라주면 뛰어넘을 수 있는 거리였다. 그건 다시 말해 그냥 뛰어서는 실패할 확률이 더 높은 거리이기도 했다.

유화성과 진우청이라면 위험을 무릅쓰고 도전해 볼 만한 거리였지만 두 사람 다 유화결을 업고서는 불가능한 거리였다.

정말 심술 가득한 조화옹이 절묘하게 만들어놓은 피조물 같았다.

"망할!"

뒤쪽에서 달려오는 추적자들과 앞쪽의 절벽을 번갈아 쳐다보던 진우청은 욕지거리를 토했다.

한마디로 진퇴양난의 형국이었다.

그때 쨍 하고 검을 빼는 소리가 들렸다.

검을 빼 든 사람은 유화성이었다.

유화성은 빠르게 달려가 절벽 끝에 있는 노송 한 그루를 향해 쾌속하게 일검을 뿌렸다.

유가검보주의 신물인 표풍검이 노송의 둥치 아랫부분을 베고 지나갔지만 노송은 그 자리에 굳건히 서 있었다.

'정신이 나간 것인가?'

이 바쁜 판국에 검법 수련이라도 하는 듯한 유화성을 보며 진우청은 내심 중얼거렸다.

뒤이어 더 이해할 수 없는 유화성의 행동이 이어졌다.

유화성은 검으로 자르기를 실패한 노송을 손으로 밀었다.

검으로도 다 자르지 못한 노송이 손으로 밀어서 넘어갈 리가 없었다. 특히 몇 차례에 걸쳐 유화결에게 진기를 쏟아 부은 유화성이기에 더 그랬다.

포기한 유화성은 득달같이 달려와 진우청의 팔을 끌었다.

"자네가 해보게."

유화결을 해천 노인에게 넘겨주고 끌려온 진우청은 노송 아랫부분을 쳐다보았다.

진우청의 허리보다 훨씬 굵은 노송 밑둥치가 삼분지 이 이상 잘려져 있었다.

'그러고 보니?'

너무 깊게 자르면 무너뜨리긴 쉽겠지만 완전히 부러져 내릴 수 있다.

유화성은 일부러 이만큼만 자른 것이었다.

상황을 알아차린 진우청은 안광을 번쩍 빛내고는 뒤로 두어 걸음 물러났다가 기합과 함께 노송을 밀었다.

우지직 하는 소리와 함께 노송이 기우뚱 기울어졌다.

그러나 척박한 바위산 위에서 만고풍상을 견디며 살아온 노송은 의외로 질겨 넘어질 듯하다가는 다시 제자리로 몸을 일으켰다.

'이게?'

눈을 부릅뜬 진우청은 아랫배로 들숨 한줄기를 불끈 뭉치며 발길질을 날렸다.

우지직—

온 산이 울리는 무거운 소리와 함께 노송이 절벽 쪽으로 넘어갔다.

굉음과 함께 기우뚱 절벽 아래로 떨어져 내릴 것 같던 노송은 다 잘리지 않은 밑둥치 부분 때문에 절벽을 가로지르며 수평으로 뻗어 있었다.

그것으로 인해 일곱 장가량의 절벽이 석 장 정도의 거리로 줄어들었다.

"어서!"

유화성이 고함을 질렀다.

두 사람의 합작품을 넋 나간 듯 처다보고 있던 다른 사람들이 문득 정신을 차리고 달려왔다. 그리고 나무 위를 달려 건너편 절벽으로 몸을 날렸다.

그사이 유화성은 지금 가교 역할을 하고 있는 노송보다는 작지만 지금과 똑같은 방법으로 다리가 될 만한 나무 두 그루를 잘라 절벽 아래로 떨어뜨렸다.

"마지막도 자네가 처리해 주게."

모두 건너고 두 사람만 남았을 때 핼쑥한 얼굴이 된 유화성은 진우청에게 당부했다.

유화결에게 진기를 불어넣은 유화성은 눈에 띄게 기운이 빠져나가고 있었다.

"염려 말고 어서 건너십시오."

진우청은 고개를 끄덕이고는 유화결을 안고 있는 유화성의 등을 떠밀었다.

노송 끝까지 가지도 않고 중간쯤을 박찬 유화성의 신형이 절벽 저쪽으로 안착했다.

"흐읍—"

숨을 깊게 들이마신 진우청도 노송 위로 발을 얹었다.

"하앗!"

노송 중간쯤까지 달려온 진우청은 기합성과 함께 강하게 노송 둥치를 박찼다.

진우청의 신형이 비상하듯 허공으로 솟구치며 건너편으로 날아 내렸다.

반면, 절벽 한가운데를 향해 길게 드러누워 있던 노송은 비명을 지르며 아래로 처박히다가 잘리지 않은 부분이 쭉 찢어지더니 급기야는 무게를 이기지 못하고 끊어져 아래로 완전히 떨어져 내렸다.

이젠 조금이나마 시간을 벌었다.

유화성이 근처의 나무를 잘라 버렸지만 추적자들도 바보가 아닌 이상, 저 아래쪽에서 나무를 베어오거나 넝쿨나무 줄기들을 이어 다리를 만들어 절벽을 건너올 것이다. 그러나 그만큼의 시간을 번 것이다.

절체절명의 순간에 그런 시간은 평상시의 몇 년만큼이나 소중했다.

절벽 반대편으로 건너온 사람들은 잠시 호흡을 고르고는 다시 몸을 날렸다.

절벽을 건너고 산을 완전히 벗어나자 긴 들판이 이어지고 그 끝에 다시 산이 가로막고 있었다.

"저 산만 넘으면 남패천의 영역이네!"

해천 노인이 손가락으로 가리키며 말했다. 그리고는 백운 노인을 위해 준비해 왔다가 남은 음식을 조금씩 나누어 주었다.

"전 괜찮습니다. 노인장 두 분이 드십시오."

유화결의 단전에 또 한 번의 진기를 불어넣은 유화성은 해천 노인이 내민 음식을 거절했다. 먹는 시간마저도 아껴 달려가고 싶은 눈빛이었지만 최소한의 휴식은 필요했다.

문득 유화성은 두 노인을 향해 고개를 숙였다.

"정말 죄송합니다."

유화성은 대죄를 지은 것 같은 목소리로 말했다. 자신 가문의 사건에 휘말려 두 노인이 생고생을 하고 있다는 생각에 감사하다는 말보다는 그 소리가 먼저 나왔다.

"그게 무슨 소린가, 이 사람아. 가장 큰 피해를 입은 사람은 자네 가문인걸. 지금은 그런 생각 말고 어서 들게나. 항우장사라도 먹어야 힘이 날 게 아닌가? 자 어서."

해천 노인은 반강제적으로 유화성의 입에 음식을 집어넣었다.

"저놈의 매가 또 떴구먼."

허공으로 고개를 돌린 백운 노인이 중얼거렸다.

백운 노인의 목소리에 모두 하늘을 향해 고개를 쳐들었다.

온통 검은 색깔의 매 한 마리가 허공에서 선회하고 있었다.

정신없이 달려올 때는 못 보았지만 이렇게 잠시 휴식을 취하니 눈에 들어온 것이다.

"호랑이라도 잡아먹고 싶은 차에 잘됐군!"

해천 노인이 나눠 준 음식을 한입에 삼키고 입맛만 다시고 있던 진우청이 등 뒤로 손을 돌려 용곤과 호곤을 꺼냈다.

며칠 전 강변의 혈투에서 지옥 방망이 같은 위력을 발휘하던 두 개의 곤을 본 유가검보의 검대원들의 눈에서 은은한 두려움의 빛이 흘러나왔다.

그 몽둥이는 자신들의 목숨을 구해주던 무기였지만 겁이 나기는 어쩔 수 없는 모양이었다.

뭘 하려고 꺼냈는지는 몰라도 너무 가까이 있는 것은 위험천만했다.

쨍—

진우청은 두 개의 곤을 하나로 조립했다.

'어쩌려고?'

모두 그런 눈빛으로 진우청을 쳐다보는 사이 계란만한 돌멩이 몇 개를 주운 진우청은 옆에 있던 유가검보 무사에게 불쑥 내밀었다.

움찔 놀라며 뒤로 물러나던 사내가 얼떨결에 돌멩이들을 건네받고는 진우청을 쳐다보았다.

"내가 신호하면 이 정도 높이로 던져 올리시오."

진우청의 말에 비로소 의도를 파악한 사내가 고개를 끄덕였다.

용호곤을 든 진우청은 허공을 쳐다보며 거리를 가늠하다가 뭔가 부족한지 사내에게로 다시 다가갔다.

"이것도 좀 빌립시다."

진우청은 찢겨져 나갈 듯 너덜거리는 사내의 한쪽 소매를 잡아 뜯어 용호곤 끝 부분에 감은 후 신호를 했다.

사내가 돌을 던져 올리자 용호곤이 쾌속하게 휘둘려졌다.

텅—

천으로 감싼 부분에 부딪친 돌이 무서운 속도로 날아올랐다. 그 속도로 봐서 그냥 용호곤에 부딪쳤더라면 날아오르기도 전에 박살이 났을 것 같았다.

허공을 선회하던 검은색 매가 화들짝 놀라며 위로 솟구쳤다.

"다시!"

고함과 함께 똑같은 식으로 돌멩이가 허공으로 쏘아졌다.

그러나 다시 더 높이 날아오는 매는 조금 더 쉽게 돌을 피했다.

"계속 던지시오."

열이 오른 표정의 진우청이 연속해서 몇 개의 돌을 더 날렸다.

놀란 매는 이젠 돌멩이보다 더 작게 보일 만큼 허공으로 솟구쳤다.

"빌어먹을!"

볼이 부은 진우청은 용호곤을 분리해 등 뒤 가죽 조끼에 꽂았다.

"내 복에 새고기는 무슨……."

입맛을 다신 진우청은 투덜거렸다.

그러나 진우청의 그런 행동이 쓸모없는 것만은 아니었다.

혼비백산한 매는 이젠 보이지도 않았다. 그건 추적자들의 눈에도 마찬가지일 것이다.

"그만 갑시다!"

고함을 지른 진우청은 유화결에게로 다가갔다.

유화결은 형 유화성의 생명을 나눠 받아 아직 목숨을 유지하고 있었다.

유화성은 주기적으로 유화결의 단전에 자신의 생명을 쏟아 부었고 유화결이 되살아난 만큼 유화성의 얼굴은 핏기를 잃어갔다.

'형이란 이런 것인가?'

진우청은 이제는 기억도 가물가물한 형의 얼굴을 떠올렸다.

자신보다 세 살 많았던 형!

그 나이 차의 남자 형제들, 특히 동생의 덩치가 형 못지않은 남자 형제들이 대부분 그렇듯이 지겹게 싸운 기억밖에 없었다.

'이젠 스물한 살의 장부가 되어 있겠지?'

형의 모습을 떠올리며 점점 더 창백해지는 유화성의 얼굴을 쳐다본 진우청은 유화결을 들쳐 업었다.

"저 산까지 쉬지 않고 달립시다."

근 이틀 동안 거의 아무것도 못 먹다시피 한 사람들에게 무리한 요구였지만 유화결의 상태로 보아 강행군을 할 수밖에 없었다.

여전히 진우청이 제일 앞서 달렸고 그 뒤를 다른 사람들이 따랐다.

보기에도 까마득했지만 실상 달려보니 훨씬 멀었다. 무엇보다 먹은 것이 없어서 더 힘들었다.

애초의 생각과는 달리 중간에서 한 번 더 휴식을 할 수밖에 없었다.

그때 뒤쪽 돌판 끝에서 추적자들의 모습이 보였다.

놈들도 결국은 절벽을 건너 집요하게 달려온 모양이었다.

"어서 갑시다!"

누가 먼저랄 것도 없이 몸을 일으켰다. 그리고 마주 보이는 산을 향해 몸을 날렸다.

다시 일각의 추격전 끝에 거리가 훨씬 좁혀졌다.

추적자들은 집 대문을 막 나선 사람들처럼 원기 왕성했다.

충분한 준비와 함께 부상자도 없으니 그럴 수밖에 없으리라.

피피핑―

어느 정도 거리가 가까워지자 화살들이 날아왔다.

유화결의 등을 관통한 그 강전들이었다.

'이리보다 더 악착같은 놈들…….'

속으로 중얼거린 진우청은 혼신의 힘을 짜냈다.

유화성이 동생에게 진기를 불어넣으며 지쳤다면 진우청은 유화결을 업고 오며 지쳤다.

절벽을 건너고 조금 여유가 생겼을 때, 딱 한 번 유가검보의 무사 하나가 교대를 해주었지만 제 속도를 낼 수가 없었다. 결국 진우청이 다시 업고 달려온 것이다.

'조금만 더!'

진우청은 숲을 바라보며 스스로를 격려했다.

숲 속에서도 쫓기기는 마찬가지겠지만 나무들이 있으니 저 빌어먹을 놈의 강전은 걱정하지 않아도 된다.

따땅―

유화성의 검이 화살을 쳐내는 소리가 울렸다.

땅―

백운 노인과 해천 노인, 그리고 다른 젊은이들도 화살을 쳐냈다.

아직은 거리가 떨어져 못 쳐낼 수준은 아니었다.

문제는 그럼으로 해서 점점 거리가 좁혀진다는 것이다.

거우거우 들판을 건넜을 땐 어스름이 깔리고 있었다. 그리고 추적자들과도 지호지간의 거리로 좁혀졌다.

"자넨 계속 달려가게. 난 저 앞의 놈들이라도 베고 뒤따르겠네."

숲이 시작되는 곳에서 유화성은 검을 뽑으며 말했다.

숲에서는 속도가 더 늦어질 것이니 완전히 숲에 파묻히기 전에 앞서 오는 놈들은 처치해야 했다.

"그건 내가 지금 제일 하고 싶은 일이오. 사부 곁에서도 한 끼 이상은 연달아 굶은 적이 없는데 저놈들 때문에 대체 몇 끼를 굶었는지⋯⋯."

으드득 이를 간 진우청은 유화결을 검대원 한 사람에게 넘겨주며 말했다. 이윽고 용호곤을 빼 들고 성큼 들판으로 내려섰다.

"나도 돕지!"

해천 노인이 옆에 있는 참나무 하나를 베어 들고 나섰다.

"자네⋯⋯?"

백운 노인이 걱정스런 눈으로 해천 노인을 바라보았다.

"걱정 말게. 마지막 초식만 사용하지 않으면 다시 주화입마에 빠지지 않을 테니."

"하지만⋯⋯."

백운 노인은 여전히 걱정스러운 표정을 하며 입을 다물었다.

추적자들이 점점 가까이 다가들고 있었다.

"어서 가시오!"

유화성이 뒤에서 머뭇거리는 검대원들을 보며 고함을 질렀다.

"보주!"

"어서 가시오. 곧 뒤따르겠소."

유화성의 목소리가 다시 터지자 검대원들이 산을 향해 달려갔다.

"너희들도 어서 가거라! 저들의 힘으론 교대로 들쳐 업어도 모자랄 것이다! 그러니 같이 도와라!"

백운 노인도 자신을 따르는 젊은이들을 향해 고함을 질렀다.

"쳐라!"

백운 노인의 고함과 함께 추적자들의 고함이 터졌다.

제일 먼저 진우청의 신형이 앞으로 쏘아졌다.

"헉—"

"어엇!"

어스름에 가려진 수풀 속에서 갑자기 튀어나온 진우청의 모습에 선두에서 달려오던 사내 두 명이 헛바람을 들이켰다.

들이마신 숨을 내뱉지도 못한 두 사람은 입만 떡 벌린 채 바닥으로 무너졌다.

그리고 또 한 번의 도약!

"피해라!"

더 뒤에서 달려오던 네 명의 사내들이 급히 옆으로 산개했다.

"크윽—"

"큭!"

바람처럼 나타난 유화성의 검이 두 사내의 가슴과 목을 동시에 갈랐다.

퍼퍽!

또 다른 두 명은 용호곤의 제물이 되어 쓰러졌다.

"포위해라!"

여섯 명을 베거나 때려눕힌 사이, 그보다 더 많은 숫자의 사내들이 주변을 감쌌다.

"최대한 빨리 이놈들만 해치우고 숲으로 숨어들어야 하네."

유화성은 다시 저 들판 중간에서 달려오는 무리들을 보며 말했다.

이들이 선발대이고 뒤쪽이 본진인 것 같았다.

고개를 끄덕거린 진우청은 용호곤을 하나로 조립했다.

휘리릭—

파공음이 들리며 용호곤에 앞서 참나무 몽둥이 하나가 먼저 쏘아져 나갔다.

달려드는 사내를 향한 해천 노인의 몽둥이였다.

진우청과 유화성보다는 노인이 쉽겠다는 생각을 했는지 사내들은 해천 노인 쪽을 향해 먼저 달려들었다.

까강!

검신을 두드려 옆으로 흘린 참나무 몽둥이가 사내의 가슴을 두드려 갔다.

경악한 사내가 급히 몸을 틀었다.

가슴을 공격하던 몽둥이가 춤을 추듯 선회하며 사내의 다리를 쳤다.

상체의 중심이 무너진 사내의 다리가 고스란히 몽둥이 끝에 걸리며 사내의 신형이 허공으로 떠올랐다.

퍼퍼퍽—

허공에 떠오른 사내를 향해 참나무 몽둥이가 단순하게 쭉 뻗어나간 것 같았는데 사내의 몸에서는 여러 개의 격타음이 한꺼번에 울렸다.

"크윽!"

비명과 함께 사내는 튕기듯 뒤로 날아갔다.

"여전하구먼."

백운 노인이 미소를 지으며 해천 노인을 쳐다보았다.

진우청 역시 해천 노인을 쳐다보았다.

'저런 수법도 있었군.'

진우청은 해천 노인의 방금 수법을 보며 용호곤을 쥔 손목을 움직여 보았다.

단순히 한 번 찌른 것 같았지만 순간적으로 손목을 움직여 연속적으로 여러 개의 타점을 공격하는 연환 공격 수법이었다.

'어디?'

호기심 가득한 눈을 돌린 진우청의 신형이 쭈욱 앞으로 미끄러졌다.

순식간에 코앞으로 쏘아지는 진우청을 향해 사내 하나가 검을 휘둘렀다.

진우청의 손목이 빠르게 움직였다.

땅―

쇳소리가 나며 용호곤 끝이 잠시 흔들리는 듯했다.

다음 순간,

퍼퍼퍽―

해천 노인의 참나무 몽둥이에서와 똑같은 음향이 울렸다.

그러나 사내의 입에서는 비명이 터져 나오지 않았다.

진우청의 손목에서 뻗어 나오는 힘과 함께 참나무보다는 쇠몽둥이가 훨씬 큰 타격을 주었기에 사내는 비명도 지르지 못하고 뒤로 날아갔다.

"한꺼번에 쳐라!"

부하들 몇 명이 순식간에 쓰러지자 뒤에 있던 사내가 고함을 질렀다.

포위망을 형성했던 사내들이 동시에 날아올랐다.

파앗—

유화성의 표풍검이 빛을 뿜었다.

표홀한 신법, 표홀한 검격!

사내 하나가 가슴이 갈라진 채 쓰러졌다.

휘리릭—

진우청도 자신에게로 한꺼번에 날아드는 두 개의 검을 향해 용호곤을 휘둘렀다.

째쟁—

한 개의 검이 뚝 부러져 나갔고, 다른 한 개의 검이 허공으로 튕겨졌다.

퍼퍽—

뒤이어 둔탁한 소리와 함께 두 사내가 동시에 무너졌다.

그사이 백운 노인과 유화성도 각각 한 사내들을 더 처치하고 산 쪽으로 몸을 돌렸다.

선발대 격인 놈들을 처치했으니 다시 조금은 더 시간을 번 것이다.

"어서 가세!"

해천 노인의 목소리와 함께 네 사람은 몸을 날렸다.

그러나 네 사람은 채 몇 걸음도 옮기기 전에 신형을 멈추었다.

시간을 벌어주었기에 유화결을 업고 한참 앞서 달려가고 있을 줄 알았던 가문의 젊은이들이 유가검보의 무사들과 함께 마주 달려오고 있었기 때문이다.

"아니… 왜?"

백운 노인은 의구심 가득한 눈빛으로 청년들을 쳐다보았다.

달려오는 젊은이들의 눈에서 공포감을 읽은 백운 노인은 얼른 젊은이들 뒤쪽으로 시선을 돌렸다.

천천히 걸어오는 한 명의 인영!

젊은이들을 되돌아오게 한 장본인이었다.

백운 노인은 안광을 빛내며 마주 오는 인영의 모습을 살폈다.

짙어지는 어둠 속에서 희끗한 반백의 머리가 인영의 정체를 초로인으로 짐작케 해주었다.

그는 눈썹이 없던 백염노인과 함께 있던 그 초로인이었다.

백운 노인은 계속해서 주변을 살폈다.

더 이상의 인기척은 느껴지지 않았다.

그렇다면 저 초로인 한 명 때문에 자신 가문과 유가검보의 젊은이들이 공포에 물든 눈으로 이곳까지 쫓겨왔다는 말이었다.

그러고 보니 유가검보의 무사들 몇 명이 보이지 않았다.

아마도 초로인에게 당한 것이리라……

백운 노인과 함께 걸음을 멈춘 진우청과 유화성도 긴장한 눈으로 초로인을 쳐다보았다.

"사문이 어디냐?"

어느새 앞으로 다가온 초로인은 다른 사람은 안중에 없는 듯 진우청을 보고 물었다.

진우청은 어리둥절한 표정으로 초로인을 쳐다보았다.

일면식도 없는 초로인!

그리고 한시도 지체할 수 없는 상황에서 초로인은 자신을 똑바로 쳐다보며 뜻밖의 질문을 던져 왔다.

"나에게 물은 것이오?"

진우청은 이리저리 고개를 돌리다가 초로인을 향해 되물었다.

"그렇단다, 아이야!"

대답과 함께 초로인은 천천히 고개를 끄덕였다.

마침 불어온 바람에 초로인의 머리가 뒤로 날리고 얼굴이 좀 더 드러났다.

각진 얼굴 선과 함께 불이 뿜어지는 듯한 눈!

일대종사의 기품이 서려 있다고 해도 과언이 아니었다.

진우청은 뒤를 돌아보았다.

선발대를 처치하며 겨우 시간을 벌었다고 생각했는데 이 초로인의 등장으로 모든 게 허사가 되고 말았다.

그사이 추적자들이 들판을 가득 메우며 달려오고 있었다.

"저 아이들이 신경 쓰여 대답하기 힘들다면 잠시 멈춰 서게 해주마."

등 뒤를 신경 쓰는 진우청을 보며 초로인은 가볍게 입술을 움직였다.

그러자 제일 앞쪽에서 달려오는 사내들이 주춤거리며 멈춰 서기 시작하더니 마침내는 모든 인원이 그 자리에 멈춰 섰다.

아마도 초로인은 전음으로 앞에서 지휘하는 자들에게 명령을 내린 모양이었다.

"이젠 대답해 줄 수 있겠느냐?"

초로인은 다시 차분한 목소리로 말했다.

진우청은 눈살을 찌푸렸다.

사문이란 게 있지도 않지만, 아니, 있는지도 알지 못하지만 지금 이

판국에 그게 뭐가 중요하단 말인가?

그러나 등 뒤쪽은 당분간 신경 쓰지 않아도 되겠다는 생각에 한숨을 내쉰 진우청은 입을 열었다.

"난 그런 거 모르오, 그러니 길이나 좀 비켜주시오. 안 그러면 몽둥이로 두드리고 지나가겠소."

진우청은 딱딱한 음성으로 말했다.

초로인의 눈이 잠시 이채를 발했다.

"붕산철장을 날려 버린 장력과 맨몸으로 수백 개의 화살을 날려 버린 실력을 갖춘 사람이 사문이 없다면 말이 안 되지."

초로인은 여전히 진우청 외에는 안중에도 없다는 눈빛으로 질문을 던졌다.

뒤를 쫓아오는 추적자들, 그리고 목숨이 경각에 달린 유화결 때문에 한시라도 지체할 수 없는 상황이지만 이 초로인과 대화나 일전이 끝나기 전에는 아무도 움직일 수 없다는 무언의 압력에 백운, 해천 두 노인은 물론, 유화성마저 몸을 움직이지 못하고 있었다.

"그런 거 없대도 그러시오. 설사 있다고 해도 가르쳐 주기 싫으니어서 길이나 비켜주시오."

진우청은 고개를 저으며 답했다.

"그렇다면 직접 알아보는 수밖에 없구나."

진우청의 대답에 대한 진위를 파악하려는지 잠시 진우청의 눈빛을 읽던 초로인은 한 걸음 앞으로 내디뎠다.

초로인의 신형이 허깨비처럼 진우청 앞에 나타났다.

주변에 있던 젊은 무사들 눈에는 그렇게 보였다.

그 순간 진우청의 신형도 비슷한 움직임으로 옆으로 이동했다.

초로인의 신형이 다시 흔들리며 진우청을 향해 미끄러졌다.

"노인장, 잠시……."

진우청은 손사래를 치며 다시 옆으로 이동했다.

"이젠 답해주겠느냐?"

진우청의 말과 함께 움직임을 멈춘 초로인이 재차 질문을 했다.

"그러는 노인장은 대체 뉘시오?"

기가 막힌 진우청은 초로인을 향해 도로 질문을 던졌다.

하루 종일 거의 먹지도 못하며 유화결을 업고 달린 상태라 배가 고파 눈이 튀어나올 지경인데 정체 모를 초로인의 행동은 정말 어이가 없었다.

잡아서 죽이겠다고 기를 쓰며 쫓아오고, 안 잡히겠다고 기를 쓰며 도망가는 처지에 사문이 무슨 소용인가?

"난 어느 문파에서 무위도식하고 있는 사람이라네. 그렇게 지내던 중 자네가 우리 아이들을 너무 쉽게 처치해 버려서 동정호를 유람하고 있는 나에게도 연락이 왔더군. 장차 큰 화근이 될 수 있는 자넬 잡아달라고 말일세. 그래서 나를 호위하던 저 아이들과 함께 자네를 잡으러 온 것일세."

초로인은 간단히 자신을 소개한 후 다시 말을 이었다.

"그러니 나를 움직이게 한 자네나 자네 사문에 대해 관심이 가는 건 당연한 이치가 아니겠나?"

초로인은 사실인지 거짓인지 모르겠지만 그럴듯한 이유를 밝힌 후 눈빛으로 진우청의 대답을 재촉했다.

'빌어먹을!'

진우청은 내심 투덜거렸다.

지금까지 쫓던 인원들만으로도 죽을 고생을 했는데 동정호에서 놀고 있던 인원들까지 투입했다면 더 어려워진 상황이 아닌가?

그리고 말로는 어느 곳에서 무위도식하는 사람이라 했지만 결코 만만한 신분이 아닌 것 같았다.

"난 더 이상 알려줄 것도 없고, 배가 고파 길게 얘기하고 싶지도 않으니 길을 비켜주던지 한바탕 더 하던지 알아서 하시오."

진우청은 만사가 귀찮다는 표정으로 답하고는 입을 굳게 다물었다.

"할 수 없군!"

초로인도 더 이상의 질문은 포기한 듯 손을 들어 올렸다.

초로인의 우수에서 하얀색 기류가 뭉쳐졌다.

진우청은 긴장한 눈빛으로 초로인을 쳐다보았다.

이제껏 만난 어떤 사람들보다도 경각심을 느끼게 하는 초로인이었다.

그때 초로인의 손이 부하들을 물릴 때처럼 가볍게 흔들렸다.

일렁!

한 가닥 안개 같은 기운이 진우청을 향해 미풍처럼 다가왔다.

산들거리는 봄바람처럼 다가왔지만 그것은 순간적인 느낌일 뿐이었고 실제로는 쾌속 무비한 빠르기와 폭풍 같은 힘을 담고 있었다.

'후흡—'

슬쩍 상체를 튼 진우청은 본능적으로 아랫배에 힘을 주며 호흡을 끌어올렸다.

용린탄주의 호체진기가 온몸으로 퍼져 나가며 초로인이 뿌린 경력에 대항했다.

퍼엉—

진우청의 어깨에서 폭음이 터졌다.

설명은 길었지만 너무나 순식간에 일어난 사태에 두 노인과 유화성 등은 놀란 눈으로 진우청을 쳐다보았다.

장난치듯 간단하게 뿌리는 초로인의 일장, 그리고 바위라도 부술 듯한 폭음!

"망할!"

뒤로 한 걸음 물러난 진우청이 와락 인상을 쓰며 소리를 질렀다.

용린탄주로 일장을 튕겨낸 어깨에서 느껴진 울렁거림이 아랫배에까지 전해지며 겨우 눌러놓았던 허기가 물밀듯 몰려왔다.

진우청은 땅을 짚고 있던 용호곤을 들어 올렸다.

"누가 욕하는 건 참을 수 있어도 배고픈 건 참을 수 없소. 어서 길을 비키시오."

용호곤을 들어 올린 진우청이 초로인을 향해 쏘아졌다.

"배가 고파?"

초로인의 눈매가 흔들렸다.

삼성의 공력으로 가볍게 뿌린 일장이긴 했지만 벌레가 어딜 물었느냐 듯 달려드는 진우청의 모습이 기가 막힌 것이다.

초로인은 다시 한 손을 흔들었다.

아까처럼 가볍게 뿌린 것이 아니라 손바닥을 펴서 환자의 상처를 문지르듯 가볍게 움직였다.

여전히 아무런 소리도 울리지 않았지만 한 무더기의 구름 덩어리가 진우청의 전신을 뒤덮어갔다.

"하앗─"

진우청도 기합성을 터뜨리며 용호곤을 수직으로 내려쳤다.

용호곤에서 천강음이 발출되며 덮쳐 오는 구름이 반으로 쪼개졌다.

휘이잉―

여세를 몬 용호곤이 초로인의 어깨를 두드려 갔다.

"역시!"

한마디 탄성을 터뜨린 초로인이 상체를 흔들었다.

초로인의 신형이 허깨비처럼 그 자리에서 사라지며 뒤로 물러났다.

파앗―

발끝으로 땅을 박찬 진우청의 신형도 미끄러지듯 초로인을 쫓았다.

뒤로 물러나던 초로인의 표정이 굳어지며 쌍장을 들어 올렸다.

그러나 한 발 앞서 진우청의 손목이 흔들렸다.

파파팍―

해천 노인의 수법을 흉내 낸 연속 공격이 내밀어지려는 초로인의 양 손목을 한꺼번에 찔러갔다.

초로인은 쌍장을 뻗으려는 의도를 접고 손목으로 찔러드는 용호곤을 쳐냈다.

그 순간 진우청의 통나무 같은 다리가 초로인의 복부로 날아들었다.

초식이니 뭐니 하는 것과는 거리가 멀게 느껴지는 무식한 발길질이었지만 그건 어떤 절초보다도 유효 적절했다. 마치 제 갈 길을 찾아가는 물길 같은 움직임이 깃든 동작이었다.

휘익―

슬쩍 뒤로 물러난 초로인은 갈고리같이 손가락을 구부렸다.

정체를 밝히진 않았지만 감히 자신에게 이런 공격을 퍼부어 올 인간이 있다는 사실이 믿어지지 않은 눈빛의 초로인은 손가락으로 진우청의 발목을 으스러뜨릴 듯 찍어갔다.

'흡!'

호흡을 짧게 끊은 진우청의 발이 순간적으로 두 치 정도 이동하며 초로인의 손목을 걷어챘다.

퍽—

파육음과 함께 초로인의 신형이 옆으로 두어 걸음 밀려났다.

'설마?'

초로인의 눈빛이 불신으로 물들었다.

'그 문이 벌써 열렸단 말인가?'

초로인은 손목으로 전해져 오는 통증도 잊은 채 진우청을 뚫어져라 쳐다보았다.

"그럴 리가… 그럴 리가 없을 텐데……."

초로인은 헛소리처럼 중얼거렸다.

"무슨 말이오, 노인장?"

싸우다 말고 우뚝 서서 넋 잃은 사람처럼 쳐다보는 초로인을 향해 진우청은 고개를 갸웃거렸다.

"우리도 나서야 하는 것이 아닐까?"

잠시 움직임을 멈춘 두 사람을 보며 백운 노인이 말했다.

"그러면 추격을 멈춘 저놈들도 움직일 걸세. 잠시만 더 두고 보도록 하세나. 저 아이가 호승심 강한 노인을 때려눕혀 주기라도 하면 훨씬 쉬워질 수도 있을 테니……."

해천 노인이 보일 듯 말 듯 고개를 저으며 답했다.

"저, 저건?"

해천 노인의 말에 동조하며 고개를 끄덕거리던 백운 노인이 경호성을 질렀다.

우뚝 서서 진우청을 쳐다보던 초로인의 손이 붉게 달아오르고 있었다.

"이젠 기필코 죽여야 하겠구나!"

잠시 동안 눈 한 번 깜박이지 않고 진우청을 쳐다보던 초로인은 붉은 기운이 이글거리는 쌍장을 쳐들었다.

"애초에 그러려고 막아섰으면서 웬 긴말이시오?"

뚱하게 중얼거린 진우청은 길게 호흡을 끌어올렸다.

말은 대수롭지 않은 투로 했지만 초로인의 손에 일렁거리는 공력이 결코 예사롭지 않다는 것을 느낀 것이다.

초로인의 쌍장이 천천히 앞으로 내밀어졌다.

화아악—

아까의 안개 같은 기운과는 달리 노인의 손바닥에서는 붉은 기운이 터져 나왔다.

섬뜩한 파공음과 함께 지옥의 염화 같은 불길이 진우청의 전신을 태울 듯 휩쓸어갔다.

"하아앗—"

용호곤을 등 뒤로 꽂은 진우청도 무겁게 쌍장을 내밀었다. 그리고 마지막 순간 천둥 같은 고함을 지르며 천룡후를 발출했다.

천룡신무를 익히며 손끝과 발끝까지 스며들어 있던 대기의 기운이, 대자연의 충만한 기운이 진우청의 양 손바닥을 통해 한순간에 해일처럼 밀려 나왔다.

돌산 소나무들을 둘러싼 안개 같은 기운!

황산 일흔두 개의 봉우리를 감싼 운해 같은 기운이 수백 장 폭포를 거스르는 천룡의 형상으로 초로인이 뿌린 붉은 장력을 거슬러 갔다.

마주치는 것을 모두 태우고 녹여 버릴 듯 휘몰아쳐 오던 염화가 두 줄기로 갈라져 흩날리기 시작했다.

"하앗!"

잔우청의 입에서 다시 한 번 천룡의 고함이 터져 나왔다.

염화를 가르던 천룡후가 더 큰 해일이 되어 아예 불길을 뒤덮어갔다.

퍼엉—

이번에는 초로인의 가슴에서 폭음이 터졌다.

"크으윽—"

초로인이 피를 한 사발이나 토하며 급급히 뒤로 밀리다가 바닥에 나뒹굴었다.

"노, 노야!"

멈춰 서 있던 중년인 하나가 믿을 수 없다는 표정으로 달려가 초로인을 부축했다.

"저놈, 기필코… 저놈을 죽여야 한다. 무슨 수를 써서라도……."

초로인은 그 말과 함께 정신을 잃었다.

"이젠 두고 볼 것도 없다. 모두 쳐라!"

초로인의 가슴 혈 몇 군데를 두드린 중년인이 고함을 질렀다. 그러자 초로인의 제지로 잠시 멈추어 서 있던 추적자들이 분분히 몸을 날려 진우청 일행을 둘러쌌다.

초로인과의 대결을 벌이는 동안 뒤에서 달려오던 추적자들도 모두 가세하고 있었다.

스스스—

순식간에 사방이 둘러싸이며 사냥개들에게 포위당한 형국이 되어버렸다.

다행이라면 초로인과 대결하며 지체한 시간만큼 날이 저물어 있었다는 것이다.

어떻게든 포위망을 뚫고 숲으로 들어가면 몸을 숨길 수 있을 것 같았지만 숲으로 들어가는 것이 그 어느 때보다 힘들어 보였다.

놈들은 포위망을 구축하면서도 들판 쪽을 되도록 엷게, 반대로 숲쪽으로는 세 배는 더 두껍게 인원을 배치했다. 진우청 등이 숲 속으로 스며들지 못하게 하기 위함이었다.

"화, 화결아!"

급박한 순간 유화성의 목소리가 더욱 급하게 울렸다.

유화결의 상태가 다시 악화되고 있는 모양이었다. 유화성이 아니었다면 몇 번은 죽었을 것이다. 이젠 한계에 달할 때도 되었다.

즉시 유화결을 바닥에 앉힌 유화성이 유화결의 명문혈에 손을 갖다 댔다.

진기를 불어넣는 유화성의 얼굴에 땀이 비 오듯 했다.

절벽에서 소나무를 베고, 그 소나무를 밀어 넘어뜨리지 못할 만큼 내력이 고갈된 유화성이었다.

그 후로도 두 번이나 더 진기를 불어넣었으니 까닥하면 유화결보다 먼저 죽을까 걱정이 되었다.

"쳐라!"

이 순간이 기회라 생각되었는지 중년인이 고함을 질렀다.

진우청은 용호곤을 분리했다.

그리고 유화성을 흘깃 쳐다보았다.

살아남은 유가검보의 무사들이 유화성 주변을 둘러싸고 있었지만 역부족이었다.

싸움이 시작되면 자신의 몸도 지키기 힘들 것이다.

쨍—

옆쪽에서 병기가 부딪치는 소리가 들렸다.

백운무관의 젊은 무사 한 명과 추적자들 두 명이 검을 섞고 있었다.

서왕문이란 거대한 문파에서 차출되어 온 자들이 분명했기에 백운무관의 젊은이들 몇 명이 한꺼번에 달려들어도 모자랄 실력들인데 상황은 오히려 그 반대였다.

"쿨럭!"

유화결의 명문에 진기를 불어넣은 유화성이 결국은 한 모금 선혈을 토했다.

창백한 표정이 검이나 제대로 들어 올릴 수 있을까 의심스러웠다.

유화성이 유화결의 등에서 손을 떼는 것을 확인한 진우청이 몸을 날렸다.

백운무관 젊은이 하나의 검을 간단히 날린 흑의사내가 젊은이의 목을 쳐가고 있었다.

휘익—

바람처럼 나타난 진우청의 용곤이 흑의사내의 검을 부러뜨리고 호곤이 가슴을 두드렸다.

"크흑!"

사내가 답답한 비명을 지르고 쓰러졌다.

이제껏 용호곤에 가슴 부위를 가격당한 사람들은 비명을 지르지 못하고 입만 벌렸는데 최초로 비명이 터져 나왔다. 그것은 사내의 내력이 만만치 않다는 반증이었다. 아니면, 진우청의 내력이 그만큼 고갈

되어 가고 있다는 말일 수도 있었다.

쨍—

용곤이 다시 한 사내의 검을 쳐내며 뒤이어 호곤이 사내의 허리를 때렸다.

비슷한 공격이었지만 사내는 동료처럼 그렇게 똑같이 쓰러졌다.

퍼퍼퍽—

이번에는 해천 노인의 참나무 몽둥이에서 연속적인 격타음이 울렸다.

다리와 허리, 목덜미를 한꺼번에 가격당한 사내가 그 자리에서 무너졌다.

그러나 사내는 무너지는 도중에도 악착같이 검을 휘둘러 해천 노인의 하체를 노렸다.

휘익—

백운 노인의 검이 허공을 선회하며 사내의 팔을 잘랐다.

"아악—"

사내가 비명을 지르며 바닥을 뒹굴었다.

"크윽!"

"큭!"

사내의 비명과 함께 두 마디의 비명이 같이 터져 나왔다.

백운무관의 무사 두 명이 동시에 바닥으로 무너지고 있었다.

"이놈들!"

충혈된 눈을 한 백운 노인이 몸을 날렸다.

"위험하네, 백운!"

해천 노인이 경호성을 터뜨렸다.

처음에는 포위망을 조여오는 사내들을 가운데서 서로 등을 지켜주며 싸웠지만 점점 흩어지며 각각 몇 명씩에 둘러싸여 싸우는 형상이 되어갔다.

다수 대 소수가 싸우면 결국은 그런 형국이 되고 그게 마지막 수순이었다.

휘이잉—

백운 노인 가문의 검법인 폭류검초가 펼쳐지며 검에서 폭풍 같은 경기가 뻗어 나왔다.

한 사내의 목이 허공으로 떠오르며 피분수가 솟아올랐다.

대신 다른 한 사내의 검이 백운 노인의 허리를 찔러들고 있었다.

퍼억—

사내의 검이 백운 노인의 허리 옷자락을 건드리는 순간 파육음이 울리며 팅기듯 뒤로 물러났다.

"한곳에 모이십시오, 노인장!"

어느새 하나로 합친 용호곤으로 사내를 쳐낸 진우청이 고함을 지르며 혈로를 뚫었다.

백운 노인은 쾌속하게 검을 휘두르며 진우청을 따랐다.

"어서 이리로!"

해천 노인의 다급한 목소리가 들리며 참나무 방망이가 허공을 가르는 소리도 같이 들렸다.

"괜찮은가, 해천?"

해천 노인에게로 와 등을 마주하며 겨우 한 모금의 호흡을 돌린 백운 노인은 고개를 돌리며 물었다.

"저 아이가 부지런히 뛰어다니는 한 괜찮을 것 같네."

해천 노인은 진우청을 처다보며 말했다.

퍼퍼퍽!

"이쪽으로……."

다시 연속적인 파육음이 들리며 진우청의 고함 소리도 들렸다.

두 노인의 황급히 신법을 펼쳤다.

"크윽!"

검대 소속 무사 한 명이 비명을 지르며 무너졌다.

무너지면서도 유화성을 보호하려는 의지는 그대로 간직한 채 그 앞으로 방패처럼 몸을 던지고 있었다.

쌔앵―

유화결을 업은 채 검을 휘두르는 유화성은 목구멍에서 타는 듯한 열기를 느끼며 이를 악물었다.

검을 든 손이 점점 무거워지며 초식에 파탄이 드러났다.

이젠 범인이라면 사물을 구별하기 힘들 정도로 어둠이 짙어졌지만 놈들은 그 검초의 파탄을 정확히 읽고 검을 휘둘러 오고 있었다.

목숨을 버리며 막아주는 검대원들이 아니었으면 지금쯤 큰 상처를 입거나 목숨이 끊어졌을지도 모를 일이었다.

서걱―

섬뜩한 소음과 함께 허벅지 한곳으로 불에 지진 듯한 통증이 느껴졌다.

검이 날아들기에 앞서 감각이 먼저 그것을 느꼈지만 고갈된 내력으로 인한 미세한 움직임의 차이가 결국은 상처를 만들었다.

유화성은 그 순간에도 동생 화결을 보호하는 자세로 검을 휘둘렀다.

"정말 지독한 놈이야."

등 뒤에서 역겨운 숨결과 목소리가 느껴지며 두꺼운 도 한 자루가 허리로 날아들었다.

유화성은 필사적으로 검을 휘둘렀다.

쨍—

겨우 막았지만 검이 튕겨 올랐다.

그 사이로 다시 도가 날아들었다.

퍼억—

도를 든 사내의 머리가 깨어지며 해천 노인의 몽둥이가 유화성의 머리 위로 선회했다.

쌔애앵—

백운 노인의 검 역시 파공음을 내며 검대원 한 사람의 가슴을 찔러오는 사내의 목을 먼저 꿰뚫었다.

"어, 어르신!"

유화성은 부릅뜬 눈으로 두 노인을 쳐다보았다.

벌써 쓰러졌거나 심한 상처를 입은 줄 알았는데 의외로 멀쩡했다.

그 이유는 곧 밝혀졌다.

퍼퍼퍽—

연속음이 터지며 서왕문 무사 몇 명이 그 자리에서 무너졌다. 그 사이로 살아남은 백운무관의 젊은이 세 명이 유화성이 있는 쪽으로 모여들었다. 그리고는 서로 등을 맞대었다.

쨍—

쨍—

계속적인 공격을 받았지만 등 뒤는 걱정 안 해도 되었다.

"당신들도 이쪽으로!"

둑을 막듯 움직이던 진우청은 다른 사람들도 모두 한곳에 모이게 하며 고함을 질렀다.

'대체 어떤 수행을 했기에……?'

유화성의 눈이, 그리고 모든 사람들의 눈이 의문으로 물들었다.

지금까지 유화성 못지않게 내력을 소모한 진우청이었다.

유화성은 유화결을 살리는 데 온 내력을 불어넣었다면 진우청은 유화결을 업고 치달리며, 그리고 다른 사람들을 살리는 데 그 못지않은 내력을 불어넣었다.

이젠 유화성 못지않게 지쳤을 법도 하건만 낮고 긴 숨을 몇 번만 들이마시고, 토하고 나면 여전히 처음처럼 팔팔하게 움직였다.

그것도 억지로 숨을 고르는 것이 아닌, 쉴 새 없이 움직이는 동작과 조화되어 몸 밖으로 드러나지도 않건만 그 어떤 수행법에서 나오는 힘보다 강력한 힘을 쏟아내고 있었다.

"흐으읍—"

그런 생각들에 화답하듯 진우청은 길게 호흡을 들이마셨다.

주변의 대기들이 모조리 진우청의 입과 코로 빨려드는 느낌이 드는 순간, 진우청은 호흡을 멈추며 용호곤에 내력을 불어넣었다.

우우웅—

용호곤에서 수만 마리의 벌들이 한꺼번에 울어대는 듯한 소리가 흘러나왔다.

"길을 뚫겠습니다."

진우청은 빠르게 말한 후 용호곤을 들어 올렸다.

"하앗—!"

고함을 터뜨린 진우청이 쾌속하게 용호곤을 휘둘렀다. 그리고 어느 순간 용호곤을 잡은 손을 놓았다.

쌔애앵—

용호곤이 거대한 톱니바퀴처럼 회전하며 앞으로 날아갔다.

퍼퍼퍼퍽!

제일 앞에서 용호곤에 걸린 사내들이 무가 뽑혀지듯 허공으로 튕겨졌다.

비명도 지를 새 없이 날아간 사내들이 떨어지기도 전에 또 다른 사내들이 양옆으로 튕겨 나갔다.

톱니바퀴는 비도나 화살처럼 빠르게 날아가지는 않았다.

슬쩍 던진 물체가 날아가듯 천천히 날아갔지만 그 회전 속에서 터져 나오는 기세는 거대한 바위가 굴러오는 것이나 마찬가지였다.

"피, 피해라!"

고함을 지르던 사내는 그 고함을 다 내뱉기도 전에 거대한 톱니바퀴에서 불어오는 바람에 휘청 옆으로 상체가 꺾였다.

쿠르릉—

웅웅거리던 소리가 이제는 마차가 굴러오는 것 같은 소리를 내며 톱니바퀴의 크기가 두 배는 더 커진 것 같았다.

"모두 피해라!"

앞을 막아섰던 사내들이 급급히 옆으로 물러났다.

휘이익—

그 사이로 두 노인과 유화성, 진우청 등이 빠르게 지나갔다.

콰앙—

들판이 끝나는 곳까지 날아가 산언덕에 부딪친 용호곤이 폭음을 터뜨렸다.

우지직—

나무 한 그루가 비명을 지르며 무너져 내렸다.

그리고 그 나뭇가지 사이로 진우청 등의 모습이 사라졌다.

第三十四章

구출(救出)

구출(救出)

"**불**화살을 쏴 올려라!"

거의 다 잡았다고 생각했던 진우청 일행이 숲으로 사라지자 즉시 고함 소리가 들렸다.

피피핑!

날카로운 파공음과 함께 불화살들이 허공으로 쏘아졌다.

"여우 같은 놈들!"

해천 노인이 신음처럼 중얼거렸다.

숲으로 숨어들면 곧바로 탈출이 가능할 줄 알았는데 불화살 공격으로 인해 사위가 대낮처럼 훤해지며 오히려 화살의 표적이 되기 십상이었다. 더 깊은 숲 속으로 들어가기 전에 고슴도치가 될 것 같았다.

서왕문이라는 큰 단체에서 수많은 전투를 치른 무인들이었기에 상황에 따른 온갖 전술들로 진우청과 유화성 일행을 위기로 내몰았다.

"일단 저 바위 뒤로……."

곧장 숲으로 날아들려던 의도를 접은 백운 노인이 고함과 함께 바위 뒤로 진로를 잡았다.

뒤이어 수십 개의 화살이 날아들었지만 모두들 간발의 차이로 화살 공격을 피하며 바위 뒤로 피했다.

우선은 살았다.

그런 생각과 함께 가쁜 숨을 토해내던 사람들은 긴장으로 표정들이 굳어졌다.

반대편, 그러니까 자신들이 숨어들려고 하는 숲 속에서 미세한 바람 소리들이 들려왔다.

그 바람 소리들은 경공을 펼치는 무인들이 만들어내는 소리였다. 아직은 거리가 있었으나 조금 후면 이곳까지 도착할 것 같았다.

"이럴 바에야 죽기 살기로 치고 나가는 게 낫네. 자기편들도 있으니 아까처럼 마구잡이로 화살을 날리지는 못할 걸세."

해천 노인이 앞뒤에서 조여오는 움직임을 느끼며 다급하게 말했다.

"그럼 어서 갑시다!"

고함을 지른 진우청은 한 손으로는 유화결을 들쳐 업고 다른 한 손으로 용호곤을 굳게 잡은 채 앞으로 달려나갔다.

"저곳까지만 가면 울창한 숲일세. 조금만 더……!"

백운 노인과 해천 노인이 진우청을 격려하며 고함을 질렀다.

"물렁탱이! 제발 숨 좀 크게 쉬어라."

진우청은 점점 가늘어지는 유화결의 숨결을 느끼며 세차게 땅을 박찼다.

한시라도 빨리 거리를 벌리고 잠시 유화결의 상세를 살펴야 하는데 그럴 여유가 없었다.

타는 심정과 함께 목구멍 속에서도 단내가 숫구쳐 올랐다.

"이 자식아! 숨 쉬어! 악착같이 숨 쉬라니까!"

진우청은 악을 쓰듯 소리를 질렀다.

피피핑—

다시 화살이 허공을 가르는 소리가 들리며 주위가 대낮처럼 환해졌
다.

그 사이로 수효를 헤아릴 수 없이 많은 인영들이 앞에서 달려오고
있었다.

"어느새……!"

해천 노인은 절망적인 신음을 토하며 그들을 쳐다보았다.

맞은편에서 바람 소리와 함께 다가오던 인영들이었다.

그들은 질풍처럼 빨랐고 숫자도 너무 많았다.

그들의 모습이 보이자 뒤에서 악착같이 쫓던 무리들도 모든 움직임
을 멈추었다. 이젠 더 이상 악착같이 추격할 이유가 없었기 때문일 것
이다.

유화성은 우뚝 신형을 멈추었다.

그를 따라 진우청도 움직임을 멈추었다. 막무가내로 뚫고 나가기에
는 벅찬 숫자였다.

"이젠 그만 내려놓고 노인들과 함께 자넨 빠져나가게!"

검을 굳게 쥔 유화성이 결심한 듯 소리를 질렀다.

자신들만 아니라면 진우청은 이런 포위망쯤 얼마든지 빠져나갈 수
있을 것이다.

지금으로선 그게 최선의 선택이었다.

"말도 안 되는 소리 하지 마시오!"

진우청은 으르렁거리듯 고함을 질렀다.

"우리 가문 때문에 아무 상관 없는 사람들까지 죽음을 당할 필요 없네."

"그렇게 떠들 기운 있으면 한 놈이라도 더 쓰러뜨리시오."

진우청은 꿈쩍도 않고 앞을 노려보았다.

"한날한시에 죽겠다던 맹세를 지키게 되었구먼."

백운 노인도 더 이상 탈출이 불가능하다고 생각했는지 해천 노인을 보며 말했다.

"가세!"

두 노인은 약속을 지키려는 듯 동시에 앞으로 치고 나갔다.

다른 사람들도 두 노인을 따라 땅을 박찼다.

질풍처럼 마주 오던 인영들이 이젠 형체를 구별할 정도로 가까워졌다.

해천 노인은 제일 앞에 오는 인영을 향해 마주쳐 갔다.

왜소한 체격이었지만 거의 발악적으로 경공을 펼치며 다가오는 기세가 자못 살벌했다.

우선은 그 기세부터 먼저 꺾어놓고 치고 나갈 작정으로 참나무 몽둥이를 들어 올리던 해천 노인의 눈이 크게 뜨여졌다.

"그런데 저 아이는……?"

백운 노인도 해천 노인의 뒤를 따르다 고함을 질렀다.

유화성의 눈도 커다랗게 뜨여졌다.

제일 앞에서 미친 듯이 달려오는 왜소한 인영은 뜻밖에도 여인이었다.

"큰오빠!"

점점 가까워진 유화경이 찢어지는 듯한 고함을 질렀다.

미친 듯이 날아 내려오는 유화경의 뒤로 절명자 오무평과 백봉령주의 모습도 보였다.

그 뒤를 따라 수많은 남패천 무사들도 몸을 날리고 있었다.

"화경아……."

검을 휘두르며 마주쳐 나가려던 유화성은 온몸의 긴장이 풀어지며 휘청 흔들리는 신형을 겨우 바로 세웠다.

진우청도 백운, 해천 노인도 주춤 신형을 세우며 목구멍까지 차 오른 숨을 토해냈다.

"큰오빠, 흐흑!"

산비탈을 구르듯이 달려온 유화경은 유화성의 품에서 겨우 신형을 바로 세웠다.

"흑!"

초췌한 모습이긴 했지만 무사한 유화성을 보며 유화경은 굵은 눈물을 떨어뜨렸다.

그러나 그것도 잠시, 진우청의 등에 업힌 유화결을 발견한 유화경은 다시 비명을 질렀다.

"작은오빠! 어떻게… 어, 어떻게 된 거야? 왜 그래, 작은오빠!"

유화성의 품을 빠져나온 유화경은 발악하듯 고함을 질렀지만 유화결의 의식은 돌아오지 않았다. 오히려 호흡은 점점 더 가늘어졌다.

"비키시오!"

유화경을 밀쳐 낸 진우청은 서둘러 유화결의 신형을 바닥에 눕혔다.

남패천 사람들의 등장으로 추격자들이 더 이상 거리를 좁혀오지 않고 대치 상태가 되었다.

우선 그것만으로도 천만다행이었다.

차후 더 큰 싸움이 벌어질지 몰라도 당장은 숨을 돌릴 수 있었다. 그리고 그건 지금 이 순간 그들에게 가장 필요한 것이었다.

지금은 숨 몇 번을 고를 수 있는 순간만이라도 생명과 직결된다.

타다닥!

진우청은 유화결의 등줄기에 손을 갖다 대고 빠르게 두드렸다.

굵고 억센 손가락이 믿어지지 않을 정도로 부드럽게 휘어지며 유화결의 등줄기를 따라 몇 번을 오르내렸다.

"으음……."

가느다란 신음이 유화결의 입에서 흘러나왔다.

진우청은 멈추지 않고 계속해서 유화결의 등줄기를 누르고 쓸었다.

유화결의 호흡이 조금 더 굵어졌다.

"휴―"

한숨을 내쉰 진우청은 유화성에게 유화결을 인계했다.

유화성은 즉시 유화결의 명문혈에 손을 대고는 진기를 불어넣었다.

유화성의 얼굴은 더욱 창백해졌지만 유화결의 얼굴은 핏기를 되찾았다.

"금창약과 붕대, 그리고 속명단을 가져와요!"

백봉령주가 고함을 지르자 사내 몇이 분주하게 움직였다.

그러는 사이 잠시 팽팽하게 대치를 이루었던 사람들 사이에서 울렁거림이 일었다.

추격자들 중에서 한 중년인이 나섰다.

진우청과 대결하고 쓰러진 노인을 부축하던 사내였다.

그러자 남패천 무사들 중 한 사람이 손을 들어 올렸고, 즉시 남패천 무사들이 대열을 형성하며 앞을 막았다.

"남패천이 왜 우리를 막는 것이오? 여긴 남패천의 영역도 아닌데⋯⋯."

중년인의 나지막한 목소리가 숲 속 곳곳으로 스며들었다.

"남패천 영역은 아니지만 이분들은 남패천의 빈객들이오. 그러니 당연히 우리가 나서야지요."

중년인의 말을 받은 사람은 뜻밖에도 젊은 청년인 듯 목소리가 어리게 들렸다.

"누가 당신들의 빈객이란 말인가?"

"이곳에 있는 분들 모두⋯⋯."

중년인의 말에 청년은 짤막하게 답했다. 그러면서도 그 말투에는 여유와 자신감이 한껏 깃들어 있었다.

"그런 말도 안 되는⋯⋯."

중년인은 잇새로 중얼거리며 상황을 살폈다.

여차하면 공격 명령을 내릴 기세였다.

그때 청년의 손이 올라갔다.

수신호와 함께 옆에 있던 사내 하나가 불화살을 쏘아 올렸다.

불화살이 허공으로 솟아올라 떨어질 즈음이 되자 산속 이곳저곳에서 불꽃이 반짝이기 시작하더니 급기야는 산 한쪽이 훤해질 정도로 많은 횃불들이 밝혀졌다.

"더 이상 구구절절한 소리는 하고 싶지도 듣고 싶지도 않소. 귀하들에게 이분들을 죽여야만 할 이유가 있다면 우리에겐 살려야 할 이유가 있소. 그리고 지금 불을 켠 인원들은 각각 부하들 열 명을 거느린 조장

들이오. 다시 말해, 우리 쪽 인원들은 횃불 개수의 열 배라 보면 되오."

청년의 말에 중년인의 눈에서 한광이 쏟아져 나왔다.

중년인에게 있어서 노인의 지시는 절대적이었다.

이유는 몰랐지만 저 곰 같은 놈을 기필코 죽여야 한다던 노인의 지시는 수행해야 했다. 그러나 상황이 그걸 허락하지 않았다. 압도적인 숫자에다가 산 하나만 넘으면 남패천 영역이다.

지리적으로나 수적으로나 불가능에 가까운 일이었다.

'하지만…….'

중년인은 불나방이 될지라도 노인의 명령을 수행할 결심을 굳혔다.

"그만… 됐다!"

중년인의 손이 들려질 찰나 가물가물 노인의 목소리가 들렸다.

"노야……."

중년인은 움직임을 멈추고 청년들에게 부축된 채 누워 있는 노인을 쳐다보았다.

"그만 돌아갈 때다. 더 이상은 불가항력이야."

초로인이 힘겹게 한마디 덧붙이고는 눈을 감았다.

중년인은 잠시 초로인의 얼굴을 응시하다 부하들을 향해 철수 명령을 내렸다.

무엇 때문에 필사적으로 추적했고, 또 무엇 때문에 남패천에서 이런 많은 인원들을 이끌고 와서 자신들의 일을 방해하는지 궁금했지만 언제나 그렇듯이 그런 것은 자신이 관여할 사항이 아니었다.

스스스—

중년인의 명령과 함께 추적자들이 바람처럼 숲을 빠져나가 들판으로 내려섰다.

들판에서 잠시 전열을 정비하던 그들은 물결처럼 일렁이다 들판의 어둠 속으로 스며들었다.

지옥의 사신 같던 자들의 추격이 끝나고 긴장이 풀리자 진우청도 털썩 자리에 주저앉았다.

그도 지친 것이다.

보통 사람 같았으면 진기가 고갈되어 몇 번은 죽었을 것이지만 통나무처럼 털썩 주저앉는 것으로 모든 걸 대신했다.

"작은오빠! 제발… 제발 죽지 마! 흐흐흑!"

유화경은 남패천 사람들에게서 치료를 받고 있는 유화결을 보며 발을 동동 굴렀다.

제대로 된 치료와 속명단의 복용으로 창백했던 얼굴에 핏기가 돌아오고 있었지만 여전히 의식은 돌아오지 않았다.

"큰오빠! 작은오빠, 작은오빠, 괜찮겠죠?"

유화경은 유화성을 보며 다급하게 질문했다.

"괜찮을 거야! 그러니 너무 걱정 말아라."

유화경 못지않게 창백한 얼굴을 한 유화성은 무겁게 고개를 끄덕거렸다.

유화경은 다시 눈물을 쏟으며 유화결의 얼굴에 모든 시선을 고정시켰다.

"그보다… 어떻게 여길……?"

잠시 후, 유화성은 의문 가득한 눈으로 유화경을 쳐다보았다.

유화경의 대답 대신 백봉령주가 다가오며 입술을 움직였다.

"무사하셔서 정말 다행이에요, 공자님."

유화성을 쳐다보는 백봉령주의 눈이 한껏 젖어들었다.

"오늘 아침 지부에 도착해 갈 즈음 총단으로부터 두 분 공자님을 구해내라는 급보가 날아들었어요. 늦은 감이 있었지만 즉시 지부 인원들과 두 패로 나누어 두 분이 가신 방향으로 달려왔어요. 다행히 두 분께서 같이 계셔서 여기서 합쳐지게 되었어요."

백봉령주는 유화성의 궁금증에 간단히 답변을 해주었다.

"총단에서 왜 우릴?"

유화성은 의문이 감도는 눈으로 백봉령주를 쳐다보았다.

남패천 총단이 자신들에게 관심을 가질 이유가 없었다.

그런 생각을 하던 유화성은 진우청에게로 고개를 돌렸다.

자신에게는 아니겠지만 진우청에게는 관심을 가질 수 있었다.

그러고도 남을 만한 사람이었다.

"그것까진 모르겠어요. 두 분께서 위험에 처할 수도 있다는 연락을 접하자마자 급하게 달려와서……."

백봉령주도 짧은 순간 진우청에게로 눈길을 돌리며 답하고는 유화성에게 휴식을 권했다.

몇 마디 대화가 끝나자마자 유화성은 다시 유화결의 상세를 살폈다.

생사를 다투는 위기는 넘겼지만 상처가 얼마만한지, 어떤 후유증이 나타날지 마음이 바윗덩이처럼 무거웠다.

유화성과 재회의 인사를 나눈 백봉령주는 의구심 가득한 표정과 함께 소나무 둥치에 등을 기대고 앉아 있는 진우청에게로 눈을 돌렸다.

진우청은 그새 잠이라도 들었는지 눈을 감고 꼼짝도 않고 있었다.

'대체 정체가 뭐지?'

백봉령주는 총단에서도 가볍지 않은 관심을 가지고 있는 진우청의 정체가 점점 더 궁금해졌다.

지시를 받자마자 급하게 달려오느라 자세한 건 모르겠지만 이런 대규모의 인원을 출동시킨 것을 보면 그 관심은 결코 가벼운 것이 아닐 것이다.

그런 생각과 함께 진우청의 얼굴에 시선을 고정시키고 있던 백봉령주는 깜짝 놀라며 뒷걸음질을 쳤다.

나무에 등을 기대고 죽은 듯이 앉아 있던 진우청이 벌떡 몸을 일으키며 자신에게로 다가왔기 때문이다.

"혹시 먹을 것 좀 가져오지 않았소?"

백봉령주 앞에 선 진우청은 호랑이라도 잡아먹을 것 같은 표정으로 말했다.

진우청은 거의 한 광주리나 되는 음식을 집어삼켰다.

그리고 물 또한 가죽 주머니 세 개나 비운 후 남패천 무사가 건네주는 야영 장비를 건네받아 평평한 바닥에 깔고는 쓰러지듯 잠에 빠져들었다.

진우청뿐만 아니라 필사의 탈출을 했던 다른 사람들에게도 지금 당장 필요한 것이 휴식이었기에 남패천 무사들은 빠르게 움직이며 산과 들판에 진영을 짜고 야영 준비를 했다.

유화성은 진우청이 잠든 곳으로 가서 이슬을 막을 수 있는 천막을 손수 쳐주었다. 그리고 그 옆에서 운기조식을 시작했다.

몇 년보다 더 길었던 하루는 그렇게 막을 내렸다.

다음날 진우청이 눈을 떴을 땐 먼동이 터오를 무렵이었다.

그때까지도 유화성은 조식에 빠져든 채 가부좌를 틀고 있었다.

그 옆에는 백봉령주와 절명자 오무평이 호법을 서고 있었다.

유화경은 유화결을 보살피는지 보이지 않았다.

'물렁탱이!'

유화결에게 생각이 미친 진우청은 벌떡 몸을 일으켰다.

그때 마침 유화경이 다가오고 있었다.

밤새 한잠도 못 잤는지 푸석한 얼굴이었다.

"물렁탱이… 아니, 소저의 작은오빠는……?"

진우청은 근심스런 눈으로 유화경을 쳐다보았다.

"회복되고 있어요."

유화성의 운기조식에 방해될까 조금 옆으로 걸음을 옮긴 유화경이 작은 목소리로 답했다.

"정말 다행이오. 그런데 어디 있소?"

"저쪽 천막… 아니, 제가 안내해 드릴게요."

유화성을 한 번 쳐다본 유화경은 앞장을 섰다.

회복되고 있다는 말을 들었지만 걱정이 다 가시지 않은 진우청은 서둘러 유화경을 따랐다.

그리 멀리 떨어지지 않은 곳에 있는 큰 천막 안에서 유화결은 온 상체에 붕대를 감고 의생인 듯한 청년의 보살핌을 받고 있었다.

진우청은 유화결의 얼굴을 쳐다보았다.

유화경의 말대로 회복되는 기색이 보였다.

창백했던 얼굴에 핏기가 돌고 숨결도 규칙적이었다.

업고 치달리며 점점 호흡이 가늘어질 때는 속이 타 들어가는 지경이었는데 일단 한시름 놓아도 될 것 같았다.

워낙 상처가 깊어 예전처럼 검을 휘두를 수 있을지는 모르겠지만 그건 나중의 일이었다. 우선은 생명을 구하는 것이 중요했다.

"휴우—"

진우청은 긴 한숨을 내쉬었다.

"물렁탱이… 푹 자라. 그래야 회복도 빠르다."

진우청은 유화결의 상체에 덮인 이불을 끌어 올려주고는 등을 돌렸다.

그때 유화결의 신음 소리가 들려왔다.

의식이 회복되고 있는 모양이었다.

"작은오빠!"

유화경이 얼른 유화결 곁으로 다가갔다.

진우청도 눈을 끔벅거리며 유화결을 쳐다보았다.

"으음……."

좀 전보다 조금 더 긴 신음 소리와 함께 유화결이 눈을 떴다.

"작은오빠……."

유화경은 간절한 눈으로 유화결을 쳐다보았다.

"화경아……."

의식이 돌아온 유화결은 동생을 알아보았다.

"작은오빠, 으흐흑!"

유화경은 참고 있던 오열을 터뜨렸다.

불행 중 다행의 상황이었다.

상처가 깊고, 그 상태에서 필사의 탈출을 하느라 너무 오랫동안 방치해 후유증을 걱정했는데 의식이 돌아옴과 함께 바로 사람을 알아본다는 것은 다행스런 일이었다.

아마도 생명을 짜 넣듯 진기를 불어넣은 형의 덕분일 것이다.

진우청은 안도의 표정으로 두 남매를 쳐다보았다.

그때 유화결의 입술이 다시 움직였다.

"살아 있었구나, 곰탱이……. 정말… 다행이다."

가느다란 목소리와 함께 유화결의 눈이 진우청에게 고정되었다.

진우청은 잠시 할 말을 잃었다.

"이 물러 터진 자식! 지금 누가 누굴 보고 살아 있니 마니, 걱정하는 거냐?"

잠시 후 진우청은 고함을 질렀다. 그리고는 일으켜 세우기라도 할 듯 다가갔다.

"아직은 안정을 취해야 합니다."

의생 사내가 고함을 지르는 진우청을 향해 눈살을 찌푸리며 주의를 주었다.

고개를 한 번 끄덕거린 진우청은 천천히 다가가 유화결을 내려다보았다.

"정말 괜찮은 거냐?"

잠시 유화결을 내려다보던 진우청은 질문을 던졌다.

"곰탱이… 네 눈에는… 이게 괜찮은 걸로……."

유화결의 목소리가 끊어질 듯 흘러나왔다.

"다른 건 몰라도 입은 확실히 괜찮은 것 같다. 용쓰지 말고 좀 더 푹 쉬어라. 네 형도 괜찮고, 다른 사람들도 괜찮으니……."

진우청은 어이없는 웃음을 흘리며 잠시 더 유화결을 쳐다보다 천막 밖으로 나왔다.

마음이 홀가분해지고 피로도 많이 풀렸다.

이젠 아무도 없는 곳에 가서 용무 한 자락을 추고 싶은 생각이 들었다.

천룡신무의 동작 속으로 녹아들고 호흡 속으로 녹아들면 조금 남아 있는 피로도 완전히 풀리고 날아갈 듯한 기분이 들 것이다.

"무사해서 다행이에요, 오라버니."

숲 속을 향해 걸음을 옮기려던 진우청은 오라버니라는 유화경의 목소리에 유화성이 오는지 천막 쪽을 쳐다보았다.

천막 주변으로는 아무도 보이지 않았다. 진우청은 뭘 잘못 들었나 하는 표정으로 고개를 돌렸다.

그때 유화경의 목소리가 다시 들렸다.

"앞으로는 오라버니라 부를게요."

진우청은 잠시 눈을 끔벅거렸다.

"지금 나보고……?"

진우청은 여전히 멀뚱거리며 유화경을 쳐다보았다.

"작은오빠를 친구처럼 대하시니 저도 오라버니라 부를게요. 그리고 이번에도 고맙다는 말은 안 할게요. 말로서는 평생을 해도 모자랄 테니까요."

유화경은 주르르 눈물을 흘리며 말했다.

"그만 들어가 볼게요. 우청 오라버니 말대로 작은오빠는 물렁탱이라서 마음이 안 놓이거든요. 저러다 언제 또 의식을 잃을지 모르겠어요."

얼른 눈물을 훔친 유화경은 천막 안으로 들어갔다.

'오라버니라고?'

진우청은 잠시 천막 쪽을 쳐다보며 멍하니 서 있었다.

자신을 오라버니라고 부르는 유화경의 말과 함께 문득 가족들이 생각났다.

집을 떠날 때 네 살짜리 남동생과 함께 여동생도 있었지만 그땐 강보에 싸여 있었던 기억밖에 나지 않았다.

남동생 역시 겨우 걸어다니고, 말도 몇 마디 하지 못하던 녀석이라 아련하기만 하다.

확실히 생각나는 사람은 형뿐이다.

그것도 지겹게 싸우던 기억과 함께…….

"후후!"

진우청은 어이없는 웃음을 흘렸다.

마치 잊어버린 것 같던 까마득한 기억들이 유화경의 입에서 나온 오라버리란 말로 인해 갑작스럽게 되살아났다.

"하긴, 집에서 산 것보다 산에서 산 세월이 더 길었으니……."

진우청은 아련한 표정으로 고개를 흔들었다.

부부 금슬로 보아 여동생 하나쯤은 더 있을 가능성이 높았지만 그 녀석들에게서 오라버니 소리를 언제 듣게 될지는 기약도 없었다.

"오라버니……. 그리 나쁘진 않군!"

중얼거린 진우청은 천천히 숲 속으로 걸음을 옮겼다.

              *   *   *

"으리으리하군."

남패천 강서지부에 들어선 진우청은 사방을 두리번거리며 감탄사를 토했다.

네 개 하늘 중 하나인 남패천이라 그런지 지부도 그 위용이 대단

했다.

다른 사람들의 표정에도 그런 생각들이 역력했다.

진우청 일행, 그러니까 유화성 형제와 그를 따르는 검보 무사들, 또 두 노인과 백운 노인 가문의 젊은이들은 하룻밤의 야영이 끝나고 모두 남패천행을 결정했다.

유화결을 당분간 안전한 곳에서 치료를 받게 하고, 휴식을 취하게 해 주어야 할 입장인 유화성으로서는 당연한 결정이었고 두 노인과 진우청 역시 상황이 나아질 때까지는 동방회나, 최소한 서왕문의 손길이 쉽게 미칠 수 없는 남패천 지부에서 머무르기로 했다.

처음의 목적지인 소주와 항주와는 점점 멀어지는 자신을 발견하며 진우청은 쓴웃음을 지었지만 그곳이 동방회의 본거지라 생각하니 당분간은 누가 돈을 주며 초청을 한다고 해도 가고 싶지가 않았다.

"어서 오시오, 정말 고생 많았소. 소생은 이곳 지부주 장위강(張偉姜)이라 하오."

접객당에 도착하자 한 중년인이 만면 가득 웃음을 지으며 진우청과 유화성 일행을 맞았다.

옆집 아저씨같이 편안한 인상을 주는 중년인은 자신의 소개대로 남패천 강서지부의 부주인 장위강이었다.

인상은 지극히 평범해 보였지만 두 눈에서 이따금씩 뻗어 나오는 정광은 내력이 안으로 잘 갈무리된 고수임을 느끼게 해주었다.

"보잘것없는 사람들을 부주께서 직접 환대해 주시니 감사할 따름이구려."

백운 노인이 일행을 대표해서 인사를 했다.

백운 노인의 말대로 부주가 직접 나서서 손님을 맞는 경우는 드문

일이라 접객실 내에서는 은은한 긴장감이 감돌고 있었다.

찻잔을 나르는 소녀들은 혹시라도 실수하지 않을까 몸놀림과 표정이 굳어 있었고, 지부주가 직접 나온 자리이니 총관 이하 각 당의 당주들도 자연히 참석하여 실내의 공기를 더 무겁게 했다.

"겸양의 말씀입니다. 최근 온 안휘성을 들썩이게 하고 이곳까지도 명성이 울려 퍼지게 한 분들을 맞이하게 되어서 오히려 영광이지요. 조금 지나면 온 무림에 명성이 자자해질 것 같습니다. 하하!"

장위강은 진우청과 유화성을 쳐다보며 편안함을 주는 웃음을 떠올렸다.

"그리고 유가검보의 일은 무척 안타깝게 생각하고 있네. 너무 갑작스런 사태라 우리로서는……."

장위강은 말끝을 흐렸다.

갑작스럽지 않았다고 해도 이제껏 은근한 대립 관계에 있던 유가검보에 자신이 해줄 일은 없었기에 더 이상의 인사치레는 가식만 키울 뿐이었다.

"구원대를 보내서 사지에서 구출해 준 것만으로도 쉽게 갚을 수 없는 은혜를 입었습니다."

유화성은 장위강을 향해 깊이 고개를 숙였다.

가문의 참상에 대한 슬픔과 분노를 깊이 감춘 채 담담히 인사를 하는 유화성의 모습에 장위강의 눈빛이 잠시 이채를 띠었다.

분노를 순간 순간 터뜨리는 사람보다는 그 분노를 가슴 깊이 눌러두고 응축시키는 사람들이 무서운 법이다.

그 응축된 분노는 언젠가는 몇 배의 크기로 화산처럼 터져 나오기 마련이다.

장위강은 유화성의 눈빛과 숨결에서 그런 기운을 느낀 것이다.

"하하! 그렇게 생각하고 있다니 오히려 민망하구만."

장위강은 너털웃음을 터뜨리며 몇 마디 더 하고는 서둘러 총관 및 당주들과도 간단한 인사를 나누게 한 후 자리를 파했다.

"오늘은 이쯤에서 간단히 인사를 마치기로 합시다. 혈로를 뚫고 오느라 피곤하고 부상자들도 많으니 어서 가서 휴식을 취하도록 하시오."

장위강의 말이 끝나자 총관이 시녀들을 시켜 진우청과 유화성 일행을 숙소로 안내하게 했다.

부상을 입은 무사들과 유화결은 치료를 받기 위해 이미 약의전(藥醫殿)이란 건물로 옮겨졌고 다른 사람들은 숙소를 배정받았다. 숙소에서 잠시 쉬다 한자리에 모였을 때 한 사내와 함께 백봉령주가 들어왔다.

사내는 구원대를 이끌고 왔던 청년이었다.

이십대 중반밖에 되지 않은 그는 이곳 맹호대(猛虎隊)의 대주 직을 맡고 있는 신하진(申河振)이었다.

젊은 나이임에도 불구하고 한 조직을 이끌고 있는 것을 봐서는 평범한 사람이 아님을 알 수 있었다.

"앞으로 불편하신 것이 있으면 제게 말씀하십시오. 안면이 없는 다른 사람들보다는 제가 더 편할 테니까요."

맹호대주 신하진은 서글서글한 미소와 함께 이곳의 내부 구조와 외부인들이 알아야 할 것 등을 간단히 설명했다.

"이 소저!"

안내를 끝내고 밖으로 나가려는 백봉령주를 유화성이 불러 세웠다.

백봉령주는 긴장한 표정으로 유화성을 쳐다보았다.

너무 큰 시련과 함께 깊은 바다 아래로 가라앉은 것 같은 유화성의 눈빛과 목소리는 나지막했지만 알 수 없는 압박감을 불러일으켰다.

"무슨 하실 말씀이라도……?"

백봉령주는 겨우 입술을 움직였다.

"우린 남패천을 위해 공을 세운 사람들도 아니고… 어쩌면 귀찮은 혹 덩어리일 수도 있는데 부주까지 나와서 접대를 해주는 것은 쉽게 이해가 되지 않소. 그 이전에 대규모의 구원병을 보내준 것도……."

"그 이유는 제가 말씀드리지요."

백봉령주를 대신해 신하진이 나섰다.

"제가 무사들을 이끌고 여러분에게로 달려간 것은 이미 말했다시피 총단의 지시에 의해서였소. 두 분은 잘 모르고 계시겠지만 최근 퍼진 두 분의 명성은 결코 가볍지가 않소. 그래서 서왕문과 동방회에서는 후환을 남기지 않으려 필사적으로 쫓은 것이고 우리 역시 그 반대로 두 분을 필사적으로 구한 것이오. 최근 서왕문과 동방회는 암암리에 많은 고수들을 끌어들이고 있소. 우리라고 그러지 말라는 법은 없지요."

사내는 차분한 목소리와 함께 설명해 주었다.

"그것보다는… 천주님의 지시가 있었어요."

사내의 설명에 잠시 갈등하는 빛을 보이던 백봉령주가 덧붙였다.

"령주!"

사내는 당황한 표정으로 백봉령주를 쳐다보았다.

백봉령주가 밝힌 사실은 외부인에게는 알리지 말아야 할 비밀 정도는 되는 모양이었다.

"굳이 그런 것까지 비밀로 할 필요가 없다고 생각해요. 얼마 후면 자연히 밝혀질 것이고……."

백봉령주는 작심한 듯 말했다.

그동안 유화성에게 정체를 숨기고 행동했던 사실이 마음에 걸렸던 그녀였다.

그리고 어설픈 변명이나 연극 따위는 통하지 않는다는 것도 잘 알고 있는 그녀였다.

"무슨 연유인지는 몰라요. 맹호대주님 말씀대로 서왕문과 동방회가 많은 고수들을 포섭하는 상황에서 우리도 그럴 필요성이 절실했을 수도 있고, 아니면 다른 이유가 있을 수도……. 어쨌든 헤어진 다음날 천주님의 명령이 급보로 날아왔다고 했어요. 기필코 두 분을 구해내라고……. 그 때문에 부주님까지 나오셔서 여러분을 접대한 것이에요."

백봉령주는 유화성과 진우청을 쳐다보며 답했다.

"잘 알겠소. 입장 난처하게 했다면 미안하오."

남패천의 주인인 남패천주가 자신들을 구하라고 친명을 내렸다는 사실에 안광을 빛내던 유화성은 백봉령주를 향해 고개를 끄덕인 후 맹호대주를 향해서도 포권을 쥐었다.

"쩝! 총단에서 오신 분이 발설해 버렸으니 뭐라 할 수도 없고……. 대신 백봉령주의 말씀은 못 들은 척해주시오. 하하!"

신하진은 하얀 이를 드러내며 호탕하게 웃었다.

"천주라면 남패천의 주인 말이오?"

이제껏 무관심하게 실내 장식들이나 쳐다보며 두리번거리던 진우청이 천주란 말에 불쑥 질문을 던졌다.

"그래요, 남패천주님이에요."

백봉령주가 불안한 표정으로 말을 받았다.

"구해준 것은 고맙긴 한데… 그 사람이 왜 급보까지 날려가며 우릴……?"

"그 사람……?"

진우청의 말에 신하진의 입이 벌어지고 잠시 동안 다물어지지 못했다.

"그 이유는 모른다고 했잖아요! 그리고… 천주님은 누군가가 함부로 그 사람이라고 칭할 수 있는 분이 아니세요. 그러니 진 공자님께선 호칭을 좀……."

얼른 나선 백봉령주가 더듬거리며 말했다.

"그야 뭐… 앞으로 조심하지요. 얻어먹는 처지에……."

진우청은 머리를 긁적이며 대답하고는 다시 입술을 움직였다.

"세상에는 공짜가 없는 법인데… 앞으로의 밥값에다 구해준 값까지 합치면 얼마나 되려나. 휴우—"

유화성이 하고 싶었던, 그리고 다른 사람들도 은연중에 궁금증을 느끼고 있던 말을 거침없이 내던진 진우청은 가슴속으로 손을 넣어 전낭을 만지작거렸다.

유화결의 상처는 생각보다 심했다. 화살이 아슬아슬하게 심장은 비껴갔지만 폐를 건드렸다. 그 상태에서 즉각적인 치료와 요양이 이루어지지 못하고 진우청의 등에 업혀 하루 종일 죽음의 탈출을 감행하느라 상세가 악화되었다.

그들의 말로는 살아 있는 것만으로도 천지신명이 도운 것이라 했다. 물론 천지신명이 아니라 유화성과 진우청의 필사적인 노력 덕분이었다.

어쩌면 폐 하나는 못 쓰게 될지도 모르는 상황에서 남패천 강서지부의 의생들은 비지땀을 흘렸다.

남패천주가 급보를 날려 기필코 구해내라고 지시한 두 사람 중, 한 명의 동생이니 그들은 밤낮을 가리지 않고 온 힘을 쏟았다.

유화성과 유화경도 밤잠을 설치며 유화결을 보살폈지만 회복은 더디기만 했다.

"한쪽 폐가 망가지면 어떻게 되나요? 죽지는 않겠죠, 언니?"

환자들을 모아놓은 남패천의 약의전으로 가며 유화경은 백봉령주를 보며 물었다.

"걱정 마세요. 더 심한 상처를 입는 사람들도 살아났어요."

"정말, 정말이죠, 언니?"

유화경은 다짐을 받듯이 물었다.

"그래요, 그러니 걱정 말아요."

백봉령주는 얼른 대답했다. 죽을 거라면 벌써 죽었을 것이다.

"그런데…… 무공은… 회복할 수 있을까요?"

유화경은 다시 걱정 가득한 눈으로 질문했다.

그 위급한 상황에서도 살아났으니 앞으로도 그럴 것이란 안도감은 들었지만 계속 검을 휘두를 수 있을지는 모를 일이었다. 살아난다고 해도 계속 검을 휘두를 수 없다면 작은오빠 유화결에게는 죽은 것이나 마찬가지였다.

그걸 잘 알고 있기에 유화경의 마음은 더욱 초조했다.

"그건 좀 더 기다려 봐야겠어요. 아무리 왼쪽이긴 하지만 운기가 잘 되지 않으면……."

말을 이어가던 백봉령주는 입을 다물었다.

"흑!"

유화경은 마침내 눈물을 흘렸다.

"물렁탱이에게 가는 것이냐?"

뒤에서 진우청의 목소리가 들려왔다. 진우청도 유화결에게로 가던 모양이었다.

유화경은 얼른 눈물을 닦으며 진우청을 쳐다보았다.

"아직도 일어나지 못한 거냐, 물렁탱이는?"

진우청은 유화경의 걱정스런 표정은 외면한 채 커다란 목소리로 물었다.

처음에는 우청 오라버니라고 부르는 유화경에게 어정쩡하게 대답하고 더듬거렸지만 이젠 어느 정도 편하게 말을 하고 있었다.

"아직⋯⋯."

진우청의 질문에 유화경은 고개를 저었다.

"이 자식 이거⋯ 정말 물렁하기 짝이 없는 놈이군! 어서 가보자."

불만스런 표정으로 고함을 지른 진우청은 성큼성큼 걸음을 옮겼다.

약초 냄새와 뭔가 알 수 없는 여러 가지 냄새들이 풍기는 병실 안에서 유화결은 잠이 든 듯 눈을 감고 누워 있었다.

육신에 입은 상처도 문제였지만 정신적 충격과 가문의 참상에 대한 분노와 복수심은 더 문제였다.

그 와중에 유가검보의 지부 두 곳도 정체를 알 수 없는 무리들로부터 공격을 받아 궤멸된 것이나 마찬가지인 큰 타격을 입었다는 소식이 전해졌다. 철무전을 탈출하며 유화성은 그런 사태를 어느 정도 예상했었지만 최악의 경우였다. 결국은 유화결도 그 사실을 알고 나서 턱이 부서져라 이를 갈았다.

그런 용광로 같은 분노가 전신을 감싸고 숨결을 따라 온 혈맥으로 스며들어 상처까지 낫지 못하게 하고 있었다.

탁하고 피처럼 끈적이는 호흡!

유화결의 호흡을 읽은 진우청은 인상을 찌푸렸다.

"왔구나, 곰탱이……."

자는 듯 누워 있던 유화결은 유화경을 의식한 듯 억지로 표정을 밝게 하며 말했다.

그러나 온몸을 감싼, 썩어가는 시체 같은 호흡의 색깔은 조금도 옅어지지 않았다.

"일어나라!"

진우청은 짤막하게 말하며 이불을 걷었다.

"우청 오라버니……!"

유화경이 고함을 지르며 진우청을 쳐다보았다. 백봉령주도 놀란 눈으로 우악스럽게 유화결을 일으키는 진우청을 쳐다보았다.

유화결의 지금 몸 상태는 일어서기는커녕 앉는 것도 자제해야 했다.

그러나 진우청은 아랑곳 않고 유화결의 상체를 잡아 일으켰다.

"쿨럭!"

유화결이 기침을 토했다.

"왜, 왜 그러세요, 우청 오라버니!"

유화경이 비명처럼 소리를 질렀다.

저렇게 몇 번 더 기침을 하게 되면 피를 토하고 걷잡을 수 없게 된다.

"그렇게 썩은 숨만 들이키다가는 멀쩡한 피도 썩게 된다. 어서 일어나서 나가자."

진우청은 조금도 사정을 주지 않고 유화결의 허리를 잡고 침상 아래로 끌어 내렸다.

"왜 이러세요, 진 공자님! 당분간은 몸도 뒤척이지 말라고 의생들이 신신당부했어요!"

백봉령주가 진우청의 앞을 막아서며 다급하게 소리쳤다.

"비키시오!"

유화결의 팔을 어깨에 걸친 진우청이 짤막하게 말하며 백봉령주를 쏘아보았다.

철무전에서 죽음을 두려워하지 않던 서왕문 무사들을 두들길 때 뿜어 나오던 그 눈빛이었다.

백봉령주는 바늘에 찔리기라도 한 듯 화들짝 놀라며 주춤 뒤로 물러났다.

"쿨럭!"

다시 한 번 유화결이 기침을 토했다.

아직 피는 토하지 않았지만 하얗게 탈색된 안색이 위험천만해 보였다.

꾸욱!

진우청은 손가락으로 유화결의 가슴 몇 군데를 누른 후 유화결을 반쯤 들쳐 업다시피 하고는 병실을 나섰다.

파랗게 질린 유화경과 백봉령주가 안절부절못하며 그 뒤를 따랐다.

"울어, 자식아!"

유화결을 데리고 약의전 뒤쪽 숲 속에 내려놓은 진우청이 소리를 질렀다.

"이 자식이… 미쳤나……?"

유화결은 통증을 느끼는지 인상을 찌푸리며 말했다.

"살귀가 되어 미친 듯이 검을 휘두를 땐 휘두르더라도 지금은 울어, 자식아!"

진우청은 다시 고함을 질렀다.

"이 미친놈… 내가 개냐? 자꾸 뭘 물란… 말이야?"

'울어' 를 '물어' 로 알아들은 유화결이 기가 막히는 표정으로 진우청을 쳐다보았다.

"네 형은 겉으로는 유약해 보여도 속은 강하기 짝이 없는 사람이야! 하지만 네놈은 겉만 그럴듯하지 속은 물러 터진 약골이야! 그런 놈이 세상에서 제일 강한 척 이를 악물고 있어! 그렇게 꽉 악물린 이빨 사이로는 맑은 숨결이 스며들 수가 없어!"

진우청의 목소리가 점점 더 커졌다.

"울어, 자식아! 부모님이 돌아가시고 식구들이 거의 몰살당했는데 왜 안 울어! 울란 말이야, 이 자식아!"

진우청은 씩씩대며 유화결을 쳐다보았다.

"제발… 이… 미친놈 좀……."

짝—

진우청의 손이 유화결의 뺨을 갈겼다.

"울어! 울란 말이야, 자식아! 넌 강한 놈이 못 돼. 이럴 땐 울어도 돼! 왜 안 우는 거야! 네 동생이 볼까 두려워서? 아니면 네가 겁쟁이라는 것이 들통날까 두려워서? 그래서 꾹꾹 참고 썩은 숨만 들이마시고 있는 거야? 울어? 왜 안 우는 거야?"

진우청이 고함을 질렀다.

"흑一"

울음은 옆에 있던 유화경이 먼저 터뜨렸다.

자신 앞에서 그간 유화결이 얼마나 이를 악물고 참았는지 알고 있기 때문이다.

"으흐흑……."

유화경은 더 큰 소리로 울었다. 그리고 걷잡을 수 없이 오열을 토했다.

"엄마……."

유화경의 오열이 통곡으로 바뀌었다.

"큭!"

급기야 유화결의 입에서도 한 가닥 울음이 토해졌다.

"크으윽!"

뒤이어 더 큰 오열이 토해졌다.

"크으윽……! 쿨럭!"

오열과 함께 유화결의 입에서 피가 쏟아졌다.

시커멓게 죽은 진흙 같은 피였다.

진우청은 유화결의 등 뒤로 다가가 손가락으로 등을 건드렸다.

"크흑! 쿨럭! 쿨럭……!"

유화결은 어깨까지 들썩이며 울음을 토해냈다.

그리고 그 울음소리가 커지는 것만큼 입에서 쏟아져 나오는 울혈의 양도 많아졌다.

타다닥!

진우청은 계속해서 피를 토해내는 유화결의 등을 두드리기도 하고 누르기도 하며 마지막 한 방울의 울혈까지 뱉어내게 했다.

한참 동안 그런 상황이 더 이어졌다.

그리고 얼마 후, 진우청의 의도대로 마지막 한 방울의 썩은 피까지 다 토해낸 유화결은 기진한 듯 그 자리에 무너졌다.

울혈이 다 토해지자 통곡도 멈추고 스르르 잠이 밀려왔다.

"곰탱이…… 별걸 다 하는구나!"

몰려오는 졸음을 이기지 못하고 잠꼬대처럼 말한 유화결은 혼곤한 잠 속으로 빠져들었다.

"곧 죽어도 짹 하고 죽는다더니……."

진우청은 겉옷을 벗어 유화결에게 덮어주었다.

싱그러운 봄날의 햇살을 받은 유화결의 얼굴이 새로 돋아나는 나뭇잎처럼 생기가 돌았다.

"우청 오라버니…… 흐흑!"

울기는 먼저 울었지만 죽은 피를 몇 사발이나 게워내는 유화결을 보고 놀라서 울음을 멈추었던 유화경은 뒤늦게 다시 울기 시작했다.

"다행이에요, 정말 다행이에요! 저런 것이 온 혈맥 구석구석 차여 있었으니 회복이 안 되고 오히려 악화되기만 했죠. 이제부터는 급격히 호전될 거예요."

유화결이 토해낸 죽은 피를 보고, 또 그것을 토해내게 한 진우청을 보고 믿기지 않는 표정을 한 백봉령주는 유화경을 달래며 말했다.

백봉령주의 말대로 유화결의 상처는 급격한 호전을 보였다. 그날 이후부터 빠르게 새살이 돋아났고 다친 폐도 정상적인 기능을 되찾으며 회복되어 갔다.

그렇게 하루하루 지나간 날이 어느덧 열흘을 넘기고 보름을 향해 치닫고 있었다.

그사이 백봉령주는 곧바로 돌아온다는 말을 남기고 절명자 오무평과 함께 총단으로 돌아갔다.

아마도 호출이 있은 모양이었다.

유화결의 상처가 빠르게 호전되자 하루 종일 간호를 하지 않아도 된 유화경은 백봉령주가 주고 간 화약 다루는 법과 기관을 다루는 법을 적은 책에 미친 듯이 빠져들었다.

유화성 역시 가문의 검법인 표풍검법, 그리고 그 마지막 초식인 표풍무형의 검초에 미친 듯이 빠져들었다.

표풍무형은 한계가 없는 초식이었다.

그것을 깨닫기까지는 인간의 한계를 뛰어넘는 만큼의 심혈을 기울여야 하지만 그것을 뛰어넘고 나면 오히려 한계가 없어지며 휘두를수록 더욱 부족함을 느끼게 되고 더욱 한계가 넓어지는 검초였기에 유화성은 하루하루 더 깊은 검의(劍意) 속으로 빠져들었다.

숙부들이 계신 지부 두 곳도 무너졌다는 말을 들은 그들은 그렇게라도 한곳에 몰입하며 미칠 듯한 분노를 삭이고 있었다.

제일 한가한 사람은 진우청과 두 노인이었다.

백운, 해천 두 노인은 하루 종일 나무 그늘에 앉아 차를 마시기도 하고 바둑을 두기도 하며 노년에 찾아온 휴식을 만끽했다.

때때로 백운 노인은 자신 가문의 소식이 궁금했지만 그때마다 남패천 강서지부의 정보망은 단 하루가 되기 전에 자세한 근황을 전해주어 백운 노인을 안심시켰다.

해천 노인 역시 때때로 손녀 이여옥이 걱정되었지만 그건 자신이 나서서 당장 해결될 문제도 아닌지라 당분간은 마음을 비우고 백운 노인과 함께 한가한 시간을 보내고 있었다.

그중에서도 진우청은 더 더욱 한가했다.

처음에는 유화결 때문에 이것저것 신경을 쓰며 병실과 숙소를 왔다 갔다 했지만 유화결이 점점 회복되자 하루의 반을 낮잠으로 보냈다.

마치 십 년 동안 한순간도 제대로 쉬지 못한 세월들을 보상받으려는 듯 숙소에서 자기도 하고 두 노인을 따라 나무 그늘로 나와 그곳에서 또 자기도 했다.

그래서 밤에 잠이 오지 않으면 아무도 없는 숲 속으로 어슬렁거리며 걸어 들어가 한두 시진 후에 땀에 젖은 모습으로 걸어나왔다.

물론 숲 속에서는 용무를 춘 것이다.

그리고는 아침 늦게까지 또 잤다.

"쯧쯧!"

백운 노인이 혀를 찼다.

점심때가 다 되어서야 숙소에서 나와 아침 겸 점심을 얻어먹고 자신들이 있는 나무 그늘로 와서 또다시 코를 골고 자는 진우청 때문이었다.

아무리 남패천 천주가 친히 급보를 보내 맞이하라고 한 사람이지만, 그래서 특사 대접을 받고 있긴 했지만 눈치가 보이지 않을 리 없었다.

그동안 세상은 평온한 듯했지만 동방회와 서왕문이 안휘성에서 무슨 일을 꾸미고 있는지 알아내고자 물밑으로는 분주한 움직임들이 있어 이곳 강서지부에도 알게 모르게 그 긴장감이 느껴지던 터였다. 그래서 무위도식하는 진우청 일행에 대한 눈초리가 곱지 않은 것이다.

"갈수록 바늘방석일세."

해천 노인도 쓴웃음을 지으며 말했다.

"이 친구 때문에 더 그렇구먼. 어디 안 보이는 데라도 가서 자면 좋

으런만. 쯧쯧!"

이젠 아예 화살 맞고 죽은 곰처럼 큰대 자로 뻗어 자고 있는 진우청을 보며 백운 노인은 다시 한 번 혀를 챘다.

"천하태평일세그려, 허허!"

해천 노인은 너털웃음과 함께 고개를 저었다.

"이 기회에 자네 용호십육곤술이나 조금 가르쳐 주는 게 어떤가?'

잠시 후, 백운 노인은 의미심장한 표정으로 해천 노인을 쳐다보았다.

"부질없는 짓이야! 이미 이 아이는 자신에게 맞는 옷을 입고 있는 중일세. 지극히 간단명료하면서도 호흡의 빈틈을 갈라가는 곤식으로……."

해천 노인은 고개를 저었다.

"하긴… 이 아이를 보면 화려하고 변화무쌍한 초식이란 게 오히려 사족 같다는 느낌이 들더군."

"자네도 드디어 고수 반열에 오르는 모양일세!"

"예끼, 이 사람!'

두 노인은 잠시 너털웃음을 흘렸다.

단 한 가지 사건만 제외하면 매일 똑같은 일상이 이어졌다.

사건이란 건 이런 상황이면 으레 일어나는 사소한 것이었다.

처음에는 남패천주가 관심을 가지는 사람들이란 생각에 귀인으로 환대했지만 그 이후로는 별다른 지시도 없었고, 총단으로 되돌아간 백봉령주 일행도 소식이 없자 무위도식하는 사람들에게 불만이 있던 남패천 무사 하나와 무위도식하던 유가검보 무사 한 사람 사이에 시비가 일었다.

첫 번째 시비는 큰 소동 없이 진정되었다.

무위도식하는 처지에 큰소리칠 수 없다고 생각한 유가검보 무사의 사과와 비록 무위도식은 하고 있지만 손님이니 최소한의 예의는 지켜주어야 한다는 남패천 무사의 생각이 쉽게 합의점을 찾은 것이다.

그러나 그런 시비가 반복되면 화해의 합의점을 점점 찾기가 어려워진다.

며칠 후에도 그런 시비가 또 일어났다.

그리고 그 다음에도······.

그러다 어느 날의 시비는 쉽게 화해하지 못했다.

남패천의 무사 하나가 유가검보 무사들에게는 주인이나 마찬가지인 유화성과 유화경을 모욕하는 말을 했기 때문이다.

第三十五章

신고식

신고식

"빙녀라고……? 그래서 시집가면 애도 못 낳을 거라고……?"

진우청은 몇 마디 중얼거리며 눈살을 찌푸렸다.

빙녀니, 시집가도 애를 못 낳니 하는 말은 남패천 무사가 유화경을 두고 일컫는 말이었다.

"그리고 멸문지경을 당하고도 복수하지 않고 방구석에만 틀어박혀 있는 무골공자라고……?"

남패천 무사들이 유화성을 일컫는 말까지 되뇌던 진우청은 더운 콧김을 내뿜으며 일어섰다.

"어쩌려고 그러나?"

그늘에 앉아 있다 벌떡 일어나는 진우청을 보고 백운 노인이 걱정스런 표정과 함께 물었다.

"한판해야지요."

"한판?"

해천 노인이 의미심장한 눈빛으로 진우청을 쳐다보았다.

"얼마 전부터 모두들 나를 보며 한판 붙고 싶어한다는 것을 느꼈습니다. 그래서 다른 사람들을 집적거리고 있다는 것을……."

진우청은 피식 웃으며 대답했다.

"그건 또 무슨 소린가?"

백운 노인이 눈을 끔벅거렸다.

"어릴 때부터 조부님 앞에서 눈칫밥을 많이 먹어서 이런 눈치는 빠르지요. 한판할 때가 된 것 같습니다."

진우청은 구분이 불확실한 허리를 이리저리 돌렸다.

"그리고 보면 신고식이 꽤 미루어진 편이지. 천주인지 뭔지 하는 사람 특명 때문이겠지만……."

백운 노인과는 달리 해천 노인은 흥미진진한 눈빛으로 희미한 미소까지 지으며 진우청을 따라 몸을 일으켰다.

남패천 강서지부의 넓은 연무장에는 많은 사람들이 둘러서 있었다.

다짜고짜 이곳 강서지부 백호대주(白虎隊主) 조백림(曹柏林)를 찾은 진우청이 요즘 혼자서만 숲 속에서 수련했더니 실전 감각이 떨어진다며 백호대 무사들과의 비무를 요청했기 때문이다.

백호대는 이곳 강서지부의 주력 부대나 마찬가지였다.

그런데 이번 남패천주의 특명은 밖에 나가 있던 맹호대가 맡았다. 그리고 훌륭하게 수행해 냈다.

운이 좋았든, 그 능력이 뛰어났든 남패천주의 특명을 완벽히 수행해냈다는 것은 맹호대는 물론, 젊은 맹호대주 신하진에게 있어 큰 영광이었다. 반면 주력 부대인 백호대와 백호대주 조백림에게는 속이 쓰릴 수밖에 없는 일이었다. 그런 분위기가 알게 모르게 시비로 이어진 것이다.

백호대주 조백림은 속으로는 흔쾌히, 그러나 겉으로는 못 이기는 척 자리를 마련해 주었다.

그 자리에는 부축을 받고 나온 유화결과 유화경도 걱정스런 눈빛과 함께 참석했다.

"공자의 명성은 폭풍철곤(暴風鐵棍)이라는 별호와 함께 이미 높으니 함부로 상대를 하게 해줄 수 없고… 누굴 상대로 내세워야 할지 난감하구먼."

백호대주 조백림이 입에 발린 소리를 하며 주위를 둘러보았다.

'폭풍철곤?'

진우청은 멀뚱거리며 되뇌었다. 처음 듣는 소리였던 것이다.

폭풍철곤이라는 별호는, 한 자루가 되었다가 순식간에 두 자루가 되고, 다시 한 자루로 변하는 쇠몽둥이를 들고 폭풍처럼 혈전 속을 누비던 진우청의 활약상을 신안강 변에서 지켜본 사람들이 지어내 입에서 입으로 전해져 이곳까지 알려지게 된 것이다.

그럴듯한 별호였지만 이곳 사람들에겐 금방 가치가 하락하고만 별호이기도 했다.

이제껏 강서지부 사람들은 진우청이 곤을 들고 있는 모습마저도 본 적이 없었다. 그들이 본 진우청의 모습이라고는 하루 종일 빈둥거리며 낮잠 자는 모습뿐이었다.

"누가 폭풍철곤 진 공자님을 상대하겠나?"

조백림은 걱정이 태산 같다는 표정으로 다시 고함을 질렀다.

"제가 하지요."

도신이 넓은 칼을 든 텁석부리 장한 하나가 일어섰다.

진우청보다는 작았지만 튼튼한 상체와 굵은 팔뚝은 들고 있는 도와 잘 어울렸다.

사내는 도를 빙글빙글 돌리며 진우청을 쳐다보았다.

그의 눈에는 자만심 한줄기가 깊게 자리하고 있었다.

무인들은 의식적으로든 무의식적으로든 자기편의 고수들에게는 존경심과 함께 본연의 실력보다 훨씬 더 높게 평가한다. 그런 반면, 적이나 상대편 고수들은 은연중에 깎아내리고 깔보는 말도 서슴지 않는다. 그러다 보면 자신도 모르게 상대방을 얕잡아보게 된다.

이들에게 있어 서왕문의 존재가 그러했다.

유가검보를 단 몇 시진 만에 무너뜨린 자들이 서왕문이라는 소문도 있었지만 그 이후 안휘성에서 계속 들려오는 소문들은 천차만별로 달라서 이제는 그 어느 것 하나 확실하게 믿을 수 있는 것이 없었다.

소문이란 것이 여러 사람의 입을 거치다 보면 과장되고 변질되기 마련인지라 이번 안휘성에서 일어난 유가검보의 사건도 마찬가지겠지만 이상하게도 이번 소문은 갈피를 잡을 수가 없었다.

하룻밤만 자고 나면 어제 들었던 소문의 내용들이 백팔십도로 달라져 있었고, 또 하룻밤 더 지나고 나면 이것도 저것도 아닌, 이상한 내용으로 변질되어 있었다.

이젠 정말 그곳에서 유가검보가 멸문지화를 당했는지도 확실치 않은 심정이 되었다.

다른 곳에 있는 사람들이라면 그것마저도 의심할 것이지만 이곳에는 멸문을 당한 유가검보의 자식들이 기거하고 있으니 그 사실만은 변질되지 않은 채 유지되는 정도였다.

그런 상황이었기에 진우청이 봉산철장을 장력으로 날려 버렸다느니, 두 개의 철곤으로 서왕문도들 수십 명을 추풍낙엽으로 쓸어버려 폭풍철곤이란 별호를 얻었다느니 하는 소리들은 사실보다는 헛소문에 훨씬 가깝게 인식이 되어버렸다.

설사 그게 사실이라 할지라도 상대를 무의식적으로 깎아내리는 무인들의 성격상 서왕문의 졸개들이니 그게 가능했다는 식의 인식이 팽배했다.

"서왕문의 졸개들에게 떡을 치듯 휘둘렀다는 공자의 폭풍철곤을 꼭 한 번 견식해 보고 싶었네."

텁석부리 장한은 빙글빙글 돌리던 도를 아래로 내리며 이를 드러냈다. 그리고 자신은 서왕문의 졸개와는 격이 다르다는 듯 가슴을 쭉 폈다.

'졸개?'

진우청의 눈이 옆으로 째졌다.

'하긴 뭐……'

진우청은 잠시 찌푸려지려던 인상을 폈다.

그때 휘주에 온 서왕문의 인원들은 고수보다는 졸개들이 훨씬 많긴 했었다.

그런데 이자들은 그들보다 나아 보일 게 없는 사람들이었다.

"공자의 철곤은 어디 있나? 꺼내보게."

텁석부리 장한은 자신의 호기심 어린 눈으로 진우청의 전신을 훑었다.

"필요를 느끼면 꺼내겠소. 그럼 바로 시작합시다."

말과 함께 진우청은 포탄처럼 몸을 날렸다.

"어엇—"

경호성을 내지른 텁석부리 장한의 눈에 공포감이 어렸다.

설마 저 덩치가 이렇게 빨리 움직이리라 생각 못했기에 대비할 태세도 갖추지 않았다. 그런데 실제로는 그렇게 움직였고 이젠 맨몸으로 부딪칠 공포스런 일만 남은 것이다.

퍽—

떡을 치는 소리와 함께 텁석부리 장한은 꺼내 든 칼을 한 번 휘둘러보기도 전에 진우청의 어깨에 부딪쳐 삼 장도 넘게 날아갔다.

"서왕문의 졸개들에 비해 특별히 나은 것도 없군."

텁석부리 사내를 육탄 공격으로 팅겨낸 진우청은 혼잣소리처럼 중얼거렸다.

연무장 주변으로 잠시 정적이 흘렀다.

어처구니없이 동료 하나가 당했지만 그렇게 당한 순간의 사태가 잘 이해되지 않은 것이다.

짧은 정적 후에 웅성거림이 일었다. 그 사이로 조백림이 나섰다.

"단 한 번의 승리로 너무 자만하는군. 후후!"

조백림의 웃음소리가 좀 더 낮게 흘러나왔다.

진우청은 무복 차림을 하고 나온 조백림을 쳐다보았다.

길게 기른 머리를 정리하지도 않은 채, 그냥 끈으로 뒤쪽 한 군데만 질끈 묶어 등 뒤로 흘러내리게 한 모습은 낭인 시장을 전전하는 낭인 무사 같은 냄새를 풍겼다.

무기 역시 톱과 칼이 반반씩 섞인 것 같은 기형도였다.

조백림은 그것을 칼집이나 덮개도 없이 그냥 허리춤에 매달고 있었다.

무장을 하지 않았을 때와 판이하게 다른 모습이었다.

"다음 차례로 나서겠소?"

진우청은 조백림을 향해 퉁명스런 어조로 물었다.

피식 웃은 조백림이 슬쩍 고개를 흔들었다.

"아직은 아닐세. 이곳이 그렇게 인재가 모자라는 곳은 아니니까. 그리고 닭 잡는 데 소 잡는 칼을 쓸 필요가 없다는 생각이 들기도 하고……."

"닭?"

조백림의 말을 들은 진우청은 팔을 벌리며 자신의 몸을 쳐다보았다.

매일 쳐다보는 자신의 몸뚱이지만 닭을 닮은 데는 한 군데도 없었다. 곰이나 소라면 모를까…….

"그렇다면 이것저것 귀찮으니 지금부터는 내가 상대를 고르겠소. 제일 먼저 당신!"

말과 함께 진우청의 상체가 흔들렸다.

"큭!"

진우청의 왼쪽에 있던 사내의 입에서 짤막한 신음이 토해졌다.

상체가 흔들리는가 싶더니 어느새 뻗어온 진우청의 손이 사내의 어깨를 잡아챘다.

그리고는 다른 한 손으로 사내의 손에 들린 검을 빼앗으며 바닥으로 패대기쳤다.

"이번에는 당신!"

왼쪽 사내에게 뺏은 검을 바닥에 던진 진우청은 오른쪽에 있는 사내를 쳐다보았다.

　진우청의 지적이 끝나자마자 동료 한 사람이 무기를 뺏기는 꼴을 목격한 사내는 신속히 보법을 밟으며 어지럽게 검을 휘둘렀다. 단순한 초식으로 휘두르다가는 동료와 같은 꼴을 당할 수도 있다는 경각심이 생긴 것이다.

　휘리리릭—

　사내의 검이 마치 팔랑개비처럼 돌며 진우청을 향해 선공을 퍼부었다.

　아까와는 달리 진우청은 움직이지 않고 여전히 사내를 쳐다만 보았다.

　이곳에 와서 십 년 동안 피우지 못했던 게으름을 한꺼번에 피우듯 먹고 자고 빈둥거렸다.

　그러나 어둑해지는 밤이 되면 숲 속으로 들어가 천룡신무를 추었다.

　황산에서는 사부의 호통 속에서 타의적으로 추었지만 이곳에서는 천룡신무의 능력을 깨닫고 스스로 용무의 동작 속으로 녹아들었다.

　황산 동굴 속에서만큼 지독한 수련은 아니었지만 일정한 수준을 넘어선 후의 수련은 그 수준을 넘어서기 위해서 매진하던 것과는 비교가 되지 않는다.

　손끝의 움직임 하나마저 놓치지 않고 호흡에 일치시키고, 솜털 하나까지도 스스로의 의지대로 통제할 만큼 천룡신무의 춤사위 속으로 녹아들다 보면 온몸 구석구석 스며든 숨결이 대해 같은 기운으로 사지백해를 맴도는 것을 느낄 수 있었다.

　그 기운이 충만해질수록 상대의 허약한 숨결은 더욱 확연히 느껴졌다. 그리고 그 어설픈 움직임도…….

흔들!

사내의 어지러운 검이 진우청의 전신을 난도질하려는 찰나 진우청의 상체가 갈대처럼 흔들렸다.

"어딜!"

사내는 예측했다는 듯 더욱 현란한 검초로 짓쳐들었다.

예측이 가능하다고 제압까지 가능한 것은 아니었다.

정확히 다음 동작을 예측하고 검을 찔러 넣었는데 검첨에 아무것도 걸리는 것이 없었다.

사내의 눈이 크게 뜨여졌다.

어느새 진우청의 손이 자신의 손목을 잡고 있었다.

완맥을 통해 이질적인 기운 한 가닥이 온 혈도로 흘러들었다.

"큭!"

사내는 동료와 똑같은 비명을 지르며 검을 빼앗겼다.

또 한 개의 검을 빼앗아 바닥에 깊숙이 꽂은 진우청은 이번에는 예고도 없이 한 사내에게로 다가들었다.

동료 두 명이 똑같이 무기를 빼앗긴 상황을 보고 세 번째 상대가 된 사내는 아예 검을 뒤로 돌려 배검식의 자세를 잡았다.

'이 짓도 귀찮군.'

얻어먹는 처지인지라 되도록이면 큰 타격을 주지 않고 전의만 상실하게 할 생각이었던 진우청은 그 의도를 접었다.

그리고 빠르게 부딪쳐 갔다.

픽!

한 사내가 쓰러졌다.

"다음!"

연속 동작으로 진우청은 그 옆에 섰던 사내 하나에게 손을 뻗었다.

사내가 대경하며 몸을 틀었다.

퍽―

잡아가던 진우청의 손이 활짝 펼쳐지며 몸을 트는 사내의 어깨를 두드렸다.

스스로 몸을 틀던 힘과 진우청의 손바닥이 두드리는 힘이 보태지자 사내의 신형은 그 자리에서 팽이처럼 맴돌았다. 그리고 풀썩 쓰러졌다.

거의 비슷한 식의 공격이 숨 쉴 틈도 없이 이어졌다.

퍼억!

퍽―

왼쪽 팔꿈치로 한 사내의 가슴을 찍은 진우청은 그 팔을 쭉 펴며 손목으로 다른 한 사내의 목줄기를 두드렸다.

두 사내가 눈알이 튀어나올 듯 눈을 부릅뜨며 그 자리에서 무너졌다.

진우청의 신형이 일렁 흔들리며 이제껏 공격을 가하던 방향 정반대쪽에서 솟아올랐다.

솟아오름과 동시에 커다란 발이 한 사내의 복부를 걸어찼다.

사내는 새우처럼 몸을 웅크리며 뒤로 날려갔다.

타격점을 향해 한순간에 힘을 터뜨리는 끊어 차는 수법이 아니고, 그냥 밀치듯 차올렸기에 사내는 한참 밀려가긴 했지만 내상은 입지 않았다. 그러나 더 이상 싸울 마음이 생기지 않았다.

사내는 뒤로 물러났다.

그 순간에도 진우청은 발을 걸어 중심을 흔든 사내 하나를 땅바닥에 패대기쳤다.

챙―

쨍!

순식간에 열 명도 넘는 동료들이 무너지고 난장판이 되자 모두들 무기를 빼 들었다.

애초에는 한 사람씩 나설 참이었지만 진우청의 움직임에 의해 연무장에 모인 모든 사람과 진우청이 대결하는 상황으로 바뀐 것이다.

"이제 보니 서왕문 졸개들보다 더 한심하군."

진우청은 형형한 눈빛으로 자신을 둘러싼 사내들을 향해 피식 웃으며 말했다.

"뭐가 어째?"

호리호리한 체격에 이마에 깊은 흉터 자국이 있는 사내 하나가 분기탱천한 표정으로 나섰다.

휘익―

사내의 말이 끝나기도 전에 진우청의 신형이 쭈욱 앞으로 미끄러졌다.

쌔액―

사내의 검이 득달같이 날았다.

미끄러지는 것 같던 진우청의 상체가 그대로 뒤로 물러났다. 사내의 눈에 그렇게 보였다.

휘청 뒤로 눕혔던 신형을 튕기듯이 일으켜 세운 진우청이 손바닥으로 사내의 가슴을 밀쳤다.

사내의 신형이 부웅 허공으로 떠올라 동료들 머리 위로 날아갔다. 날아가 떨어지는 충격은 있겠지만 아까처럼 내상은 입히지 않는 수법이었다.

"하앗!"

"차!"

기가 막힌 상황에 분기가 발동했는지 여러 개의 기합성이 울리며 사내들이 한꺼번에 달려들었다.

일 대 일의 정정당당한 대결은 어차피 불가능한 상황이었다. 진우청에 의해 상대로 지목되면 움찔하는 순간 나가떨어졌다. 상대로 지목되기를 기다리다가 나가떨어지느니 자진해서 상대가 되어 먼저 때려눕히고자 사내들은 선공으로 달려들었다.

진우청에 있어 그건 오히려 바라던 바였다.

상대를 향해 다가갈 필요가 없게 된 진우청은 슬쩍 손을 움직였다.

제일 앞쪽에서 검을 휘두르며 달려오는 사내의 검신을 쳐올리며 손을 뻗은 진우청은 사내의 손목을 낚아챘다.

사내가 입을 딱 벌리며 손에 든 검을 놓쳤다.

휘익—

다음 순간 사내의 몸이 한 바퀴 회전하며 허공으로 떠올랐다.

진우청은 상체를 쭈욱 앞으로 밀었다. 그리고 허공에 떴다가 겨우 바닥에 신체 일부분이 닿은 사내의 가슴으로 손을 찔러 넣었다.

사내의 신형이 다시 회전하며 허공으로 떠올랐다.

이번에는 비단 허공에 떠오를 뿐만 아니라 쭈욱 앞으로 밀려나기까지 했다.

진우청은 사내의 신형을 우산처럼 돌리며 백호대 가운데로 파고들었다.

"어엇!"

"조심!"

잘못하다간 동료의 몸에 검을 휘두르게 생긴 사내들이 급급히 검을 거두며 양쪽으로 갈라섰다.

그 사이로 진우청의 신형이 미끄러졌다.

뒤이어 사내들의 어깨와 가슴 등에서 둔탁한 소리들이 터져 나왔다.

무릎, 팔꿈치, 팔목, 어깨, 손끝, 손바닥······.

진우청의 신체 어느 곳 하나 위험하지 않은 곳이 없었다.

내려치는 칼을 스치듯이 피하며 그 회전력을 고스란히 실어 올려치는 팔꿈치는 칼 든 자의 관자놀이를 두드렸다. 제대로 힘을 싣고 그 끝에 응축된 호흡까지 뿌렸다면 관자놀이가 움푹 함몰되고도 남을 상황이었다.

또, 순간적인 빈틈을 노려 부딪쳐 드는 어깨는 갈비뼈를 왕창 부러뜨릴 수도 있었다.

굳이 어디를 어떻게 공격하겠다고 마음먹고 부딪쳐 오는 공격이 아니었다.

그렇다면 예측이라도 가능할 것이다.

진우청의 공격은 예측이란 것이 불가능했다.

주변의 기류를 따라 움직이고, 주변의 빈곳으로 스며드는 한줄기 바람처럼 스쳐 지나가며 춤사위를 펼쳤다.

물결을 헤치듯 휘젓는 팔과 손은 궤적 안에 든 상대를 갈고리처럼 잡아 뿌리치기도 하고, 관절을 꺾어놓기도 했다.

길고 두꺼운 다리로는 상대의 하체를 건드려 중심을 무너뜨린 후 무릎으로 튕겨 버렸다.

찌를 곳은 손끝이나 발끝으로 어김없이 찌르고, 부딪칠 곳은 부딪치고, 처낼 곳은 또 어떤 방식으로든 어김없이 쳐냈다.

음률에 맞게 움직이는 춤사위처럼 진우청은 상대의 움직임을 음률 삼아 춤을 추고 있었다.

"그만!"

마침내 백호대주 조백림이 고함을 질렀다.

아수라장이 되어가던 장내가 일순 진정이 되었다.

장내를 아수라장으로 만들어가던 진우청이 조백림을 향해 돌아섰다.

"이젠 소 잡는 칼도 한 번 휘두르고 싶은 마음이 생기셨소?"

진우청은 조백림의 기형도를 쳐다보며 말했다.

조백림의 눈이 흔들렸다.

서왕문도들이 펼친 죽음의 포위망 속에서 폭풍처럼 곤을 휘두르며 탈출하여 폭풍철곤이란 호칭을 얻었다는 말이 헛소문이 아니라는 것이 서서히 실감이 나는 모양이었다.

아직 철곤을 휘두르는 모습은 보이지 않았지만 맨몸이라도 폭풍을 방불케 했다.

백룡대주 조백림이 직접 나서자 주변에 있던 사내들이 쓰러진 동료들을 옮기며 바쁘게 움직였다.

"무기를 꺼내라."

허리에 걸려 있던 기형도를 들어 올리며 조백림이 말했다.

"꺼내게 해보시오!"

진우청은 짤막하게 대꾸했다.

"건방진!"

잇새로 말한 조백림이 땅을 박찼다.

조백림의 신형이 쾌속하게 진우청을 향해 쏘아졌다.

그러다 어느 순간, 조백림의 신형은 갈지자를 그리며 사선으로 움직였다.

정형(定形)보다는 비정형(非定型), 그리고 엄격한 투로를 고집하기보다는 변칙적인 공격…….

무복 차림으로 연무장에 나타났을 때의 느낌대로 조백림의 공격은 낭인 무사들의 수법이었다.

아마도 출신 역시 그럴 것 같았다.

그럼에도 불구하고 천하사패의 하나인 남패천 지부에서 대주의 직책을 맡고 있다면 그 실력은 결코 무시할 수 없을 것이다.

조백림은 보통의 강호인들이라면 절로 눈살을 찌푸릴 정도로 예측 불허의 방위를 점하며 기형도를 휘둘렀다.

진우청은 기이한 눈빛으로 조백림을 쳐다보았다.

이제까지 만난 사람들 중 가장 색다른 움직임이었다.

이제까지 만난 사람들은 엄격한 초식을 무수히 연마한 것 같았지만 제대로 호흡과 일치시키지 못해 그 빈틈이 훤히 보였는데 조백림은 의도적으로 호흡과 동작을 불일치시키며 상대의 눈과 감각을 현혹시키는 식의 공격이었다.

스슥—

진우청은 곧바로 맞받아치지 않고 슬쩍 뒤로 신형을 빼냈다.

미끄러지듯 진우청의 몸이 순식간에 일 장가량 뒤로 물러났다.

조백림의 입가에 순간적으로 비릿한 미소가 떠올랐다.

조백림에게는 상대가 지극히 상식적인 대응을 보일 때, 더 나아가 퇴보를 밟는 순간이 최대의 호기였다.

"타앗!"

승기를 잡은 조백림이 섬전처럼 기형도를 휘둘렀다.

기형도가 물고기의 꼬리처럼 요동치며 진우청의 가슴으로 날아들었다.

'재미있군!'

진우청 역시 입꼬리에 미소를 피워 올리며 손을 뻗었다.

변칙적인 공격일수록 오히려 틈이 많았다.

어느 것이 실초이고 어느 것이 허초인지 모를 때는 그런 것이 통하겠지만 제대로 그것을 간파할 수 있는 상대에게 걸리면 그런 공격은 그 즉시 삼류보다 더한 수법으로 전락하고 마는 것이다.

"헛!"

무수한 빈틈 중에서 가장 큰 빈틈을 파고들어 오는 커다란 손을 보며 조백림은 헛바람을 들이키며 급급히 뒤로 물러섰다.

쉬익—

진우청의 신형이 흡사 그림자처럼 조백림을 따랐다.

퇴로를 밟으면서도 조백림은 여전히 변칙적인 도격을 퍼부었다.

이번에도 교묘하게 숨겨지긴 했지만 훨씬 더 큰 빈틈이 진우청의 눈에 들어왔다.

'이제껏 만난 중에 제일 병신춤을 추는 자로군.'

피식 피워 올린 미소와 함께 진우청은 조백림의 멱살을 잡았다.

조백림은 비명을 지를 새도 없이 바닥으로 패대기쳐졌다.

오히려 자신들보다 더 쉽게 제압당하고 더 심하게 패대기쳐진 조백림을 보며 백호대원들은 전의를 상실한 채 멍하니 서 있었다.

자신들은 어쩔 수 없다고 치더라도 자신들이 상대하기엔 십초를 넘기기 힘들었던 낭인검의 고수인 조백림이 이렇게 허무하게 당할 줄은 상상도 못했던 것이다.

'시집가도 애를 못 낳는다고.'

이쯤에서 그만둘까 생각했던 진우청은 그 말을 떠올리며 아랫배에 들숨을 불어넣었다.

최근 유화경의 표정과 모습을 보면 빙화라는 말도 모자랄 정도였지만 시집가서 애도 못 낳는다는 말은 여자들에게 있어 가장 심한 말이다.

"아직 몸이 덜 풀렸는데……."

내심을 감춘 진우청이 고개를 돌렸다. 그리고는 발끝에 슬쩍 힘을 주었다.

"이제 그만 하게!"

진우청의 신형이 막 앞으로 미끄러지려는 찰나 굵은 목소리가 들렸다.

잠시 출타했던 지부주 장위강이 돌아온 것이다.

장내는 물을 끼얹은 듯 조용해졌다.

"쯧쯧!"

수십 명의 무사들이 바닥에 뒹굴거나 저만치 튕겨난 상황을 본 장위강은 혀를 찼다.

남패천주가 특명을 내려 구해내라고 한 손님이든 말든 이왕 시비가 붙었으면 자신의 부하들이 이기기를 바라는 것이 솔직한 심정이었는데 정반대의 상황이 펼쳐져 있었다.

한심한 눈으로 부하들을 쳐다보던 장위강은 고개를 돌려 진우청을 쳐다보았다.

하루 종일 빈둥대며 곰처럼 퍼질러 자던 모습!

결코 고수의 모습이나 몸가짐이 아니었다.

그런데 이런 결과라니…….

어쨌든 앞으로는 불필요한 시비는 사라질 것 같았다.

고개를 흔든 장위강은 진우청의 손을 쳐다보았다.

"폭풍철곤이라더니… 자넨 아직 철곤을 꺼내 들지도 않았군."

"모두 실력들이 쟁쟁해서 꺼낼 틈이 없었소."

진우청은 씨익 웃으며 답했다.

"꺼낼 필요가 없었던 게 아니고?"

장위강도 피식 웃으며 말을 받고는 다시 입술을 움직였다.

"마지막 순간밖에 보지 못했지만 어쨌든 오늘 개안을 한 심정이네. 그리고 지금 이 순간부터는 빙화니, 석녀니, 시집가서 아이도 못 낳겠느니 하는 소리를 지껄이는 놈이 있다면 그놈은 내가 직접 손을 써서 아이를 못 만드는 놈으로 만들어 버릴 테니 다시는 이런 비무는 하지 말게나."

장위강은 입맛을 다시며 몸을 돌렸다.

진우청은 아무것도 모르는 줄 알았던 장위강이 모든 걸 알고 있자 할 말을 잃고 잠시 눈을 끔벅거렸다.

역시 일개 조직의 장이란 자리에 있는 사람은 뭐가 달라도 다르다는 생각이 들었다.

'그건 그렇고…….'

뭔가 생각난 듯 진우청은 멀어져 가는 장위강을 향해 얼른 고개를 돌렸다. 그리고는 고함을 질렀다.

"요즘 들어 반찬 수가 많이 줄었더군요!"

진우청의 고함에 장위강의 신형이 잠시 멈춰졌다.

"……!"

"그것도 조치를 하지."

등을 돌릴 듯하다가 고개만 끄덕이며 대답한 장위강의 신형이 본관으로 사라졌다.

잠시 후, 비무가 완전히 끝난 연무장에서는 장내를 정리하는 움직임이 분주하게 일었다.

진우청은 자신 주변으로 아무도 접근하지 않는 것을 느끼고는 유화결을 향해 몸을 움직였다.

"곰탱이… 아예 철판을 깔았구나."

휘적휘적 다가오는 진우청을 보고 유화결이 중얼거렸다.

"시끄러, 자식아! 곧 죽어도 주둥이는 살아가지고!"

진우청은 버럭 고함을 지르고는 유화결의 가슴 어림을 쳐다보았다.

"그런데 이렇게 나돌아다녀도 괜찮은 거냐?"

"안 괜찮지만… 네놈이 가만히 누워 있지를 못하게 했잖느냐."

유화결은 여전히 차가운 표정을 하고 있었지만 눈빛에는 진한 감정한 가닥이 묻어 있었다.

'물렁한 놈!'

내심 중얼거린 진우청은 손가락으로 유화결의 상처를 쿡 찔렀다.

유화결이 깜짝 놀라며 인상을 썼다.

"예전에는 상처 부위를 쳐다만 봐도 고함을 지르더니, 다 나았네 뭐. 내일은 이 형님하고 사냥이나 한번 나가자."

진우청은 다시 손가락을 세웠다.

"이… 곰 같은 놈!"

유화결은 화들짝 상체를 틀다가 상처 부위가 당기는지 입을 딱 벌렸다.

"고마워요!"

유화결을 숙소에 데려가 침상에 눕히고 진우청의 방으로 차를 들고 온 유화경은 젖은 음성으로 말했다.

"뭐가 말이냐?"

진우청은 무감동한 어조로 대꾸했다.

"고맙다는 말 안 하기로 했는데……."

유화경은 쓸쓸한 표정으로 고개를 돌렸다.

진우청은 잠시 유화경을 쳐다보다가 입술을 움직였다.

"왜 이곳 무사들이 널 그렇게 부르는지 알아?"

진우청의 질문에 시선을 돌려 잠시 그를 쳐다본 유화경이 천천히 고개를 끄덕였다.

"표정이 없어서겠죠."

유화경이 답했다.

"표정도 없고… 게다가 웃음도 잃어버리고……."

웃음이란 말에 유화경이 고개를 들었다.

"제가… 웃길 바라나요?"

유화경의 표정에 짙은 그림자가 드리워졌다.

"지금은 아니지. 그럴 수도 없을 테고……. 하지만 영원히 웃음을 잃지는 말았으면 좋겠어."

진우청은 잠시 무슨 생각을 하는지 말을 멈추었다가 다시 이었다.

"웃음은 사람의 호흡을 가장 맑게 만들지. 맑은 호흡은 또 인체를 강하게 만들고. 복수를 하려면 강해져야 할 거고······."

진우청의 말에 유화경의 눈빛이 몇 차례 변했다.

"내 말이 아니고, 이건 내 사부님 가르침이야."

정색을 하고 쳐다보는 유화경을 향해 진우청은 얼른 손사래를 쳤다.

"오라버니는 항상 무공을 춤이라 표현하고, 기나 내력을 호흡으로 표현하시는군요."

유화경이 말했다.

"글쎄··· 사부님으로부터 그렇게 배워서······. 그리고 그게 그거 같기도 하지만 사부의 춤은 좀 다르다는 느낌도 들어."

진우청은 생각에 잠기며 말했다.

"어떻게 다른가요?"

좀 다른 것 같기도 하다는 말에 유화경의 얼굴에 궁금증이 어렸다.

"워낙 말주변이 없어서 제대로 설명할지는 모르겠는데······."

진우청은 호흡을 한 번 가다듬었다.

"산 아래 사람들의 춤은 출수록 삭막해지고 증오심이 생기지만, 내 사부께서 가르쳐 주신 춤은 출수록 충만해지고 풍성해지는 느낌이야. 억지로 뭔가를 짜내서 몸을 움직이고 무기를 휘두르는 것이 아닌, 추다 보면 저절로 가득 차고, 나중에는 넘쳐흐르는 느낌! 그래서 사부의 춤은 강한 것 같아."

진우청의 설명에 유화경은 잠시 동안 진우청을 쳐다보기만 했다.

"말주변이 없다는 말··· 거짓이네요. 그런 멋진 설명은 처음 듣는 것 같아요. 그것도 사부님 말씀인가요?"

"사부께서는 단 한 번도 그런 걸 말로 가르쳐 주시진 않았지. 그냥 온몸으로··· 온 숨결로 가르쳐 주셨지."

진우청은 말과 함께 창밖으로 시선을 돌렸다.

이곳에서 황산은 방향조차 가늠하기 힘들었다.

"어떤 분인지 뵙고 싶군요."

진우청의 눈길을 따라 같이 시선을 돌린 유화경이 나지막하게 말했다.

"나도 그래. 지금 당장이라도 비탈길을 치달아 올라 뵙고 싶은데…… 요즘 들어 왠지 사부는 까마득히 먼 곳에 있는 사람 같다는 생각이 들어."

진우청은 천천히 시선을 돌렸다.

잠시 후 유화경의 말이 이어졌다.

"화산이란 대문파에서 수련하고 집에 올 때는 세상을 다 얻은 것 같았어요. 그리고 자신에 대한 한없는 자부심도 가졌고요. 그런데 우청 오라버니 앞에 있으니 나 자신이 너무 작게 느껴져요."

유화경은 진심이 깃든 목소리로 말했다.

"그야 당연하지. 부피로 보나 무게로 보나 내가 두 배 이상일 테니까!"

진우청은 즉각 답했다.

유화경의 입가에 희미한 미소가 어리는 듯도 했지만 착각인 듯 사라졌다.

"그만 가볼게요."

빈 찻잔을 챙긴 유화경은 몸을 일으켰다.

그녀의 어깨에서 유화성에게서 느껴지는 것만큼 무거운 기운이 감돌았다.

진우청은 물끄러미 유화경의 뒷모습을 쳐다보았다.

유화경의 뒷모습과 함께 문득 이여옥의 모습이 다시 떠올랐다.

연약한 여인의 몸으로 짊어지기에는 너무나도 무거운 운명을 짊어진 여인!

걷기도 힘든 다리로 어떻게든 춤을 추어보고자 일어섰다가는 쓰러지고, 다시 일어서기를 반복하던 여인.

진우청은 그녀의 안위가 궁금했지만 지금으로선 해천 노인처럼 아무것도 알 수가 없었다.

그동안 해천 노인에게 왜 이여옥이 동방회에게로 갔는지, 무엇 때문에 그놈들이 이여옥을 원하는지 몇 번 물어보았지만 해천 노인은 진우청 자신만큼이나 아는 게 없었다.

그녀에게 언젠가는 다시 한 번 춤을 추게 해주겠다고 한 약속, 그것만이 머리 속에 금석지약(金石之約)으로 남아 있었다.

진우청은 고개를 흔들어 복잡한 상념들을 지웠다.

"이젠 낮잠도 더워서 못 자겠고, 폭포 아래에서 몸이나 좀 식혀야겠군!"

진우청은 벌떡 신형을 일으켰다.

第三十六章

초대

초대

'**대**체 왜?'

유화결은 병상에서 생각에 잠겼다.

지금 당장 할 수 있는 것이라고는 생각하는 것뿐이었다.

다른 것은 하고 싶어도 할 수 없는 상황이 되자 그 모든 것들을 대신해 평소에는 하지 못하던 범위까지의 생각들이 머리 속을 떠돌았다.

'왜?'

그중에서도 가장 많은 시간 동안 머리 속에 자리한 생각은 그것이었다.

'왜 놈들이 우리 가문을?'

온 영혼과 육신이 분노에 휩싸인 채 그 생각을 물고 늘어졌을 때는 분노만 증폭되었다.

그러나 통곡을 하다시피 하며 썩은 피를 토하고 나서부터는 훨씬 더

냉정하게 생각할 수 있었다. 그리고 객관적인 입장에서도 생각해 볼
수 있었다.

"하하하!"

유화결의 고막 속으로 고인이 된 아버지의 웃음소리가 들려왔다.

"웃기는 놈들이 아닌가 말이다."
"우리 유가검보에 그런 제안을 해왔다니, 그놈들이 정신이 나간 것이 확실
해."
"그렇습니다, 형님! 하하하! 그걸 팔라니? 우리보고 여기서 사라지라는 소
리나 마찬가지 아닙니까?"

막내숙부 역시 부친과 함께 웃음을 터뜨리며 어이없어하던 모습도
떠올랐다.
너무 오래된 일이고, 그땐 아직 어리다 할 만한 나이였기에 귀담아
듣지도 않았다.
그런데 요 며칠 사이 그때의 기억들이 아무것도 없는 땅속에서 싹이
돋아나듯 솟아올랐다.
갑자기 왜 그때의 기억이, 이제껏 한 번도 떠오르지 않아 그런 일이
있었는지조차 까맣게 잊고 있었던 기억이 떠오른 것일까?
유화결은 화두를 붙잡고 늘어지는 승려처럼 그 생각들을 물고 늘어
졌지만 너무 오래되고, 조각조각 단편적으로 남아 있는 기억은 흐릿하
기만 했다.

그때 좀 더 확실히 들어두었으면 하는 후회감 한 가닥이 밀려들었지만 어쩔 수 없는 일이었다.

무엇을 팔라고 했는지는 모르겠지만 그런 제안을 한 곳은 인가장일 것이다.

채석장이나 광산 몇 곳을 팔라는 인가장의 요구가 그전에도 몇 번 있었지만 그건 그냥 한번 떠보는 수준이었는데 본격적이고 노골적으로 그런 요구를 해온 것은 그날의 일이 있고 나서부터였다.

'그때 누가 또 그 자리에 같이 있었지?'

부친과 숙부 외, 다른 한 사람도 같이 있었던 것 같았다.

총관, 아니면 사검대주?

그도 아니면……?

유화결은 빛이 바래 형체도 보이지 않는 기억의 조각들을 악착같이 끌어 모았다.

가물가물하면서도 결국은 떠오르지 않았다.

기억이란 놈은 오래될수록 그 빛이 퇴색되어 가지만, 더 이상 퇴색될 수 없을 만큼 빛이 바랜 기억은 오히려 한참 더 지난 후에 선명한 색채로 문득 떠오르는 경우도 있다.

지금은 아무리 애를 써도 허사였다.

묻어두고 문득 떠오를 때를 기다릴 수밖에 없었다.

"휴우—"

긴 한숨을 내쉰 유화결은 오른팔을 움직여 보았다.

강전이 박힌 등 뒤쪽에서부터 통증이 느껴졌다.

그러나 처음보다는 훨씬 나았고 회복되면 예전처럼 움직일 수 있을 것 같았다.

'곰탱이…….'

유화결은 내심 진우청의 별명을 읊조렸다.

진우청이 다짜고짜 병상에 누워 있는 자신을 끌어내고 울라고 했을 땐 어이가 없었다.

처음에는 통곡을 하며 울라는 말을, 뭘 물어뜯으라는 말로 알아듣고 미쳤구나 하는 생각도 했다.

그때 통곡성과 함께 터져 나왔던 갯벌의 진흙 같은 썩은 피들…….

그것이 아직 몸속에 남아 있었다면 팔을 움직이기는커녕 온몸에 고름이 차 죽었을 것이다.

뿌드득!

유화결은 이를 갈았다.

이젠 회복되고 있다.

그리고 예전보다 열 배, 아니, 백배, 천 배 독해질 것이다.

복수를 위해서라면 악마에게 영혼이라도 팔 것이다.

'남패천으로 가야겠다.'

주먹을 움켜쥔 유화결은 천천히 몸을 일으켰다. 그리고는 유화성이 머물고 있는 연공실 쪽으로 걸음을 옮겼다.

며칠 뒤 오무평과 함께 백봉령주가 돌아왔다.

총단으로 갈 때는 절명자 오무평과 같이 휘주로 숨어들었던 몇 명의 사내들과 함께였는데 이번에는 다섯 대의 마차와 함께 호위하는 무사들도 서른 명 가까이 대동하고 왔다.

그들 서른 명의 기도는 결코 범상치 않았다.

총단에서 온 사람들이란 것만으로도 긴장을 하게 만들었는데 그에 더해 서른 명의 고수들까지 같이 나타나자 강서지부는 긴장감이 온 장내로 번져 나갔다.

"언니!"

유화경이 제일 먼저 백봉령주를 반겼다.

백봉령주는 유화경의 얼굴을 보며 놀란 눈을 했다.

유화경의 얼굴은 그새 몰라보게 수척해져 있었다.

백봉령주가 주고 간 화약 제조에 관한 책들에 빠져들며 밤낮을 가리지 않은 탓이었다.

살이 빠진 것도 그랬지만 백봉령주의 가슴을 아프게 한 것은 유화경의 얼굴에서 감정을 찾아볼 수 없는 데 있었다. 아직 스물도 안 된 소녀의 얼굴이 마치 다 살아버린 노인 같은 느낌을 주었다.

"그동안 별일없었나요, 화경 소저?"

잠시 주춤했던 백봉령주는 내색하지 않고 반갑게 인사했다.

유화경은 가볍게 고개만 끄덕여 대답을 대신했다.

가느다란 한숨을 내쉰 백봉령주는 다른 데로 시선을 돌렸다.

누군가를 찾는 그녀의 눈에는 그리움이 가득 어려 있었다.

"큰오빠는 이곳에서 마련해 준 연공실에 있어요. 나도 며칠 동안 얼굴을 보지 못했어요."

유화경이 설명했다.

"네? 네… 그렇군요."

내심을 들킨 백봉령주는 살짝 얼굴을 붉히며 다른 사람들도 찾았다.

"잘 다녀오셨소, 노인장? 그리고 소저?"

소식을 들은 진우청이 두 노인과 함께 나타나며 절명자 오무평과 백봉령주를 향해 고함을 질렀다.

여전히 헝클어진 머리카락에, 벌써 더위를 느끼는지 소매가 없는 조끼 모양의 옷차림을 한 진우청을 보며 오무평은 낮게 혀를 찼다.

"여전하시군요, 진 공자님!"

백봉령주는 입가에 미소를 떠올렸다.

처음에는 쳐다보기만 해도 온통 머리 속을 복잡하게 만들던 진우청이었지만 생명의 은인이나 다름없고, 통나무같이 굳건한 모습이 자신도 모르게 반가운 마음이 일었다.

"두 분 어른신도 건강하시지요?"

백봉령주는 백운, 해천 노인에게도 고개를 숙였다.

"우리야 지금처럼 한가한 때가 없었으니 먹는 것이 전부 살로 가는 모양이네."

백운 노인이 빙그레 미소를 지으며 답했다.

저녁때가 되었을 때 연공실에 틀어박혀 있던 유화성도 나오고 가벼운 거동에는 불편함이 없는 유화결도 약의전을 벗어나 한곳에 모였다.

이렇게 모인 것은 백봉령주의 부탁에 따른 것이다.

모두를 한 번 쳐다본 백봉령주가 입술을 움직였다.

"천주님께서 여러분 모두를 총단으로 초청하셨어요."

백봉령주는 단도직입적으로 본론을 꺼냈다.

구원대의 도움을 받고 이곳으로 왔을 때에도 그 모든 것이 남패천주의 직접 지시에 의한 것임을 알고 의아해했는데 그 의문이 풀리기도 전에 백봉령주의 입에서 나온 남패천주의 초청이란 말은 의구심을 증폭시켰다.

잠시 정적이 감돌았다.

그리고 다음 순간!

"그 사람이 왜 또?"

귀찮은 기색이 역력한 진우청의 목소리가 정적을 깨뜨렸다.

"공자님… 저번에 제가……."

기가 막힌 표정을 한 백봉령주가 진우청을 보며 목소리를 높였다.

단번에 고쳐지기는 힘들다 하더라도 남패천 천주를 계속해서 그 사람이라고 부르는 것은 정말 곤란한 일이었다.

"쩝! 미안하오. 앞으로는 정말 조심하겠소."

진우청은 백봉령주와 오무평의 눈치를 보며 사과했다.

오무평의 입가에 희미한 미소가 어렸다. 남패천에 소속된 지 얼마 안 된 그로서는 진우청의 그런 태도가 크게 거슬리지 않았다.

"구해준 것은 고맙지만 또 왜 우리를 그곳까지 오라고 하는 것이오? 며칠 전 푸닥거리 한판한 덕에 반찬 수도 많아지고, 이제부터 본격적으로 편해지려는 참인데……."

진우청은 어제의 노력이 모두 허사로 돌아갈 수도 있는 상황에 불만스런 목소리로 말했다.

그의 말대로 며칠 전 한바탕 실력 행사를 하고 난 뒤부터는 모든 게 백팔십도로 달라졌다.

제일 먼저 반찬 수부터 눈에 띄게 늘어났고, 두 노인과 유화결, 유화경을 대하는 이곳 사람들의 태도도 완전히 달라졌다.

예전처럼 시비를 걸기는커녕 혹시라도 잘못 보일까 피해 다녔고, 피치 못해 마주칠 때는 눈치를 보며 먼저 인사를 건넸다.

특히, 하루 종일 진우청과 같이 있다시피 하는 두 노인에게는 극진하다는 표현이 어울릴 정도였다.

그런데 그런 대접을 채 열흘도 온전히 받아보기 전에 이곳을 떠난다는 것은 진우청에게 있어서 정말 달갑지 않은 일이었다. 언젠가는 구해준 값과 그동안 먹여준 밥값을 해야겠지만 그게 너무 빠르다는 것이 문제였다.

"전에도 말씀드렸지만 천주님께서 왜 여러분에게 각별한 관심을 가지고 계시는지 그 깊은 내막까지는 알 수 없어요. 하지만 이번에 제가 총단으로 가서 느낀 바로는 두 분 공자님을 만나고자 하시는 천주님의 뜻이 생각보다 훨씬 강한 것 같아요."

백봉령주는 유화성과 진우청에게 한 번씩 눈길을 준 후 다시 설명을 이었다.

"화결 공자님의 상처만 아니었으면 이곳에 오자마자 바로 총단으로 초청하셨을 텐데 부득이 지금까지 기다리신 것 같아요. 하지만 이젠 화결 공자님의 상세도 여행을 하는 데는 무리가 없을 정도로 호전되었으니 천주님의 초청에 응해주셨으면 합니다. 부탁이에요."

백봉령주는 간절함이 깃든 눈빛으로 해천 노인과 백운 노인을 쳐다보며 말했다. 가장 다루기 힘든 사람인 진우청을 설득하는 데는 두 노인의 도움이 필요했기 때문이다.

백봉령주의 눈빛을 받은 해천, 백운 두 노인은 잠시 입맛을 다시며 서로를 쳐다보았다.

진우청과 마찬가지로 두 노인 역시 뜻하지 않은 사건에 휘말려 이곳까지 왔지만 상황이 좀 가라앉으면 집으로 돌아갈 생각이기에 모두를 남패천으로 초대한다는 백봉령주의 말은 좀 생각해 볼 문제였다.

"부탁이에요, 어르신!"

백봉령주가 두 노인을 향해 고개를 조아렸다.

"허허! 거참!"

너털웃음을 한 번 터뜨린 백운 노인이 해천 노인을 쳐다보았다. 그리고는 입을 열었다.

"우리야 평생 만나보기 힘든 남패천주도 만나보고, 죽기 전에 남패천 총단도 구경하는 것이 나쁠 거야 없지만…… 우린 이 두 공자 때문에 여기까지 온 것이니 이들 두 공자의 뜻에 따르겠네."

해천 노인은 차분한 어조로 말했다.

백봉령주는 남패천주의 지시에 따라 이곳에 있는 모두를 초청한다고 했지만 정작 남패천에서 관심을 가지고 있는 사람은 진우청과 유화성임이 자명했다. 아울러 만약의 경우를 대비해 백운 노인을 최대한 늦게 집으로 돌려보내는 것이 낫다는 판단을 한 해천 노인은 진우청과 유화성, 두 사람의 의견을 따르겠다고 했다.

백봉령주는 가볍게 고개를 끄덕였다.

두 노인들의 의견은 찬성이나 마찬가지이니 이제 유화성과 진우청만 설득하면 되는 것이다.

"난 가겠소!"

백봉령주의 질문에 앞서 유화성이 짤막하게 말했다.

백봉령주의 표정이 환하게 퍼졌다. 그리고 진우청에게로 눈길을 돌렸다.

"난 안 가겠소!"

퍼졌던 백봉령주의 얼굴이 급격히 굳어졌다.

"고, 공자님! 왜?"

단호한 진우청의 대답에 백봉령주는 말까지 더듬거리며 진우청을 뚫어져라 쳐다보았다.

"아직 피로도 덜 풀렸고, 총단이 호남에 있는 걸로 아는데 그곳까지

가려면 또 얼마나 고생을 해야 할지 알 수 없소. 그리고…….”

말끝을 흐리던 진우청은 유화성 형제를 한번 쳐다본 후 다시 말했다.

“그… 아니, 천주란 분이 관심을 가지는 곳은 유가검보일 테니 난 이제 그만 빠지겠소. 밥값을 하더라도 이곳에서 할 테니 그렇게 전해 주시오.”

진우청은 할 말을 다 했다는 표정과 함께 입을 다물고는 자리에서 일어설 채비를 했다.

이젠 유화결도 빠르게 회복되어 가고 그들이 남패천 총단으로 가면 더 이상 걱정할 것이 없었다. 그들과의 인연은 이쯤에서 끝내도 될 것 같았다. 언젠가 다시 만날지는 모르겠지만…….

“진 공자님, 잠시만!”

난감한 표정을 짓던 백봉령주는 무언가 결심한 표정으로 문 앞까지 다가가선 진우청을 향해 말했다.

진우청의 말대로 남패천 총단에서 관심을 가지는 곳은 동방회와 서왕문이 무너뜨린 유가검보와 그 자식들인 것 같았지만 남패천주는 진우청에게 더 관심을 가지는 것 같았다.

이유는 몰랐지만 느낌으론 분명 그랬다.

“더 할 말이 있소?”

진우청이 천천히 돌아서며 물었다.

“천주님께서는 혹시라도 이런 일에 대비하여 제게 뜻 모를 말씀을 남기셨어요. 대신 비밀로 해주셔야 합니다.”

백봉령주는 잠시 망설였다. 그리고 한층 더 조심스런 표정으로 주변을 둘러보았다.

주변에는 다른 사람들은 없었다. 여기까지 오며 생사를 같이한 사람들뿐이었다.

"무슨 뜻인지 모르겠지만 천주님께선 무공보다 강한 춤을 추는 사람을 간절히 기다린다고 하셨어요."

백봉령주는 말을 전하고 무공보다 강한 춤이란 단어의 의미를 탐색하는 듯 진우청의 표정을 유심히 살폈다.

'무공보다 강한 춤?'

진우청은 백봉령주의 말을 속으로 되뇌었다.

무공보다 강한 춤!

처음에는 뱀 춤이라 생각했던 춤!

그래서 그것만 가르쳐 주고 다른 것은 아무것도 안 가르쳐 주신 사부를 원망까지 하게 만든 춤!

그러나 이젠 그 춤이 중원의 어떤 무공보다 강하다는 것은 스스로 느꼈다.

대체 누굴까?

천룡신무의 실체를 알고 있는 듯한, 그리고 그걸 기다리는 남패천주란 사람은?

진우청의 머리 속으로 많은 의문이 스쳐 지나갔다.

"기다리는 사람이 남패천주란 말이오?"

잠시 동안 문을 등지고 우두커니 서 있던 진우청이 질문을 던졌다.

"그건 아닌 것 같았어요. 천주님께서도 누구 다른 사람의 말을 전하는 것 같았어요."

잠시 뜸을 들인 백봉령주는 내친김에 할 말을 다 하겠다는 표정으로 계속 말을 이었다.

"천주님뿐만 아니라 다른 한 분도 남패천에서 간절히 공자님을 뵙길 원해요."

"다른 한 분?"

진우청의 눈이 이채를 발했다.

산을 내려온 후 여기 있는 사람에게만 본명을 썼고 다른 사람들 앞에서는 가명을 썼다.

그런데 또 다른 사람이 자신을 기다린다는 백봉령주의 말은 누군가 무공보다 강한 춤을 기다린다는 말만큼 의외였다.

"진우혁이란 이름을 아시겠지요?"

백봉령주는 진우청의 표정을 유심히 살피며 말했다.

백봉령주의 말을 들은 진우청의 표정이 여러 번 변했다.

처음 말을 듣는 순간에는 멍하게 그 이름을 되뇌는 표정에서, 도저히 믿을 수 없다는 표정, 그리고 나중에는 백봉령주를 향해 강한 의구심을 품는 표정으로…….

"대체 소저께서 그 이름을 어떻게 아는 것이오?"

진우청은 멍하니 되물었다.

"비원각주님의 짐작이 맞았군요."

백봉령주는 안심하는 표정으로 말했다.

자신이 속한 비원각의 각주는 그것을 확인해 보라고 했다.

동명이인도 많은 세상에 확신할 수 없었는데 다행히 맞는 모양이었다.

"설마 그 샌님이 무공을 익히고 남패천의 사람이 되었다는 말은 아니겠지요?"

잠시 후 진우청은 백봉령주를 뚫어져라 쳐다보며 질문했다.

"그렇지는 않아요. 사업상 현재 남패천 총단에 와 계세요. 그리고 자세히는 말씀드릴 수 없지만 지금 약간 곤란한 처지에 빠졌어요. 어쩌면 진 공자님의 도움이 절실히 필요할지도 몰라요."

백봉령주는 자신의 말을 다 하고는 진우청의 대답만 기다렸다.

방 안의 모든 시선들도 진우청을 향하고 있었다.

남패천주의 급보를 받은 이곳 사람들이 자신들을 구하러 온 것은 유가검보 사람들 때문이라 생각하고 있었다.

그런데 백봉령주의 말을 듣고 보니 정작 남패천주가 더 관심을 가지고 있는 사람은 진우청이란 생각이 들었다.

무공보다 강한 춤!

그리고 진우혁이란 이름은 그동안 궁금증만 가지고 있던 진우청의 정체를 알 수 있겠다는 기대감도 들게 만들었다.

진우청은 모든 시선들이 자신에게로 향하고 있다는 것도 느끼지 못한 채 뇌리 가득 한 사람을 떠올리고 있었다.

형제들 중 가장 많은 기억을 차지하고 있는 형의 모습이었다.

지겹도록 싸웠던 형!

그리고 그만큼 보고 싶었던 형!

그 형이 까마득한 십 년의 세월 저편에서 달려오고 있었다.

백봉령주가 온 다음날, 진우청은 상념에 잠기며 뒷산 폭포를 향해 걸음을 옮겼다.

이제 날씨는 완연한 여름 기운이 느껴졌다.

대낮이 되면 내리꽂는 듯한 더위에 조금만 움직여도 땀이 흘렀다.

무공보다 강한 춤을 기다리는 사람이 누구일까, 또 남패천에 와 있는 형은 어떤 모습으로 변해 있을까? 그곳에서 무슨 곤경에 빠진 것일까? 하는 생각은 더위와 함께 머리를 복잡하게 했다.

그런 복잡한 심경을 식히고자 진우청은 뒷산의 폭포를 찾아가고 있는 것이다.

"쩝!"

폭포가 보이는 계곡 앞에 선 진우청은 입맛을 다셨다.

폭포 아래의 바위에는 이미 다른 사람이 자리를 잡고 있었다.

언제부터 그렇게 있었는지 폭포수 아래에서 유화성은 돌처럼 가부좌를 튼 채 앉아 있었다.

진우청은 잠시 유화성을 쳐다보며 서 있었다.

수행을 끝냈는지… 아니면, 진우청의 기색을 느꼈는지 유화성이 몸을 일으켰다.

멈춰 섰던 진우청은 폭포 쪽으로 다가갔다.

"내가 자네 자리를 뺏은 건가?"

폭포수 밖으로 나온 유화성은 다가오는 진우청을 향해 말을 건넸다.

그동안 내내 이곳 한쪽 석실에 틀어박혀 있던 유화성이었다.

그래서인지 얼굴은 햇빛을 제대로 못 받은 채소처럼 생기를 잃고 있었다.

비단 햇빛을 못 받아서 그런 것은 아닐 것이다.

풍비박산이 난 가문의 장남으로 생기 잃은 모습 정도만 내보이며 이렇게 견디고 있는 것을 보면 정말 강한 사내라는 느낌이 들었다.

근처 바위 위에 엉덩이를 걸친 진우청은 몸을 당겨 자리를 내주었다. 널찍한 바위 위라 그럴 필요가 없었지만 그건 앉으라는 표시였다.

유화성은 천천히 바위 위에 앉았다.

"제가 수행을 방해한 겁니까?"

유화성이 앉자 진우청은 불쑥 한마디 던졌다.

"아닐세. 끝낼 참이었네."

유화성은 억양없는 목소리로 답했다.

"자넨 갈수록 신비스러워."

유화성이 다시 말했다.

"뭐가 말입니까?"

"그냥 모든 게 다……."

유화성은 젖은 옷을 틀며 답했다.

"저 역시 형님에 대해 갈피를 못 잡겠습니다."

"무슨 소린가?"

유화성은 천천히 고개를 돌렸다.

"어떻게든 화산으로 갈 줄 알았는데… 어제 너무 쉽게 남패천행을 결정하는 모습을 보니 말입니다."

진우청의 말에 유화성은 잠시 동안 아무 말도 않고 앞만 바라보았다.

속내를 짐작하기 힘든 모습이었다.

처음에는 잔뜩 흐트러진 모습과 함께 갈피를 잡을 수 없었는데 지금은 무저갱 속에 가라앉은 듯한 분위기와 함께 내심을 읽을 수 없었다.

"남패천주가 나한테까지 뭘 원하는지 모르겠지만 부름을 받았으니 우선은 그곳으로 가서 구명을 빚을 갚아야겠지……."

그 한마디를 던지고 유화성은 다시 한참 동안 침묵을 지켰다.

"그리고 머지않아 남패천과 동방회는 충돌하게 될 거란 생각이 드네."

"충돌?"

진우청은 얼른 고개를 돌려 유화성을 쳐다보았다.

"동방회가 서왕문과 손을 잡은 것은 결국 남패천을 치기 위해서이지. 남패천과는 오랜 원한 관계가 남아 있으니까 말일세. 그 싸움의 중심으로 뛰어들어 가 보면 가문을 덮친 음모의 실마리와 함께 복수의 실마리 역시 잡을 수 있겠지."

유화성은 남 얘기 하듯 말했다. 그러나 그의 눈에는 안으로 갈무리된 진한 빛깔의 살기가 활화산처럼 타오르고 있었다. 다른 사람은 몰라도 진우청은 그걸 확연히 느낄 수 있었다.

술에 찌들긴 했지만 여유와 인간미가 느껴지던 사내가 이렇게 변하는 모습이 안타까웠지만 누구도 그걸 탓할 수는 없을 것 같았다. 진우청 자신이 그런 상황이었더라도 더했으면 더했지 덜하지는 않을 것이다.

"물렁탱이와 화경이가 걱정이군요."

낮은 한숨을 한 번 토한 진우청도 흘러가듯 말했다.

"가혹한 운명은 사람을 강하게 만든다네. 동생들도 이젠 서서히 강해 질 것이라 생각하네. 그렇게 강해지는 데는 은둔자들의 세상인 화산보다는 약육강식의 이치가 좀 더 신랄하게 적용되는 남패천이 훨씬 나을 수도 있지. 언제까지 내가 그들을 지켜줄 수도 없을 것이고, 또 언제까지 자네의 도움을 받을 수 없을 테니 말일세. 이젠 약육강식의 세상에서 스스로의 길을 헤쳐 나가야 할 때가 되었지."

유화성은 높낮이가 느껴지지 않는 음색으로 답했다.

"어째 좀 냉정하게 들리는데요."

"강호란 곳이… 그리고 세상이란 곳이 그런 곳이지. 그걸 너무 늦게,

아니, 술에 찌들려 너무 오래 망각하고 있었다는 사실이 뼈에 사무치는 중일세."

유화성은 여전히 남 얘기 하듯 무심한 어조로 말했다.

'젠장!'

진우청은 목구멍을 타고 넘어오는 뭔가 갑갑한 기운에 내심 역정을 토했다.

강호니 무림이니 하는 곳은 딴 세상 얘기인 것 같았는데 어쩐지 한 발 한 발 그곳으로 더 가까이 다가가고 있는 느낌이었다. 그러다 보면 자신도 무정강호니, 비정강호니 하는 더러운 말들을 절감하지 않을까 하는 생각이 들었다.

갑자기 술 생각이 났다.

조금 과하게 마시면 쓰디쓴 가루약의 기운 때문에 안 마신 것만 못 하지만 술 생각이 간절했다.

"이젠 술은 안 마십니까?"

휘주에서의 사건이 있은 후 그동안 유화성이 술을 마시는 모습을 본 적이 없다는 것을 떠올리며 물었다.

"지금은 아무리 마셔도 술맛을 못 느낄 것 같아 안 마시기로 했네. 하지만 언젠가 술을 입에 대게 된다면 자네하고 제일 먼저 마시고 싶을 걸세. 그때 내가 자네를 찾더라도 박대하진 말아주게."

그 말과 함께 유화성은 천천히 자리에서 일어섰다.

그리고는 이제껏 자신이 있던 지하 연공실 쪽으로 걸어갔다.

진우청은 유화성의 걸음걸이가 혼령은 다 빠져나가고 껍데기만 남은 허깨비의 걸음 같다는 느낌을 받았다.

잠시 더 그렇게 서 있던 진우청은 용호곤을 꺼내 들었다. 그리고 하나로 합쳤다.

"떠그랄!"

대상을 알 수 없는 분기를 느낀 진우청은 조금 전까지 앉아 있던 바위를 향해 깃발을 꽂듯 용호곤을 찔러 넣었다.

퍼억—

단단한 화강암 바위와 쇠몽둥이가 부딪치며 나는 소리라고는 믿을 수 없는 소리가 나며 용호곤이 바위 속으로 깊숙이 파고들었다.

용호곤을 빼낸 진우청은 이번에는 바위 중앙을 향해 강하게 두드렸다.

마치 비정강호의 소산물인 용호곤이 부서져 버리기라도 바라는 듯이…….

콰앙—

용호곤은 부서지지 않고 폭음에 가까운 소리가 울리며 바위에 금이 갔다.

한 번만 더 후려치면 바위는 두 조각으로 분리될 것 같았다.

재차 바위 가운데를 향해 용호곤을 내려치려던 진우청은 용호곤의 방향을 바꿔 뒤쪽 아름드리 소나무를 향해 쾌속하게 던졌다.

무시무시한 회전력과 함께 소나무 밑둥치를 향해 날아가는 용호곤이 소나무와 부딪치기 직전, 소나무 뒤에서 몇 개의 인영이 솟아올라 숲 뒤쪽으로 날아갔다.

우지끈!

뒤이어 소나무가 비명을 지르며 사시나무처럼 흔들렸다.

발끝으로 땅을 박찬 진우청은 소나무를 향해 쏘아졌다.

第三十七章

없었던 일로 합시다

없었던 일로 합시다

소나무 밑둥치에 부딪치고 튕겨 나오는 용호곤을 잡아챈 진우청은 소나무 등치를 박찼다.

용호곤에 부딪쳤을 때와는 달리 소나무는 미동도 않았지만 진우청의 신형은 쏜살처럼 야산을 향해 쏘아졌다.

'간단한 유인술에 걸려드는 건 아닐까?'

정체 모를 다섯 인영과의 거리를 빠르게 좁히며 진우청은 그런 생각을 했다.

처음에는 전혀 느껴지지 않았던 기색이 바위에다 원인도 모를 화풀이를 하는 자신의 돌발 행동과 함께 미세하게나마 느껴졌다. 그런 걸 보면 의도적으로 유인하는 것은 아니고 뜻하지 않게 기색을 드러내 도망치고 있는 것이라는 판단이 들었다.

진우청은 숲 속을 치달려가면서 다섯 인영의 움직임을 살폈다.

자신의 감각을 속이고 처음 한동안은 기색을 드러내지 않고 숨어 있던 은신술이나, 지금 저렇게 바람처럼 숲 속을 가로지르는 경신술을 보아 결코 평범한 실력을 갖춘 자들이 아니었다.

앞쪽에 우뚝 솟은 돌부리 끝을 강하게 박차며 진우청은 다시 한 번 용호곤을 던졌다.

휘이잉─

용호곤이 경고음을 터뜨리며 날아갔다.

직선으로 치달려가던 다섯 인영이 벼락을 피하듯 옆으로 진로를 틀었다.

까앙─

굉음이 일고 용호곤은 진우청이 목표로 했던 바위에 맞고 튕겨 올랐다.

용호곤을 잡아챈 진우청은 그중 한 인영을 향해 쏘아졌다.

다섯 인영이 제각각 앞서거니 뒤서거니 경공을 펼치는 것 같았지만 언뜻언뜻 네 명이 한 명을 호위하고 있다는 느낌을 받은 것이다.

진우청의 짐작대로 다른 네 명이 대경하며 진우청이 쫓는 인영을 향해 진로를 바꾸었다.

그런 일련의 상황 때문에 그들과 진우청의 거리는 더욱 좁혀졌다.

"하얏!"

결국 한 인영이 급히 신형을 틀며 진우청을 향해 손가락을 튕겼다.

'여인?'

진우청은 지풍을 날리며 토해내는 복면인의 음성이 남자의 것이 아니라는 생각이 들었다.

그렇든 저렇든 그 손끝에서 뻗어 나오는 기운은 결코 경시할 만한 것이 아니었다.

진우청은 잠시 갈등을 느꼈다.

손바닥으로 뿜어내는 기운은 몇 번 맞닥뜨려 보았다.

몸으로 맞아보기도 하고 용호곤을 휘둘러 그 기운으로 흩어버리기
도 했다.

그중 붕산철장 막철웅의 기운이 가장 거세었다.

그땐 자신도 모르게 똑같은 자세로 손을 뻗어 그와 상대했다. 그리
고 그를 날려 버렸다.

천룡후!

사부께서는 그렇게 불렀고 강호인들은 그걸 장력이라 불렀다.

그런데 손가락 끝으로 물을 튕기듯 튕겨내는 저 기운은 생소했다.

두드릴 때는 굵은 것이 유리하지만 찌를 때는 가늘고 날카로운 것일
수록 유리하다.

붕산철장 막철웅의 장력이 무지막지하게 짓누르는 위험이 있다면
긴 바늘처럼 찔러오는 저 기운은 전혀 다른 종류의 위험을 내포하고
있었다.

진우청은 무의식적으로 용호곤을 앞으로 뻗었다.

찡—

용호곤 끝이 긴 바늘 같은 기운과 마주치며 날카로운 쇳소리를 토했
다. 그리고 그 끝을 통해 묵직하지는 않지만 더없이 예리한 기운이 느
껴졌다.

여인… 아니, 여인으로 의심되는 인영의 지풍을 무력화시킨 진우청
이 용호곤을 그대로 쭈욱 찔러 넣으려는 찰나 양옆에서 각각 두 명의
복면인이 득달같이 검을 휘둘러 왔다.

진우청은 찔러가던 용호곤의 방향을 바꾸어 네 개의 검을 막아갔다.

네 개의 검은 한꺼번에 용호곤에 부딪치며 묵직한 충격을 전해주었다.

예상보다 더 강한 자들임이 확실했다. 그리고 이자들은 남자가 분명했고 여인으로 의심되는 복면인을 보호하려는 것이 확실했다.

네 개의 검을⋯ 그게 아니었다. 한 자루는 칼이었다.

도신이 그리 두껍지 않아 검처럼 보였는데 한쪽만 날이 있고 끝부분이 뭉툭한 것이 찌르기의 효용은 내세우지 않은 칼이었다.

한 자루의 도와 세 자루의 검을 한꺼번에 쳐낸 진우청은 도를 든 사내를 향해 용호곤을 휘둘렀다.

사내의 도가 숨이 넘어가는 비명을 토했다. 그리고는 도의 이빨이 뭉턱 빠졌다.

놀란 눈빛을 한 사내가 주춤 뒤로 물러서자 검을 든 세 명의 사내가 교묘하게 방위를 점하며 검을 휘둘러 왔다.

쨍—

검을 쳐낸 진우청은 용호곤을 두 개로 분리시켰다.

그리고 그것을 각각의 팔처럼 늘어뜨렸다.

해천 노인이 용호곤을 넘겨주며 몽둥이야말로 모든 무기의 근본이란 말과 함께, 용호곤을 자신의 손으로 생각하라는 가르침도 같이 넘겨주었는데 몽둥이가 모든 무기의 근본이란 말은 이해가 되었지만 몽둥이를 자신의 손으로 생각하라는 가르침은 아직 실감이 나지 않았다.

그러나 시간이 지나며 그 가르침 또한 조금씩 가까워지는 느낌이었다.

손끝으로 숨결을 불어넣으며 용호곤을 쥐고 있다는 사실마저 망각할 때 용호곤 끝으로도 숨결이 흘러들어 용호곤은 생명을 띠고 울음을 토했다.

그런 순간들이 몇 번 있었다.

백운 노인이 가르쳐 준 가장 기본적인 천강검초를 의식하며 뿌릴 때는 그런 현상이 일어나지 않았다.

가장 기본적인 초식이었지만 그것 역시 최소한의 형이 있었고, 틀이 있었다.

그 최소한의 형과 틀마저 망각하고 온몸으로 숨결이 가장 편하게 흐르는 자세를 잡았을 때 용호곤은 자신의 팔이 되고, 신체의 일부가 되어갔다.

그동안 낮에는 늘어지게 자고 밤이 되면 어슬렁거리며 숲 속으로 숨어들어 그 느낌을, 모든 형과 틀을 망각하고 용호곤을 손에 들었다는 사실조차 망각한 느낌을 유지하려고 애를 썼다.

의식을 하자 절대로 쉽지 않았다.

무엇을 망각해야 한다는 강박은 또 하나의 틀이 되어 의식과 육신을 얽매었다.

'망각해야 한다는 생각마저 망각해야 하느니!'

언젠가 사부께서는 차를 드시며 용무와 상관없이 선인들의 정신 수행법에 대해 흘러가듯 얘기해 주신 적이 있었다.

그건 용무 수행과 상관없는 내용이라 새겨듣지도 않았고, 사부 역시 미욱한 제자 놈이 그런 것까지 이해할 것이라고는 생각 안 하셨던지 정색을 하고 가르치지도 않았다.

그런데 흘러가듯 들려주신 그 구절이 최근의 수행에 있어 가장 큰 화두가 되었다.

진우청은 용곤과 호곤을 들고 있다는 사실을 망각하려고 애썼다.

그리고 그 망각하겠다는 생각마저도 망각하려 했다.

그런 생각이 뇌리를 가득 채우자 용곤과 호곤이 오히려 배는 더 무거워졌다.

"젠장!"

역정을 토한 진우청은 망각하는 것을 포기하고 그냥 쇠몽둥이를 들었다는 생각을 하며 날아오는 검을 쳐냈다.

연속 다섯 번의 검격을 막은 진우청은 잠시 뒤로 물러났다.

정체는 도저히 짐작이 가지 않았지만 보통의 고수들이 아니었다.

또한, 그들 네 명은 합격술을 익히지 않았나 싶을 정도로 손발이 잘 맞았다.

혼자서 검을 휘두를 때도 위력적이었지만 두 사람이 한꺼번에 공격하거나 아니면 세 사람, 네 사람이 한꺼번에 휘두를수록 더욱 완벽해지며 빈틈이 사라져 갔다.

특별한 합격술을 익혔거나, 아니면 오랫동안 붙어 다니며 자연스럽게 터득한 역할 분담인 것 같았다.

그런 네 사람의 실력을 믿어 의심치 않는지 지풍을 날렸던 여인은 복면 사이로 호기심 가득한 눈빛을 쏟아내며 지켜만 보고 있었다.

'어디 얼마나 그렇게 서 있는가 보자.'

진우청은 발끝으로 땅을 박찼다.

잠깐 동안의 대치 상태를 끝내고 진우청의 신형이 미끄러지듯 네 명의 사내들 한가운데로 쏘아졌다.

사내들은 주춤하며 서로를 쳐다보았다.

진우청이 이처럼 대담하게 자신들 가운데로 파고들 줄 몰랐던 것이

다. 이런 상황은 자신들에게는 가장 유리하고 진우청에게는 가장 불리
한 대치였다.

그걸 증명하듯 사내들이 동시에 도검을 휘둘렀다.

똑같은 순간에 공격하는 것 같았지만 각각의 공격에는 미세한 차이
가 있었다.

그 차이는 톱니바퀴처럼 맞물려 가운데에 포위된 사람의 운신을 극
도로 축소시키고 수비만 하는 데도 혼신의 힘을 다하게 했다.

진우청은 용곤과 호곤을 빠르게 휘둘렀다.

네 개의 병기가 두 개의 쇠몽둥이에 부딪치며 굉음을 울렸다.

따앙—

이질적인 소리 한줄기가 들리며 제일 먼저 용호곤에 심하게 부딪치
며 날이 움푹 빠졌던 도가 부러졌다. 동시에 톱니바퀴처럼 정교하게
맞물려 돌아가던 합공에 빈틈이 생겼다.

순식간에 하나로 합쳐진 용호곤이 그 빈틈을 향해 쭈욱 찔러 나갔
다.

반 토막 난 도를 든 사내가 대경하며 몸을 틀었지만 빨랫줄처럼 늘
어난 용호곤이 어깨를 찔렀다.

사내의 신형이 주르르 뒤로 물러났다.

진우청은 빈틈을 향해 찔러 넣었던 용호곤을 횡으로 쓸었다.

우우웅—

용호곤에서 진동음이 터져 나왔다.

남은 세 명의 사내가 긴장으로 물든 눈을 부릅뜨며 맹렬히 검을 내
려쳤다.

횡으로 쓸어가던 용호곤이 어느 순간 튕기듯 위로 솟구쳤다.

마치 물속을 헤엄치던 물고기가 갑자기 수면 밖으로 튀어 오르는 듯한 형상이었다.

허리를 쓸어오다가 갑자기 가슴을 노리고 날아드는 용호곤에 정면에 선 사내가 급히 상체를 숙였다. 진우청은 사내의 등을 두드리려 손목을 움직였다.

그때 뒤쪽의 사내가 쾌속하게 진우청의 어깨를 향해 검을 찔러 넣었다.

동료의 위기를 본능적으로 깨닫고 연속 공격을 차단하려는 의도였다.

진우청은 정면에 있는 사내의 등을 두드리려는 의도를 접고 돌아보지도 않은 채 뒤쪽으로 용호곤을 찔러 넣었다.

쨍—

사내의 검과 용호곤이 부딪치며 쇳소리가 터져 나왔다. 그리고 용호곤에서 반탄력이 손목으로 전해져 왔다.

이젠 백운 노인의 가르침을 실천할 차례였다.

백운 노인은 곤술의 가장 기본적인 움직임 몇 가지를 가르쳐 주며 곤의 장점 몇 가지도 같이 가르쳐 주었다.

그중 곤의 가장 큰 특징이자 장점은 날이 없다는 데 있었다.

얼핏 생각하면 살상력 저하라는 약점이 될 수도 있지만, 날이 있는 병기처럼 상대의 몸을 파고들거나 상대의 병기를 갈아내며 생기는 미세한 동작의 끊김 현상은 생기지 않고 반탄력만 생긴다고 했다. 그리고 그 반탄력을 잘 이용하라고 했다.

진우청은 뒤쪽 사내의 검과 부딪치며 용호곤으로 전해지는 반탄력을 고스란히 자신이 몸속으로 흡수했다. 그리고 들숨 한줄기를 그 반탄력에 융화시켰다.

파앗—

진우청의 몸이 섬전처럼 빠른 속도로 회전하며 뒤를 향해 찔렀던 용호곤이 부챗살처럼 펼쳐지며 사내를 덮쳐 갔다.

사내는 본능적으로 몸을 뒤로 뺐다.

저 시커먼 몽둥이에 황소만한 바위가 단번에 금이 가는 상황을 목격했기에 자신의 검으로 부딪칠 생각을 하지 못한 것이다. 더군다나 엄청난 회전력이 실린 쇠몽둥이는 부딪치는 것은 무엇이든 파괴할 것 같았다.

"헛!"

몸을 빼내던 사내는 마침내 경호성을 내질렀다.

쇠몽둥이가 만들어내는 부챗살이 거두어지고 순식간에 다가온 진우청이 손을 뻗어 가슴을 쳐왔기 때문이다.

'언제?'

그 외중에서도 사내의 머리 속에 그런 의문이 들었다.

긴 쇠몽둥이도 닿지 못할 만큼 충분한 거리를 두었는데 진우청이 자신의 코앞으로 다가들며 손을 뻗어오는 상황이 이해가 가지 않은 것이다.

이해하기는 힘들었지만 그건 물이 흐르듯 자연스런 결과였다.

뒤늦게 사내는 그걸 깨달았다.

팽팽한 대치 상태에서 공격의 의도를 접고 뒤로 물러나는 상황은 물독에 구멍이 나며 그쪽으로 물이 쏟아지는 것과 마찬가지였다.

진우청의 몸은 그렇게 물이 쏟아지듯 쏟아져 온 것이다.

한 번 더 뒤쪽으로 물러나는 사내의 왼쪽 어깨에서 중심이 흐트러졌다.

이번에도 어김없었다.

빈곳으로 물이 흘러들 듯 진우청의 손이 활짝 펼쳐지며 중심이 무너지는 사내의 어깨를 정확히 가격했다.

픽—

가죽 자루를 두드리는 소리가 나며 사내의 신형이 가랑잎처럼 허공으로 떠올랐다가 바닥으로 추락했다.

전권 밖에서 진우청의 움직임을 지켜보던 여인의 눈이 반짝 빛을 발했다.

동료 한 명의 패퇴에 따른 경각심보다는 뭔가 풀리지 않는 문제에 대해 심각하게 고민하는 빛이었다. 그러면서도 여인은 여전히 전권으로 뛰어들지 않고 그 자리에 서 있었다.

한 명의 복면인을 손바닥으로 쳐서 날려 버린 진우청은 세 사내를 쳐다보았다.

세 사내의 눈에 강력한 투지가 끓어올랐다. 그러나 여전히 살의는 느껴지지 않았다.

'뭔가, 이건?'

맹렬히 공격하면서도 살기를 뿜지 않는 사내들을 보고 의아한 기분을 느낀 진우청은 복면여인을 쳐다보았다.

여전히 복면여인은 탐색하듯 자신을 쳐다보고 서 있었다.

잠시 후 반 토막 난 도를 들고 있던 사내가 그것을 버리고 쓰러진 동료의 검을 집어 들었다.

도법과 검법은 초식부터 판이하게 다르지만 반 토막 난 자신의 병기보다는 낫겠다는 판단을 한 것이다.

동료의 검을 주워 든 사내는 홀깃 저만치 쓰러진 동료를 쳐다보았다.

손바닥에 가격당하는 순간 큰 충격을 받지는 않은 것 같았는데 이상하게도 동료는 의식을 차리지 못하고 있었다.

무슨 곡절인지 궁금했지만 그건 나중 일이다.

사내는 다시 대결 자세를 잡았다.

사내가 검을 들어 올림과 동시에 진우청을 중심에 두고 품(品) 자 모양의 대치가 이루어졌다.

진우청은 여전히 그린 듯이 한쪽에 서 있는 복면여인을 일견하고는 용호곤을 두 개로 분리했다.

이젠 대충 이들의 실력을 견식했으니 접근전으로 제압하여 정체를 파악하고자 함이었다.

생각과 함께 진우청의 몸이 수초처럼 흔들렸다.

세 명의 사내 역시 같은 순간에 몸을 움직이며 한꺼번에 달려들었다.

우선 제일 가까이에 있는 사내를 향해 진우청이 용곤을 휘둘렀다.

용곤이 감았던 눈을 뜨며 살아났다.

망각하고자 애를 쓸 때는 그 존재감이 악착같이 느껴지던 것이 이렇게 무의식적으로 휘몰아치자 손의 일부가 된 느낌이었다.

어쨌든 좋았다.

이질감이 느껴질 때는 쇠몽둥이로… 이렇게 손이 된 느낌이 들 때는 손으로… 그렇게 천룡의 춤을 추면 되는 것이다.

진우청의 의식이 천룡신무의 춤사위 속으로 녹아들자 용곤과 호곤은 팔뚝 속으로 스며들어 없어져 버린 것 같았다.

넘실—

어깨로부터 시작된 춤사위가 손끝인지 용곤과 호곤 끝이지 모를 곳으로 퍼져 나갔다.

처음 상대할 때와는 확연히 달라진 진우청의 동작과 그 동작 사이사이로 뿜어져 나오는 기세에 대경한 세 사내는 급급히 뒤로 밀렸다.

그래도 처음에는 몇 번의 공격도 해보고, 병기끼리 맞부딪쳐 보기도 했지만 이젠 그런 생각마저 불가능했다.

산들바람에 흩날리는 비단 천 같은 움직임들이 때로는 그물이 되어 덮칠 듯 다가들고, 때로는 해일이 되어 쓸어버릴 듯 쇄도해 들었다.

어느 순간!

퍼퍼퍽—

세 개의 음향이 동시에 울리며 세 사내가 동시에 튕겨 나갔다.

"하앗!"

이제까지 전권 밖에서 한순간도 놓치지 않고 진우청의 움직임을 쳐다보던 복면여인이 일갈과 함께 쇄도해 든 것이다.

도움을 줄 새도 없이 동료들이 한꺼번에 튕겨져 나가 버리는 바람에 홀로 진우청을 상대한 꼴이 되고 말았다.

여인의 눈빛이 복잡하게 변하고 있었다.

그 색조만큼 머리 속으로 많은 생각이 스쳐 지나가고 있다는 말이었다.

여인과 일 대 일로 마주하고 선 진우청은 눈살을 찌푸렸다.

마주 선 여인에게서도 살의를 느낄 수 없었기 때문이다.

"정체가 뭐요?"

진우청은 무뚝뚝하게 질문했다.

그때까지도 여인은 뭔가 갈등하는 눈빛을 보였다.

그리고 잠시 후 여인은 결심한 듯 한 발 앞으로 나섰다.

"실력으로 직접 밝혀보세요."

역시 짐작이 맞았다.

복면 사이로 흘러나오는 목소리는 여인, 그것도 소녀의 특징이 남아 있는 음성이었다.

'쯧!'

진우청은 내심 혀를 찼다.

이들의 정체가 궁금하긴 했지만 그걸 밝히려니 소녀에 가까운 여인과 한바탕 싸워야 했다.

그건 별로 내키지 않았다.

특히 호흡에서나 공격하는 동작에서나 살기가 느껴지지 않는 여인에게는 더욱 그랬다.

'모른 척할 걸 그랬나?'

여인과 맞서고 보니 왜 이렇게 악착같이 쫓아왔는가 하는 생각이 들었다.

가만히 생각해 보면 이들은 자신과는 상관없는 사람들일 수도 있었다.

우연히 야산으로 걸음을 옮기다 그곳에 먼저 와 있던 유화성과 대화를 나누고 까닭 모를 분기에 용호곤으로 바위를 두드려 부수며 발광을 하지 않았다면 이들이 은신을 드러내지도 않았을 것이고, 이런 식으로 마주치지도 않았을 것이다.

이들은 자신이 아니라 유화성을 감시하는 사람일 수도 있고, 남패천 강서지부에 무언가를 염탐하러 온 사람들일 수도 있었다.

그런 목적으로 온 사람들이라면 이렇게 자신이 나설 필요가 없다.

무엇을 염탐하든 그건 서로서로 알아서 하면 되는 것이다.

유화성이 목적이라 해도 이들에게 당할 사람이 아니었다. 그 사람 역시 스스로 알아서 할 일이었는데 은신의 기운을 느끼고 무작정 쫓아오는 바람에 여자와 싸워야 할 입장에 처한 것이다.

'아직도 많이 늦은 건 아니겠군.'

눈을 한 번 끔벅거린 진우청은 입술을 움직였다.

"귀찮으니 그냥 없었던 일로 합시다."

뚱하게 내뱉은 진우청은 등을 돌려 걸음을 옮겼다.

갑작스런 상황에 여인의 눈이 어지럽게 흔들렸다.

"이, 이봐요!"

잠시 후 여인의 목소리가 날카롭게 터져 나왔다. 그리고 진우청의 앞을 가로막았다.

"왜 그러시오?"

진우청이 내려다보며 대답했다.

"당신 정말……!"

복면여인이 올려다보며 고함을 질렀다.

"어떻게 그렇게 무책임하죠? 내 호위… 아니, 내 동료들을 이렇게 패대기쳐 놓고 없었던 일로 하자니… 그게 말이 된다고 생각하세요?"

여인은 자신의 처지도 잊은 듯 목소리를 높였다.

진우청은 고개를 돌리며 주변을 살폈다.

용호곤으로 바위를 두드리며 폭음에 가까운 굉음이 터져 나왔으니 누군가 달려오고, 이곳까지 몰려올 수도 있는 것이다.

"그렇게 크게 소리 질러도 되는 것이오?"

진우청은 오히려 염려스런 표정으로 말했다.

진우청의 말에 여인은 잠시 주춤하며 주위를 살피다가 이내 결심한 듯 진우청을 쳐다보았다.

"낭패를 당할 때 당하더라도 난 궁금한 것은 못 참거든요."

여인은 흥분이 가라앉은 목소리로 말하며 양손을 들어 올렸다.

여인의 손이 백옥처럼 하얗게 빛나고 있었다.

빙옥수(氷玉手)!

여인이 펼치려는 무공이었다.

장법으로나 지법으로 한 번 발출하면 옥처럼 새하얀 기운으로 모든 것을 얼린다는 빙옥수가 어리게 느껴지는 여인의 손에서 펼쳐지려 하는 것이다.

"뭐가 궁금하시오?"

여인의 손이 뻗어 나오려는 찰나 진우청이 다시 물었다.

"당신의 정체."

공격 시기를 놓치고 눈살을 찌푸린 여인이 대답과 함께 합장한 듯 마주치고 있던 양손을 쭉 뻗었다.

우우웅—

나지막한 진동음과 함께 쭉 뻗은 여인의 손바닥에서 서릿발 같은 장력이 쏟아졌다.

진우청은 어이없는 표정으로 여인을 쳐다보았다.

상대의 정체가 궁금하기로 따진다면 자신이 더할 것이건만 적반하장으로 여인은 그렇게 말하며 자신에게 덤비고 있었다.

더 어이없는 것은 여인의 손에서 뻗어 나오는 장력이었다.

여인의 장력은 붕산철장같이 패도적인 힘은 느껴지지 않지만 결코 그에 못지않은 위력이 담겨 있음이 본능적으로 느껴졌다.

진우청은 자신도 모르게 양손에 들고 있는 용곤과 호곤을 서로 교차시키며 쾌속하게 휘둘렀다.

안개처럼 다가오던 여인의 장력이 용호곤이 일으키는 바람에 막혀 주춤했다.

그것도 잠시, 서리 같은 기운은 다시 밀려왔다.

진우청은 용호곤을 통해 시리디시린 한기가 스며듦을 느꼈다.

실제로도 용호곤 표면에 하얗게 서리가 내려 있었다.

'뭐 이런……?'

진우청은 내심 놀랐다.

여전히 복면으로 얼굴을 가리고 있어 정확히 파악하기는 어렵지만 아마도 소녀에 더 가까운 나이일 것이다.

그런데도 이런 힘을 쏟아내다니…….

진우청은 급히 양팔을 흔들었다.

그 순간, 진우청은 손에 들린 용호곤이 또 한 번 팔의 일부가 되는 느낌을 받았다.

"하앗!"

진우청은 그 팔로 천룡후의 호흡을 불어넣었다.

우우웅—

용의 형상을 한 기운이 안개 같은 빙옥수의 힘을 밀어내며 여인의 전신을 향해 덮쳐 갔다.

자신의 빙옥장을 완전히 흩어버리며 덮칠 듯 쏟아져 오는 기운을 마주한 여인의 눈빛이 공포로 물들었다.

"후읍!"

빙옥장을 흩어버린 진우청은 양팔로, 아니, 용곤과 호곤으로 불어넣던 천룡후의 호흡을 끊었다.

용의 형상을 하며 모든 것을 날려 버릴 듯 뻗어나가던 기운이 놀랍게도 한순간에 사라져 버렸다.

그리고 정적이 흘렀다.

복면여인은 망연자실한 눈으로 진우청을 쳐다보았다.

세상 곳곳에는 모래알만큼 많은 기인이사들이 있다고 했지만 이런 경험은 처음이었다.

쏟아져 나온 경력이 이렇게 순식간에 사라지는 것은 들은 적만 있었지 실제로 보거나 경험한 적은 없었다.

잘못 발출한 경력 때문에 비무를 하던 사형제를 다치게 하는 경우도 얼마나 많던가?

이런 경지라면 절대로 그런 사고는 안 당할 것이다.

도저히 유파를 짐작하기 힘든 움직임과 내력!

그것은 자신이 이곳으로 온 목적을 전혀 이루지 못했다는 말이었다.

복면여인은 석상처럼 진우청에게 눈을 고정시킨 채 서 있었다.

"이번 일도 없었던 것으로 합시다."

여인에게 더 이상 싸울 의사가 없음을 느낀 진우청은 용곤과 호곤을 등에 찔러 넣으며 말했다.

여인은 여전히 시선만 고정시킨 채 미동도 않고 서 있었다.

그때 쓰러졌던 사내들이 일어났다.

"아, 아가씨!"

놀란 눈을 한 사내들이 급히 검을 주워 들었다.

여인이 손을 들어 사내들을 제지했다.

"더 이상 고집 부리지 않을 테니… 그냥 돌아가기로 해요."

여인은 사내들에게 체념한 목소리로 말했다.

진우청을 한 번 쳐다본 사내들이 서둘러 여인 옆에 시립했다.

입맛을 다신 진우청은 등을 돌렸다.

아닌 대낮에 하지 않아도 될 일을 하고, 결국 없었던 일로 치부하며 등을 돌리는 자신이 한심하기도 했다.

그때 여인의 목소리가 고막 안쪽에서 울렸다.

"내 이름은 구양혜림이에요."

복면여인이 날린 전음이었다.

'구양혜림?'

진우청은 주춤 걸음을 멈추며 눈살을 찌푸렸다.

여인의 이름을 기억하고 나면 뭔가 귀찮아질 일이 생길 것 같았다.

진우청은 머리에 묻은 물을 털어내듯 세차게 고개를 흔들었다.

"그것도 못 들은 것으로 하겠소!"

고함을 지른 진우청은 몸을 날렸다.

그 목소리를 들은 복면여인 구양혜림은 어이없는 눈빛을 하며 진우청이 사라진 방향을 쳐다보았다.

'뭐 저런 인간이 다 있지?'

그녀의 눈빛이 그런 말을 쏟아내고 있었다.

'좀 어이없긴 해도 좋은 경험이었다.'

폭포가 있는 야산을 내려오며 진우청은 생각했다.

용호곤을 팔로 생각하라던 해천 노인의 가르침이 복면여인, 그리고 그 일행과의 대결을 통해 좀 더 가까이 다가온 느낌이었다.

용곤과 호곤을 통해 전해지는 얼음장같이 차가운 기운에 무의식적으로 대항하며, 그리고 그 여인의 호위인 듯한 사내들과 대결하며 용호곤이 자신의 팔과 동화되는 느낌을 받았다.

여태껏 고심하며 수련해도 잘 안 느껴지던 일체감이 하루에도 두 번씩이나 느껴진 것은 큰 수확이었다.

'오늘은 어떻게 두 번씩이나 그런 느낌이 전해진 것일까?

진우청은 고개를 갸웃거렸다.

실전에서 조금 급박한 순간, 용호곤을 들었다는 의식마저 하지 못할 때 그런 느낌이 전해졌다.

또한, 그때는 용호곤을 통해서 천룡후의 기운을 쏟아낼 수도 있었다.

복면여인을 상대할 때는 최대한 부드럽게 쏟아냈지만 마음먹고 오장육부 깊은 곳에서부터 토해낸다는 느낌으로 터뜨리면 손바닥으로 펼치는 것과는 또 다른 힘을 터뜨릴 수도 있을 것 같았다.

용호곤을 손으로 생각하라는 말! 그 말마저 잊어버리면 오히려 쉬울 것 같았다.

'잊어먹는 데는 소질이 있지.'

스스로를 향해 말을 던진 진우청은 발걸음을 더욱 빨리했다.

第三十八章

북제성의 그림자

북제성의 그림자

호남에 있는 남패천 총단은 가히 궁궐을 방불케 했다.

한 개의 산을 가운데로 하여 그 주변으로 성을 쌓았다.

보통, 산골짜기 하나마다 마을 한 개가 형성되니, 그 규모로 따진다면 남패천은 마을 몇 개를 합친 것과 같았다.

산 아래 남쪽에는 너른 들판이 있어 그곳에서 나는 곡식만으로도 남패천 내의 사람들 식량을 충당할 수 있을 정도였다.

빠른 걸음으로 이틀을 걸어도 한 바퀴를 다 돌 수 없는 넓은 성벽 아래에는 호수가 있었는데 겉보기에는 자연적으로 만들어진 호수처럼 그 풍경이 감탄사를 터져 나오게 할 정도였지만 실상 그 호수는 유사시 성체와 외부를 격리시켜 주는 역할을 하는 인공 호수였다.

평소에는 그 호수 위로 네 개의 커다란 다리가 항상 내려져 있어 마차 몇 대가 한꺼번에 드나들 수도 있지만 비상시 그 다리를 들어 올려 버리면 남패천은 호수 가운데에 떠 있는 섬 같은 모양으로 세상과는 격리되어 버린다.

그렇게 다리가 올려지고 성문이 닫힌 남패천으로 침투하기 위해서는 부득이 호수를 건너야 하지만 그건 결코 쉽지가 않았다.

호수 곳곳에 설치된 기관과 성안에서 양식되어지고 있다가 쏟아져 나오는 식인어들은 순식간에 그 호수를 지옥으로 만들어 버린다.

하지만 그건 어디까지나 비상시에 일어나는 일일 뿐이었다.

이제껏 그 비상시란 것을 한 번도 경험하지 못한 남패천의 젊은이들에게 그 호수는 더없이 좋은 유람 장소였다.

아침에 남문에서 배를 띄워 하루 종일 놀다가 저녁때 노을을 벗 삼아 서문으로 들어오는 행로는 남패천의 선남선녀들이라면 누구나 한 번쯤 경험해 봤고, 여건이 된다면 매일 반복하고 싶은 유흥거리였다.

오늘도 호수에는 수많은 배가 띄워져 노랫소리와 웃음소리가 끊이지 않고 이어졌다.

남패천이 어떤 곳인지 모르는 사람이 본다면 이곳이야말로 천하의 향락궁이로구나라고 단정해도 무리가 없어 보였다.

바깥 풍경은 그렇게 평화롭고 유유자적해 보였지만 성문을 통해 안으로 들어갈수록 분위기는 차츰 달라졌다.

평범한 마을과 같은 외성을 지나 안으로 한참 더 들어가면 또 한 개의 성이 나타나는데 그곳은 내성이었다.

바깥 성채보다 좀 더 낮고 두께도 얇았지만 곳곳에 경비무사들이 지키고 있어 내성으로 들어가기 위해서는 확실한 용무와 신분이 확인되어야 했다.

그곳을 통과하면 산자락이 보이는데 산 아래쪽부터는 여러 개의 건물들이 기묘한 바위를 점하며 지어져 있었다. 언뜻 보기에도 그 건물들의 배치는 진법의 원리에 따라 정교하게 지어졌다는 것을 느낄 수 있었다.

안내없이 함부로 뛰어들었다가는 미로 같은 배치 속에서 길을 잃고 하루 종일 같은 곳을 맴돌게 될 것이다.

그런 건물들을 지나 산의 팔부 능선쯤부터 남패천의 본당 건물이 있었다.

산 정상을 깎아내고 그곳에 산의 일부처럼 축조되어 있는 남패천의 본채는 마치 산꼭대기에서 오연히 세상을 내려다보는 절대자처럼 그 위용을 드러내고 있었다.

남쪽 하늘의 절대자이자 남패천의 주인인 구양천(歐陽天)은 산 아래를 내려다보며 서 있었다.

창문 앞에서 뒷짐을 진 채 아래를 내려다보는 그의 뒷모습에서 자연스레 풍기는 기도는 거대한 남패천 건물이 오히려 초라해 보였다.

그가 만약 이 자리에서 발을 한 번 구르기라도 한다면 철옹성 같은 남패천 성채가 진동하고 단번에 남패천 전역으로 한기가 뒤덮일 것 같았다.

넓은 세상의 남쪽을 지배하는 한 명의 절대자!

그 칭호가 조금도 부족함이 없는 구양천의 모습이었다.

"내일이면 도착한단 말인가?"

구양천은 여전히 성밖으로 시선을 둔 채 혼잣소리처럼 중얼거렸다.

뒷모습은 거대한 산 같았지만 얼굴은 인자한 옆집 노인처럼 보기 좋았다.

그 얼굴에 한 가닥 호기심이 어렸다.

"궁금하구먼!"

청수한 노인의 얼굴에 흘러내리는 호기심의 기운이 한층 더 짙어졌다.

구양천의 독백이 두 번이나 이어졌지만 뒤에 있는 여러 명의 중년인들은 숨소리도 내지 않고 시립해 있었다.

"그 아이가 맞을까?"

구양천의 목소리가 좀 더 커졌다. 이제 그건 독백의 수준이 아니었다.

"무슨 말씀이신지……?"

만만치 않은 기도를 안으로 갈무리한 사내 하나가 마침내 입을 열었다.

"아니야, 그냥 혼잣소리야."

구양천은 가볍게 고개를 저으며 천천히 등을 돌렸다.

잠시 노안에 드리워졌던 호기심 어린 기운은 어느새 깨끗이 지워져 있었다.

"그 청년을 말함인가요?"

꾀꼬리 같은 목소리가 뒤쪽에서 터져 나왔다.

전혀 거침없는 목소리는 실내의 경직된 분위기를 대번에 누그러뜨렸다.

"험!"

처음 질문을 했던 사내가 눈을 엄하게 뜨며 헛기침을 했다.

그러나 여인은 조금도 망설임없이 시립해 있는 사람들 사이로 뚫고 나오며 찻주전자와 찻잔들을 탁자 위에 놓았다.

"좀 조심해서 놓거라! 한 잔 마시기도 전에 그릇 다 깨어지겠다!"

헛기침을 한 사내가 마침내 언성을 높였다.

"숙부님께선 가족끼리 있는 자리에서도 무슨 격식을 그렇게 따지세요. 어서 차 드세요."

여인은 아미를 살짝 찌푸리며 찻잔에 차를 따랐다.

여인의 거침없는 행동을 보며 구양천의 입가에 미소가 어렸다.

"태상 할아버지께서도 그렇게 서 있지만 마시고 어서 차 드세요."

여인은 뒤에 시립해 있는 사람들 중 가장 경직된 자세로 서 있는 노인을 향해서도 거침없이 말했다.

"쯧쯧! 누가 데려갈지……."

도저히 변화가 없을 것 같은 노인의 안면 근육이 움직이며 감정이란 것이 드러났다.

"허허! 짚신도 다 제 짝이 있기 마련이라네. 유백(幽佰), 자네도 어서 와 앉게. 차 다 식겠네."

"처, 천주!"

유백이라는 말에 초로인의 신형이 흔들리며 놀란 음성이 터져 나왔다.

"뭐 어떤가? 우리 망아지 말대로 가족끼리 있는 자리가 아닌가. 자네 역시 내 가족이나 마찬가지고……."

"하, 하지만 천주, 자꾸 그러시면 버릇됩니다."

초로인은 다가설 기미를 보이지 않고 말했다.

"허허! 그렇다면 어서 와 앉으시지요, 태상호법!"

구양천이 농을 던지며 먼저 자리에 앉았다.

입맛을 다신 초로인은 뒤쪽을 향해 미세하게 손짓을 했다. 그러자 벽과 천장에 드리워졌던 그림자들이 신속히 밖으로 사라졌다.

"어째 저 녀석만 오면… 쯧쯧!"

남패천의 태상호법 나유백(羅幽佰)은 혀를 차며 탁자로 다가왔다.

그의 모습은 어느새 주종 관계가 아닌 구양천과 수십 년을 함께한 동료의 모습으로 돌아와 있었다.

달그락!

찻잔이 접시에 닿는 미세한 소리만 울리며 잠시 동안 정적이 이어졌다.

"그 청년이란 말이 무슨 뜻인지요, 아버님?"

찻잔을 내려놓은 한 사내가 구양천을 향해 조심스럽게 질문을 던졌다.

외인들을 물리친 가족들 간의 자리인지라 사내의 모습도 부친과 아들의 모습으로 돌아와 있었다.

"그 청년이라고 말한 사람은 전데 왜 할아버지께 물어보세요, 숙부님은?"

여인의 미소를 대한 중년 사내가 입맛을 다셨다.

"그걸 가르쳐 주면서 또 얼마나 껍질을 벗길지 뻔하거늘… 어떻게 너한테 물어보겠느냐?"

"호호호! 오늘은 그렇게 비싸게 굴지 않을 테니 걱정 마세요."

여인이 의외로 순순하게 나왔다.

"실상은 알아낸 것이 얼마 없는 게 아니겠느냐?"

"할아버지!"

구양천의 말에 구양혜림은 비음 섞인 고함을 질렀다.

"아니다! 어디, 우리 차기 비원각 각주님의 능력이 어느 정도인지 들어보자꾸나."

구양천이 슬쩍 손을 저으며 구양혜림을 쳐다보자 구양혜림이 움찔하며 자세를 바로잡았다.

구양천의 눈에서 은연중에 흘러나오는 기운은 아무리 사랑받는 손녀의 위치라도 감당키 힘들 때가 많았다.

구양혜림은 남패천주의 손녀에서 남패천 비원각 소속 일원의 모습으로 바뀌었다.

"이전에 보고 드렸던 것에 비해 더 알아낸 것은 별로 없어요. 사부가 누군지, 익힌 무공이 어떤 것인지……. 추가된 사항이 있다면 강서지부를 떠나기 며칠 전 그곳을 한 번 발칵 뒤집었다는 정도예요."

"뒤집어?"

이제껏 아무 말도 않고 있던 청년이 여인의 말을 되뇌었다.

"그래요. 사소한 다툼 때문이었는데, 남자들 사이에서 의례 일어나는 힘 자랑 같은 성격이라 그 동기 같은 것은 신경 쓸 필요 없어요. 단지 그 결과로는 강서지부의 백호대가 톡톡히 당했어요."

"좀 더 자세히 말해 보거라."

구양혜림의 설명에 구양천의 둘째 아들 구양승립(歐陽承立)이 안광을 빛내며 말했다.

구양혜림은 진우청이 한바탕 푸닥거리한 일을 소상히 설명했다.

"조백림이 단 몇 수 만에 꺾였다고?"

구양승립이 눈살을 찌푸렸다.

"오히려 다른 사람들보다 더 쉽게 꺾였다고 보고받았어요. 그 청년의 무공은 낭인검의 천적인 모양이에요."

구양혜림은 가볍게 한숨을 내쉬며 답했다.

그녀의 한숨에 대한 이유는 뒤이어진 청년의 질문으로 밝혀졌다.

"그런데도 그 청년의 무공에 대한 유파를 아직 추측도 못한단 말이지?"

"그래요. 아직… 그리고 전혀!"

구양혜림은 사촌오빠 구양조윤(歐陽朝潤)의 질문에 답하며 다시 한 번 한숨을 내쉬었다.

아직 어린 나이지만 남패천의 정보 조직인 비원각에서 입지를 넓혀 가며 타고난 능력을 발휘하고 있는 그녀로서는 자존심이 상하는 일일 수밖에 없었다. 더군다나 그녀는 비밀리에 직접 맞부딪쳐 보기까지 했으면서도 알아내지 못했으니 그런 심정은 더 심했다.

"공교롭게도 그 청년의 형이 이곳에 와 있는 것으로 아는데, 그 사람으로부터도 알아낸 게 없단 말이냐?"

구양조윤은 혹시 구양혜림이 정보를 독식하며 제한적으로 풀어놓는 것이 아닌가 의심하는 눈초리로 구양혜림을 쳐다보았다.

구양혜림이 도끼눈을 떴다.

"그만 해라. 또 싸우겠다."

구양혜림의 오빠인 구양정윤(歐陽丁潤)이 나서며 분위기를 가라앉혔다.

구양혜림은 다시 한 번 구양조윤을 향해 눈을 흘기고는 할아버지 구양천을 쳐다보았다.

비원각주인 어머니와 자신이, 그리고 여기에 있는 다른 사람들이 그 청년에 대해서 관심을 가지게 된 것은 오로지 구양천의 지시에 의해서이다.

천명이나 마찬가지인 지시였기에 따랐지만 영문을 몰랐다.

남쪽 하늘의 주인인 할아버지가 누군가 한 사람에게 이런 관심을 가진 적은 일찍이 없었다.

설사 세상 한쪽에서 전쟁이 일어나더라도 넌지시 언급만 주어 비원각을 움직이게 하지 이렇게 직접적으로 지시하지는 않을 것이다.

구양혜림은 그 점이 궁금했다. 또한 그런 관심을 가지는 청년의 정체를 도저히 알 수 없다는 점도……

"더 이상은 못 알아냈다는 말이 맞는 모양이구나."

구양천은 빙그레 미소를 지으며 말했다.

구양혜림은 잠시 머뭇거리다가 별 의미 없는 사실 몇 가지를 덧붙였다.

"여덟 살까지 말썽꾸러기로 지내다가 어느 날 근처를 지나는 노인을 따라갔다고만 알려졌어요. 그리고는 얼마 전에 산에서 내려와서 휘주에서 그런 활약을 한 것밖에는……"

"어느 산에서 지냈는지 정도는 알아냈겠지?"

구양천은 다시 미소와 함께 물었다.

구양혜림은 고개를 끄덕이고는 나머지 사실도 끄집어냈다.

계속 말해 봐야 입만 아픈 사소한 것이지만 할아버지의 눈빛이 계속 재촉을 하니 찌꺼기 하나라도 남김없이 말해야 했다.

"황산 자락의 어느 이름 모를 산에서 내려왔다고 들었는데 그곳으로 추정되는 몇 곳을 수색해 보았지만 어느 곳에서도 특별한 것을 찾아내지 못했어요."

구양혜림은 진우청에 대해서 자신이 알고 있는 바를 털끝만큼도 남김없이 말하고는 목이 마른지 찻잔을 단숨에 비웠다.

그때 인기척이 들리며 한 사내가 실내로 들어섰다.

구양천의 큰 아들이자 구양혜림의 아버지인 구양승문(歐陽承文)이었다.

그 뒤로 구양승문의 부인이자 비원각의 각주인 원다영(元多英)이 들어섰고 다른 몇 명의 사내들과 여인들도 따라 들어왔다.

모두 구양천의 혈육들로 가족회의를 하는 날이면 모이는 사람들이었다.

"하, 할아버지?"

그냥 할아버지와 함께 차나 한잔하며 담소를 나누는 자리인 줄 알았는데 이런 자리가 마련된 것을 본 구양혜림은 어리둥절한 눈으로 실내를 들어서는 사람들과 구양천을 번갈아 쳐다보았다.

"부르셨습니까, 아버님?"

구양승문이 고개를 숙였다.

뒤를 따라온 다른 사람들도 같이 고개를 숙였다.

"모두 앉아라."

구양천이 지시하자 실내 가운데 넓은 탁자에 모두 자리를 잡았다.

모든 식솔들을 한 번 둘러본 구양천은 잠시 눈을 감았다.

정적이 온 실내를 감돌았다.

한동안 이런 자리는 없었기 때문이다. 그리고 특별히 이런 자리를 만들 만한 일도 없었다.

"내 너희들을 이 자리에 부른 것은 최근 불길한 조짐을 보이고 있는 무림의 움직임과 앞으로의 일에 대해서 논의하고자 함이다."

구양천은 서두를 꺼내고는 다액을 한 모금 들이켰다.

"최근 서왕문과 동방회의 움직임이 심상치 않다. 아직까지 심각한 정도는 아니지만 나뭇잎 한 잎이 떨어지며 가을이 시작되는 바, 결코 간과할 수만은 없는 일이지."

구양천은 좌중을 둘러보았다.

인자한 표정으로 가족들을 쳐다보는 눈빛이었지만 누구도 그 눈빛을 마주하는 사람이 없었다.

그리고 간과할 수 없다는 말 역시 지나가는 말처럼 무심히 던졌지만 남패천주의 입에서 나온 말이었기에 내일 아침, 아니, 이 자리를 파하는 순간부터 남패천 전체로 퍼져 나갈 것이다.

겉으로는 지금까지와 변함이 없어도 바야흐로 남패천은 이급 경계령이 내려지며 준전시 상태로 돌입한 것이나 마찬가지였다.

그런 사실을 증명이라도 하듯 실내에는 바늘이 떨어지는 소리라도 들릴 정도의 정적과 긴장감이 감돌았다.

"흠!"

과도하게 긴장된 분위기를 누그러뜨리려는 듯 헛기침을 한 번 한 구양천은 말을 이었다.

"그리고 두 번째로는 북제성에 관해서 말하고자 함이다."

"북제성?"

큰 아들 구양승문이 자신도 모르게 신음처럼 되뇌었다.

동시에 쥐 죽은 듯이 고요하던 실내에 한바탕 동요가 일기 시작했다.

그만큼 북제성이란 단어는 거대한 힘을 가지고 있었다.

"북제성에 대해서는 아가 네가 상세히 설명해 주거라."

실내의 동요가 가라앉은 후 구양천은 마주 보이는 창문 저 너머로 시선을 던지며 큰며느리인 비원각주 원다영에게 설명을 부탁했다.

북제성에 대해서는 모르는 사람이 없겠지만 남패천의 비원각주는 일반적인 것보다는 훨씬 더 많은 것을 알고 있을 것이니 최근까지 알아낸 그 모든 것을 설명해 주란 말이었다.

"알겠습니다, 아버님."

비원각주가 날아갈 듯 고개를 숙이며 설명을 시작했다.

북제성!

동방회와 서왕문, 남패천과 함께 천하사패의 하나인 신비문파가 비원각주의 입술을 통해 세상 밖으로 그림자를 드러냈다.

북제성의 전신은 백인대(百人隊)였다.

명을 건국한 주원장은 그 성정이 냉혹하기로 짝을 찾기 힘든 사람이었다.

천운이 따라 명 왕조를 건립한 후 그런 그의 성정은 여실히 드러났다.

자신을 도와 목숨을 아끼지 않았던 수많은 사람들을 잔인하게 숙청하고, 그가 왕조를 세우는 데 있어 가장 큰 세력이자 가장 큰 역할을 한 명교마저도 마교로 몰아 그 교두들을 주살하거나 함정에 빠뜨려 죽였다.

그런 행위로 말미암아 그는 수많은 적을 만들었고 암살의 위험에서 한순간도 자유로울 수 없었다.

그는 결국 모든 인맥과 엄청난 자금, 그리고 절대자의 권력을 이용하여 절정고수 백 명으로 이루어진 최강의 친위대를 만들었다.

이름하여 백인대(百人隊)인데, 그들의 신분과 정체는 단 한 가지도 알려지지 않고 철저히 어둠 속에서 움직이며 온갖 위험에서 주원장을 보호했다.

그들로 인해 주원장은 왕권을 더욱 공고히 하며 대명제국의 기틀을 마련했다.

하지만 인간의 본성은 변하지 않는 것!

초기의 혼란함을 잠재우고 왕권을 공고히 한 후의 주원장에게 있어 가장 큰 위협은 바로 백인대였다.

아니, 주원장은 그렇게 느낀 것이다.

결국 백인대 역시 토사구팽의 이치대로 백만 황군의 포위망 속에서 가마솥에 삶겨지는 운명을 맞게 되었다.

그들이 평범한 사냥개들이었다면 뼈도 추리지 못하고 삶겨졌을 것이다. 그러나 그들은 황제가 왕위를 걸다시피 하며 모은 절정의 고수들이었다.

수많은 상처를 입긴 했지만 그들 중 열 명은 지옥의 포위망을 뚫고 탈출했다.

그 후 이십 년!

그들은 정확히 백 명이 되어 되돌아왔다.

그때 주원장은 새파랗게 질려 용상에서 굴러 떨어졌다는 설도 있었다.

다시 나타난 백인대에게 대명 황실이 입은 피해는 실로 컸다.

주원장의 새로운 수족이던 사람은 하나둘씩 소리없이 사라졌고, 주원장은 서서히 자신의 목을 향해 다가오는 보이지 않는 암살자들 때문에 반쯤 실성할 지경까지 갔다.

그러나 황실의 힘이란 것은 결코 무시 못하는 것, 백만 황군을 모두 투입하고 수많은 조정대신들이 뜬눈으로 밤낮을 새운 덕에 주원장은 그들의 위협에서 벗어날 수 있었다.

그 후 그들은 모습을 드러내지 않았다.

그러나 그들 백인대의 후예들은 오늘날까지 그 맥을 이어와 지금은 북제성이라는 이름과 함께 천하사패의 한 세력으로 불리고 있는 것이다.

단 백 명!

여전히 그들의 숫자는 백 명을 유지했다. 그러면서도 한 개의 성이나 마찬가지로 여겨지며 천하를 사 등분하는 한 세력으로 추앙받고 있는 것은 그들 개개인의 무위가 어떠하다는 것을 짐작케 해주었다.

처음과 마찬가지로 지금 역시 그들 개개인에 대해서 밝혀진 것은 아무것도 없다.

그들은 철저히 지하 깊은 곳에서 후예들을 키웠고, 그렇게 맥을 이어오고 있는 것이다.

그들이 초기 백인대의 원한을 아직까지 잊지 않고 대명 황실을 향해 이를 갈고 있는지는 알 수 없다.

대명 초기 주원장의 배신과 죽음의 포위망 속에서도 살아남은 백인대 열 명은 현재 북제성이라 일컬어지는 신비인들에겐 태사조나 태태사조가 될 것이기에…….

지금이라도 그들이 세상으로 모습을 드러내면 가장 신경을 곤두세울 곳이 황실이다. 그래서인지 그들은 여전히 세상 밖으로는 모습을 드러내지 않고 있다.

하지만 그들은 백 명만으로도 남패천이나, 서왕문들과 세력을 나란히 할 수 있는 힘을 가진 사람들이란 것은 누구도 의심하지 않는다.

비원각주 원다영은 북제성의 내력과 그 후 세상에는 잘 알려지지 않았지만 비원각에서 알아내거나 추측한, 간간이 드러난 그들의 행적, 그리고 능력들을 세세히 설명했다.

원다영의 한마디 한마디에 곳곳에서 침 넘어가는 소리들이 들려왔다.

"여기까지가 제가 설명드릴 수 있는 것이고, 다음부터는 아버님께서 설명해 주실 것입니다."

원다영은 구양천에게 눈길을 준 후 입을 다물었다.

지그시 눈을 감고 큰 며느리의 설명을 듣고 있던 구양천이 눈을 떴다.

번쩍!

만년한철이라도 녹일 것 같은 기운이 구양천의 눈에서 폭사되었다. 그러나 그 기운은 찰나의 순간에 내부로 갈무리되었다.

그것을 느낄 수 있는 사람은 구양천의 두 아들과 큰손자 정도였다.

"나는 큰 아가보다 훨씬 오래전부터 그들을 찾으려 노력했다."

구양천의 목소리가 실내를 울렸다.

"그건 구원을 잊지 않은 동방회가 서왕문과 은밀히 내통을 하던 칠년 전부터이다."

구양천의 말에 젊은 청년들이 긴장한 표정을 지었다.

동방회가 서왕문과 손을 잡고 드러나게 움직이는 것은 최근으로 알았는데 그것이 칠 년 전부터라는 말은 충분히 경각심을 느낄 만했다.

그렇다면 지금 이 자리는 그 어떤 자리보다 무거운 자리이다.

"내가 북제성의 흔적을 그렇게 오랫동안 찾아 헤매고 북제성주를 만나고자 한 이유는 동방회 때문이다. 정확히 말하자면 현 동방회주 임초건 때문이지. 임초건 그자는 알려진 바와는 정반대로 전대 동방회주인 제 부친보다 최소한 세 배는 더 지독하고 심계가 뛰어난 놈이다."

남패천주 구양천의 얼굴에 실낱같긴 하지만 한 가닥 불안감이 스쳐 지나갔다.

지금 당장 하늘이 무너져 내린다 하더라도 눈썹 하나 까닥하지 않은 일대종사의 얼굴에 드리워진 그런 감정의 빛깔은 놀랍다 할 만했다.

동방회와 동방회주의 움직임을 누구보다 잘 파악하고 있는 원다영마저도 시아버지 구양천의 얼굴에 나타난 감정의 색조를 보며 주춤 들어 올리던 찻잔을 내렸다.

"그놈은 제 부친과 우리 남패천 간의 원한을 가슴 깊은 곳에서 눈덩이처럼 굴리며 이제껏 살아왔다. 그리고 칠 년 전부터는 서왕문과 손을 잡기 위해 움직인다는 단서를 포착했다. 서왕문과 연수한 후 그놈의 칼끝이 어디로 향할지는 불을 보듯 뻔한 일이기에 나는 지속적으로 그들의 동정을 살피며 두 세력의 결합을 막기 위해 은밀하게 많은 일들을 꾸몄다. 그러나 그놈의 수단은 교활하기 짝이 없어 오히려 내가 추진한 일들이 역효과를 일으키며 그들의 결속을 돕는 결과를 가져왔다."

구양천은 그때의 기분이 떠오르는지 잠시 말을 끊으며 차를 한 모금 들이켰다.

"결국 나는 더 이상 그들의 연수를 막을 수 없음을 느끼고는 다른 수단을 선택하기로 생각을 바꾸었다. 그들 개개의 세력과 싸운다면 겁날게 없지만 연합한 그 두 세력을 한꺼번에 상대한다는 것은 중과부적이기에 나 역시 그들과 마찬가지로 북제성과 연계하기로 결심한 것이다. 그것이 내가 북제성을 찾은 이유이다."

구양천은 설명을 끝내고 눈을 감았다.

그 얼굴에는 모든 것을 혼자 결정하고 혼자 걸어가야 하는 절대자의 고독이 엿보였다.

"그런 일들을 어찌 저희들에게까지도 비밀로……?"

큰아들 구양승문이 망연한 표정으로 구양천을 쳐다보았다.

남쪽 하늘의 주인이 누군가의 도움을 애타게 바라며 오랜 세월 그 누군가를 찾아 헤맸다는 사실은 결코 밝히고 싶지 않겠지만 혈육인 자신에게도 숨기고 있었다는 것은 섭섭한 기분이 들게 한 것이다.

"허허!"

구양천이 허허로운 웃음을 흘렸다.

고독한 구양천의 얼굴에 이번에는 고뇌의 빛이 드리워졌다. 밝히고 싶지 않은 일을 밝혀야 할 순간이 왔기 때문이다.

"그리고 이 년 전, 나는 북제성주를 만났다."

구양천의 목소리는 나직했지만 좌중의 귀에는 폭음처럼 또렷이 들렸다.

뒤이어 동요가 일었다. 그 동요를 가라앉히며 구양천은 말을 이었다.

"천신만고 끝에 북제성주를 만난 나는 현 상황을 설명하고 연수하기를 청했다. 아니, 그의 도움을 청했다."

구양천의 시선이 얼핏 자신의 왼쪽 어깨 쪽으로 향했다.

"내 제안에 북제성주는 잠시 동안 날 쳐다보았다. 나이를 짐작하기 힘들 만큼 백발이 온 얼굴을 뒤덮은 노인이었지만 그 눈빛은 어떤 보도보다 날카로웠다. 그렇게 날 쳐다보던 노인은 도와줄 자격을 갖추었다면 도와주겠다는 말과 함께 손을 뻗어왔다. 난 그 손을 쳐냈고 탁자를 마주하고 앉은 상태에서 우리는 순식간에 이십여 초를 나누었다."

구양천의 얘기가 무르익자 숨소리마저 흘러나오지 않았다.

"그 자리에서 꼼짝 않고 손놀림만으로 서로의 무위를 비교하는 대결이었지만 우열은 오십 초를 넘기기 전에 드러났다. 허허!"

구양천이 공허하게 웃으며 다시 한 번 왼쪽 어깨 부근으로 시선을 돌렸다.

"설마… 설마 할아버지께서 패한 건 아니겠죠?"

"혜림아!"

궁금함을 참지 못한 구양혜림이 나섰고, 비원각주 원다영이 엄한 목소리로 주의를 주었다.

"단 오십 초! 오십 초 만에 남쪽 하늘의 주인인 내가 노인의 검지에 왼쪽 어깨를 찔리고는 무너졌다."

한참 동안 침묵을 유지하던 구양천이 바윗덩이처럼 무거운 음성으로 말했다.

"하, 할아버지!"

구양혜림이 도저히 믿을 수 없다는 표정으로 고함을 질렀다.

다른 사람들 역시 그런 표정으로 구양천을 바라보았다.

그리고는 다시 무거운 정적이 감돌았다.

"날 제압한 노인은 무심한 어조 말했지. 도와줄 만한 자격이 없다고. 허허!"

"아버님!"

이번에는 작은아들 구양승립이 고함을 질렀다.

"가만히 듣기나 하거라."

구양천은 아들을 향해 가볍게 손을 흔들고는 입술을 움직였다.

"너무 완벽한 패배는 오히려 마음을 편하게 했다. 그리고 그런 무위를 지녔기에 단 백 명만으로도 우리 남패천과 서왕문, 동방회와 동등한 위치를 차지하는 것이 아니겠느냐."

구양천은 실내에 모인 사람들을 쳐다보고는 설명을 이었다.

"내 내상을 치료해 준 노인은 내 자격으로는 자신의 도움을 얻을 수 없으니 거래를 하자고 하더구나. 그런데 그 거래라는 것이 너무 황당하더구나. 허허!"

구양천은 북제성주에게 패한 사실에 대한 감정의 찌꺼기는 한 점도 남아 있지 않은 표정으로 너털웃음을 흘렸다.

"그 노인이 제안한 거래라는 것은 남패천의 힘과 정보력으로 무공보다 강한 춤을 찾아달라는 것이었다."

"무공보다 강한 춤? 대체 그게 무슨……?"

이제껏 침착한 표정으로 시아버지의 말을 한마디도 놓치지 않고 듣기만 하던 원다영이 궁금한 심정을 목소리로 토해냈다.

"무공보다 강한 춤이라니요? 아버님, 대체 그게 무슨 말씀이신지요?"

큰아들 구양승문도 목소리를 높였다.

"나도 그때는 그게 무슨 말인지 몰랐다. 노인은 더 이상의 설명을 하지 않았으니까. 하지만 난 그 제안을 받아들이고 무공보다 강한 춤이 무슨 말인지 생각해 보다가 무공비급일 수도 있다는 결론을 내렸다. 그래서 그곳에 초점을 맞추고 찾았지만 아직까지 아무 소득이 없었다."

아무 소득이 없다는 말과 함께 말을 맺는 구양천의 눈에 희미한 기대감이 비쳤다.

그건 말의 내용과는 상반되는 눈빛이었다.

그때 구양혜림의 눈이 크게 뜨여졌다.

"설마?"

구양혜림이 벌떡 일어섰다.

그녀의 뇌리에 진우청의 몸놀림이 섬전처럼 지나갔다.

"설마 할아버지께서 최근 노심초사하며 기다리는 청년이 북제성주가 말한 춤을 알고 있다는 말씀은……?"

구양천에게 쏠려 있던 모든 시선들이 구양혜림에게도 쏟아졌다.

"아버님, 정말 그런 건가요?"

원다영도 조심스런 눈빛으로 구양천을 쳐다보았다.

남쪽 하늘의 주인인 시아버지가 요새처럼 이상하게 보인 적은 없었다. 초조한 기색으로 누군가를 기다리는 모습이나, 정체 모를 청년에게 과도한 관심을 보인 모습…….

그것이 모두 하나로 귀결되는 것이란 말인가?

"어서 말씀해 주세요, 할아버지."

구양혜림이 거듭 재촉했다.

"확신은 할 수 없겠지만 그 어느 때보다 그런 예감이 강하구나. 남패천의 비원각에서도 추측이 불가능한 무공 내력과 여러 경로를 통해 입수된 청년의 몸놀림은 북제성주가 말한, 무공보다 강한 춤일 수도 있다는 느낌이다."

구양천의 눈길이 창밖으로 향했다.

"하지만 너무……."

"그건……."

잠시 후 구양조윤과 몇몇 청년들의 입에서 뭔가 석연찮아하는 음성들이 흘러나왔다.

"그동안 난 나름대로 수많은 조사를 했다. 그러다 내린 결론이다."

구양천은 차분하게 말했다. 그리고 덧붙였다.

"내일이면 도착할 것이니 점차 확실해지겠지!"

창밖으로 향했던 구양천의 시선이 좌중으로 쏟아졌다.

웅성거리던 소란이 순식간에 잦아들었다.

"지금까지 내가 한 말들은 평생 가슴에만 묻어두고 싶은 수치스런 얘기일 수도 있다. 그런데 그걸 왜 너희들을 모두 불러놓고 해준 줄 알겠느냐?"

구양천의 눈에서 할아버지와 아버지가 아닌, 남패천의 절대자로서의 기운이 폭사되었다.

아무도 대답이 없었다.

"너무 오랫동안의 평화에 너희들은 자만심과 허영만 가득 찬 인간이 되어버렸다. 하늘 위에는 또 다른 하늘이 있고, 하늘 밖에 역시 또 다른 하늘이 있느니라. 동방회와 서왕문! 그들이 합친 이상 우리 남패천은 풍전등화의 위기에 직면한 것이나 마찬가지이다. 거기에 더해 북제성에까지 그들의 손이 미친다면 남패천은 하루를 넘기지 못하고 무너질 것이다."

구양천의 눈빛이 칼날보다 더한 예기를 뿜었다.

아무도 그 눈빛을 마주할 엄두조차 내지 못했다. 마주치기는커녕 숨을 쉬는 것조차 힘들었다.

"지금처럼 나태해져 있다가는 철옹성이라 생각하는 이 남패천도 순식간에 무너지고 말 것이다. 그 사실을 내 너희들에게 각인시켜 주기 위해 이런 자리를 만들었고, 잊고 싶은 패배의 기억까지 들추며 경종을 울린 것이다. 알아듣겠느냐?"

"명심, 또 명심하겠습니다, 천주님!"

이구동성의 목소리들이 실내를 울렸다.

"그 청년의 이름이 진우청이라 했느냐?"

고개를 숙인 좌중을 향해 구양천이 물었다.

"그렇습니다, 천주님!"

사적인 관계에서 공적인 관계로 돌아온 비원각주 원다영이 대답했다.

그것을 끝으로 구양천은 등을 돌렸다.

"너무 성급한 것이 아닐까?"

모든 사람들이 나가고 두 사람만 있게 되자 태상호법 나유백이 무거운 음성으로 말했다.

말투에서나 표정에서 지금 두 사람은 천주와 태상호법이 아닌 절친한 지기로서 마주하고 있었다.

"그동안 남패천은 너무 나태해지고 비만해졌어. 들판을 뛰어다니던 사냥개가 더 이상 배가 고프지 않게 되어 집에만 틀어박혀 있으면 이빨도 무디어지고 살만 디룩디룩 찌게 되지. 지금 남패천은 꼭 그런 꼴이야."

남패천주 구양천은 낮은 한숨과 함께 대답했다.

"오랫동안 태평한 세월이었지. 하지만 고요함의 시간이 길수록 그 뒤에 밀려오는 태풍의 힘은 거센 법이지. 아마도 이번 태풍은 그 어느 때보다 거셀 것이라는 생각이 드네. 그런 만큼 경종을 크게 울릴 필요가 있어."

구양천의 얼굴에 짙은 그림자가 드리워졌다.

"흔히들 현 무림의 정세를 천하사패의 시대라고 하지만 엄밀히 따지자면 우리 남패천이 독주를 해왔다고 해도 과언이 아니지. 북제성은 그 숨은 힘이 막강하다고 하지만 어디까지나 신비에 가려진 힘일 뿐이고, 서왕문은 십 년 전 새로운 문주를 선출하는 과정에서 피를 너무 많이 흘리는 바람에 여태껏 예전의 힘을 회복하지 못했지. 동방회 역시 그들 자체만으로는 무력을 행사하는 데 한계가 있으니 우리로서는 평화의 시기라고 해도 과언이 아니지. 하지만 이제부터는 그것이 역전될 상황이 도래했다네. 권력 이동을 마친 서왕문은 점차 힘을 길러 나갈 것이고 더구나 동방회와 손을 잡고 그 팽창 속도는 예상을 뛰어넘고 있다네. 최근 감숙, 사천 땅의 고수들이 서왕문으로 속속 모여들고 있는 것을 보면 충분히 짐작할 수 있는 일이야. 그건 동방회의 금력이 밑받침되어 있기에 가능한 일이지. 그런데 우리 남패천은 어떤가? 과거 서왕문의 모습을 보는 것 같아. 이대로 나간다면 앞으로 오 년 안에 서왕문에서 일어났던 것 같은 권력 투쟁이 일어날 수도 있을 걸세.”

“형우(炯優)!”

긴장한 얼굴을 한 나유백이 구양천의 아호를 불렀다.

남패천의 후계 구도와 그 쟁탈전!

그건 아직은 수면 위로 떠오른 문제는 아니었지만 언젠가는 마주쳐야 할 문제였다.

표면적으로는 구양천의 장남 구양승문이 유력해 보였지만 물밑으로는 둘째 아들인 구양승립을 추종하는 세력들도 만만치 않았다. 그리고 또 다른 형제들을 추대하는 사람들도 물밑으로 분주히 움직이고 있었다.

무공으로 따지자면 장남 구양승문보다 차남 구양승립과 삼남 구양승한(歐陽承罕)이 더 뛰어났다.

장남 구양승문이 온화하고 포용력있는 성격인 반면 차남 구양승립과 구양승한은 패도적인 면모가 강했다.

원로들은 구양승문을 구심점으로 모였고, 혈기 왕성한 젊은 사람들은 자연 둘째 아들 구양승립과 셋째 아들 구양승한을 구심점으로 힘을 모았다. 그 세력은 어느새 구양승문을 추종하는 세력들에 뒤지지 않을 정도가 되었다. 그에 더해 다른 형제들까지 이합집산으로 가세한다면 어떤 상황이 벌어질지 몰랐다.

아직까지는 수면 깊숙이 가라앉아 있었지만 해가 갈수록 구양천의 가슴을 무겁게 하고 있었다.

"그런데 더 큰 문제는 시기가 훨씬 앞당겨질 수도 있다는 것이야."

구양천은 단정하듯 말했다.

"그, 그게 무슨 말인가?"

나유백은 놀란 표정으로 말을 받았다.

"그동안 비원각과 함께 또 다른 경로로 조사한 바에 의하면 그런 조짐이 보이네. 어쩌면 그건 동방회의 양동 작전이 아닌가 하는 의심도 든다네."

"동방회? 그 죽일 놈들이 여기까지 마수를 뻗쳤단 말인가?"

"후후! 그건 놀랄 일이 아니지 않은가? 언젠가는 그렇게 나올 놈들이지. 내가 그놈들이라도 그럴 것이고……. 어쩌면 생각보다 훨씬 심각한 정도일지도 모르겠네. 실체는 전혀 보이지 않지만 은밀히 그런 기운이 감지되고 있어."

구양천은 담담하게 웃으며 말했다. 그러나 그의 눈에서는 얼릴 듯한 한기가 스며 나왔다.

"그런데……."

우려감 가득한 표정으로 구양천의 말을 듣고 있던 나유백이 조심스럽게 입을 열었다.

"그런데 왜 오늘 이런 자리를 만들었는가? 겉보기와는 달리 그렇게 심각한 정도의 기운을 감지했다면 오히려 비밀로 하고 더 은밀히 움직여야 할 것이 아닌가? 북제성과 연수하려는 자네의 생각과 북제성주를 만난 일들을 이렇게 밝혀 버리는 것을 이해할 수가 없네."

"후후!"

구양천이 다시 나직한 웃음을 터뜨렸다.

"숨어 있는 불씨에 기름을 부었다고나 할까?"

"숨어 있는 불씨에 기름?"

"그렇다네. 오늘 이런 자리를 만들어 극비라고 할 수도 있는 사실을 밝히면 동방회의 마수에 오염된 무리들은 행보가 빨라지겠지."

구양천이 차가운 어조로 말했다.

"자네……?"

나유백이 설마 하는 눈으로 구양천을 쳐다보았다.

"어떻게 혈육들까지 의심할 수 있나, 그 말인가?"

"그, 그렇네. 오늘 모인 사람들은 모두 자네의 핏줄이거나 가족이 아닌가?"

"그렇지. 그렇기에 밝힌 것이지. 모두 내 핏줄이고 가족이지. 모두들 그 의미를 확실히 인식하고 있다면 오늘 내가 한 말들은 절대로 외부로 흘러나가지 않겠지. 그리고 모든 사사로운 욕심은 덮어두고 하나로 뭉치겠지. 반면, 오늘 내가 밝힌 말들이 외부로 새어나간다면 그 부분은 내 살과 피가 아닐세. 도려내고 짜내야 할 환부(患部)이고 피고름일 뿐이지. 썩은 피와 살은 한시라도 빨리 찾아내서 도려내야지. 서왕문은 그걸 등한시했기에 썩지 않은 피까지도 너무 많이 흘리고 지난

십 년 동안 힘을 쓰지 못했지. 그러나 서왕문은 그동안 외부의 침입을 받지 않았기에 그 힘을 되찾았지만 우리 남패천은 정반대일세. 내부적으로 흔들리기 시작하면 서왕문과 연수한 동방회 놈들이 물밀듯 달려들 걸세. 그렇게 되면 천하사패란 말은 천하삼패로 바뀌겠지. 그런 사태가 벌어지지 않게 하려면 모험을 감행해야 하네."

구양천의 목소리에 비장감이 어렸다.

"오늘 일이 외부로 새어나간다면 자넨 제일 먼저 나부터 의심해야 하지 않나. 오늘 이 자리에 있는 사람들 중 유일하게 가족이 아닌 사람이 난데 말일세."

나유백은 구양천의 생각이 너무 냉정하다 싶었는지 입맛을 다시며 말했다.

"자네가 그런 마음을 먹었다면 그건 불가항력이지. 그냥 죽겠네."

구양천이 간단하게 답했다.

"쩝! 내가 이래서 자네를 배반하지 못한단 말일세. 안 주겠다고 악착같이 버티면 오기가 생겨서라도 한 번 빼앗아보고 싶은 마음이 생기겠지만 이렇게 무방비 상태로 다 가져가라고 하니 그럴 마음이 생길 만하다가도 싹 달아난단 말일세. 하긴, 이렇게 골머리 싸매는 자네 자리보다야 내 자리가 훨씬 낫지. 암, 그렇고말고. 자네만 무사하면 내 호의호식은 평생 따논 당상이니 말일세. 어쨌든 이젠 편한 날은 다 가고, 한시도 떨어지지 않고 자네 옆에 붙어 다니며 죽을 고생을 할 일만 남았구먼."

나유백은 경직된 분위기를 누그러뜨리려는 듯 농을 던졌다.

"그런데 그 아이 이름까지 밝힌 건 너무 위험한 일이 아닌가? 북제 성주의 도움을 얻으려면 없어서는 안 될 아이 같은데 말일세."

"그렇게 생각하나?"

"그렇다네. 솔직히 걱정이 되네."

나유백이 무겁게 고개를 끄덕였다.

"그래서 오늘에서야 밝힌 것이 아닌가. 벌써 밝혔다면 자네 말대로 좀 위험하고, 또 완전히 입성하고 나서 밝혔다면 동방회의 마수에 물든 놈들이 운신이 어렵겠지."

"설마 그 아이를 미끼로……."

"후후! 이리를 잡는데 호랑이를 미끼로 쓸 순 없지. 하지만 동방회 놈들이 하도 이상하게 소문을 퍼뜨려 놓아서 멍청한 놈들에겐 미끼로 통할 수가 있겠지. 그건 우리에겐 오히려 다행한 일이지. 겸사겸사 그 아이가 정말 북제성주가 원하는 아이인지도 알아볼 수도 있을 것이고……."

"그러다 큰일날 수도 있네."

"그 정도밖에 안 된다면 그 아이는 북제성주가 기다리는 아이가 아니겠지. 날 오십 초 만에 제압한 북제성주가 기다리는 아이라면 한낱 이리 떼에게는 당하지는 않을 것이라 생각하네. 그리고 그 아이 옆에는 탈명철검 조탁의 팔을 잘랐다는 아이도 함께하고 있으니 더 안심할 수가 있다네."

"유가검보의 장남 말인가?"

"그렇다네. 그동안은 너무 곱게만 자라고, 한동안 실의에 빠져 드러나 보이지 않았지만 이미 대적할 상대가 몇 없는 고수라 했네. 그리고 점점 맹수가 되어가고 있다고 들었네. 또한 무척 영특한 아이라 했으니 동방회가 휘주에서 무슨 음모를 꾸미고 있는지는 그 아이를 통해 밝혀내고 그 음모를 분쇄할 수도 있을 것 같네. 그곳에서 풍겨오는 냄새가 보통 의심스러운 것이 아니야."

구양천은 염려스러운 음색으로 말했다.

"그런 복안을 가지고 있었구먼. 아무쪼록 둘 다 자네가 원하는 아이였으면 더할 나위 없겠네."

나유백의 눈에서도 다 떨치지 못한 염려스런 기운이 흘렀다.

"뭔가 숨기는 게 있는 것 같은데……?"

가족회의 겸 남패천 최고 회의라 할 수 있는 천주령회(天主令會)의 자리를 빠져나오며 구양조윤은 찌르는 듯한 눈빛으로 구양혜림을 쳐다보았다.

구양혜림은 무표정한 얼굴로 구양조윤의 시선을 받았다.

그녀는 구양조윤의 이런 눈빛에 이제 충분히 면역이 된 상태였다.

부친과 숙부들 간의 세력 다툼이 암암리에 심해질수록 자신의 형제들과 사촌들의 대립도 심해질 수밖에 없었다.

형제들끼리 서로 사이좋게 양보하며 가세를 일으키고 번성시켜 나가는 것은 가문의 이름이 제대로 알려지지 않을 시기에나 가능하다. 가문의 이름 뒤에 세가(世家)라는 명칭 정도만 붙게 되어도 그 자식들 간에는 피 튀기는 암투가 벌어진다.

자식들은 형 먼저, 아우 먼저 하며 양보하고 싶어도 그들을 각각 지지하는 무리들이 절대로 그렇게 놓아두지 않았다.

하물며 천하사패의 한곳인 남패천임에야…….

"뭘 숨긴단 말이야?"

구양혜림은 표정만큼이나 무감동한 어조로 반문했다.

"글쎄… 최근 얼마 동안 코빼기도 안 보인 것을 보면 뭔가 발빠른 행보가 있지 않았나 싶은데, 그자에 대해서 아는 것이 그것밖에 없다면 말이 안 되는 것 같아서 말이야.”

구양혜림의 표정에 드러난 생각의 부스러기마저도 놓치지 않겠다는 눈빛과 함께 구양조윤이 말했다.

정보의 독점!

구양조윤에게 있어 가장 신경 쓰이는 부분이었다.

남패천 내에서 부친을 추대하는 사람들이 백부에 비해 결코 적지 않으면서도 아직까지 상대가 안 되는 것은 비원각의 존재 때문이었다.

남패천 내의 정보는 물론, 여타 모든 고급 정보를 관장하는 비원각주가 구양혜림의 어머니, 즉 자신의 백모인 까닭에 백부는 여전히 우세를 점하고 있었다.

그리고 지금은 그 딸인 구양혜림이 제집 드나들 듯 비원각을 드나들며 그 영역을 넓혀가고 있다.

백모에 이어 구양혜림마저 비원각을 장악하게 된다면 이 계집애가 자신에게는 가장 큰 걸림돌이 되고 말 것이다.

그런 생각과 함께 구양조윤의 눈빛은 더욱 차가워졌다.

“그렇게 못 미더우면 직접 알아보면 되겠네. 오빠는 오히려 나보다 더 많은 정보원들을 두고 있다면서……?”

구양혜림의 눈빛이 매서워졌다.

대신 구양조윤의 표정은 굳어졌다.

정보의 중요성을 일찌감치 실감한 구양조윤은 은밀히 사조직을 키우고 있었는데 그것마저 간파당한 것이다.

“후후! 역시 비원각이야. 그러고 보면 남패천의 앞날은 무척 밝아!”

구양조윤은 허탈한 웃음과 함께 고개를 흔들었다.

아직까지는 무리였다.

자신의 사조직으로는 남패천의 비원각에 견줄 수 없었다.

하지만 언젠가는 비원각의 이목마저도 속일 날이 올 것이다.

"무공보다 강한 춤이라……. 솔직히 기대가 되는군. 아마도 그 말이 무엇을 뜻하는지에 대해서도 충분한 정보가 있겠지?"

"난 아까 할아버지 앞에서 다 밝혔어. 그러니 궁금한 것이 있으며 직접 알아보시죠, 오라버니!"

구양혜림이 지지 않고 빈정거리듯 대꾸했다.

"맞아, 백문이 불여일견이지. 그리고 백번 보는 것보다는 한 번 상대하는 것이 더 낫고. 백견(百見)이 불여일대(不如一對)라고나 할까?"

구양조윤은 차가운 미소를 배어 물며 등을 돌렸다.

第三十九章

조우(遭遇)

조우(遭遇)

"야! 물렁탱이, 이쑤시개 가진
것 없냐?"

마차를 세워두고 밖에 나와 잠시 쉬는 자리에서 진우청이 유화결을
향해 고함을 질렀다.

"이 자식은… 밥 먹은 지가 언젠데 이제 와서 웬 이쑤시개 타령이
야?"

유화결은 눈살을 찌푸리며 답했다.

그동안 진우청의 이런 행동과 질문 때문에 미간에 주름이 몇 개는
더 늘어난 유화결이었다.

"어떤 놈이 내 이름을 들먹이는지 귀가 간지러워 못살겠다."

진우청은 새끼손가락으로 연방 귀를 후비며 말했다.

"네 형이 네 이름을 부르고 있겠지!"

유화결이 뚱하게 말했다.

"그, 그럴 수도 있겠구나. 그렇다면… 놈이란 말은 취소다, 취소!"

진우청은 손사래를 치며 말했다.

그리고 잠시 후 다시 행군이 시작되었다.

그렇게 저녁때가 다 되어 산모퉁이를 돌자 성시(城市)가 보였고, 성시 입구에는 커다란 주루가 이방인들을 기다리고 있었다.

"오늘은 저곳에서 쉬어가요."

백봉령주는 반가운 목소리로 말했다.

시장기를 느끼고 있던 진우청은 반색을 했다. 다른 사람들도 제대로 된 음식과 한잔 술이 그리웠던지라 군침을 삼켰다.

"이제 하루만 더 가면 남패천이에요. 그동안 고생 많으셨습니다."

주루에서 자리를 잡자 백봉령주가 백운, 해천 두 노인을 쳐다보며 말했다.

남패천 총단과 강서지부에서 보낸 호위무사들로 인해 큰 불편함 없이 이곳까지 왔지만 노인들에게 있어 긴 여행은 항상 무리가 따르는 것이다.

"아닐세. 처자의 배려 덕분에 유유자적 좋은 여행이었네. 그리고 내일이면 말로만 듣던 남패천도 구경할 수 있다니 말년에 뜻하지 않은 호사를 누리는구먼. 허허!"

백운 노인이 너털웃음과 함께 답했다.

"진 공자님도 기쁘시겠어요. 내일이면 형을 뵐 수 있을 테니까요."

노인에게로 향했던 시선을 돌린 백봉령주는 진우청을 보며 말했다.

진우청의 얼굴에 몇 가지 복잡한 표정이 떠올랐다.

십 년 동안 가출을 하려고 결심했었는데 몇 달도 지나기 전에 형과 조우하게 되었다.

자연스럽게 가출은 포기해야 할 것 같았다.

아쉬움이 일었지만 형에 대한 반가움이 그 자리를 가득 채웠다.

얼마나 변했을까?

집을 떠날 때도 자신보다 체격은 더 왜소하고 글방서생의 기질이 다분했는데 지금은 어떨까?

그런 상념들이 진우청의 머리 속을 가득 채웠다.

형 생각을 하며 복잡한 표정을 짓던 진우청은 주루 안으로 들어오는 한 무리의 사람들을 보며 상념을 지웠다.

그들 중 몇 명의 여인을 본 백봉령주가 벌떡 일어섰다.

"은봉(銀鳳)!"

백봉령주는 목소리를 높였다. 아마도 남패천의 비원각 소속 동료들인 것 같았다.

"어떻게 이곳에 온 거야?"

백봉령주는 은봉이라 부른 여인의 손을 잡고 물었다.

"후후! 귀한 손님들이 오신다기에 마중 나왔지."

대답한 은봉이란 여인 뒤로 스물이 될까 말까 한 또 한 명의 경장 차림의 여인이 배시시 웃으며 다가왔다.

"금봉(金鳳)도 같이 왔구나."

백봉령주는 다른 한 여인에게도 환한 미소를 지으며 반겼다.

그들의 출현에 주루 안은 대번에 소란스러워졌다.

서로 인사를 나누고 합석을 하느라 자리를 옮기고…….

'설마……!'

우두커니 그 사람들을 지켜보던 진우청은 제일 뒤에 들어오는 일남일녀를 보며 석상처럼 굳은 표정을 하고는 눈을 가늘게 떴다.

적당한 키와 화려한 백의에 영웅건을 멋지게 머리에 두른 청년!

진우청은 벼락 치듯 몸을 일으켰다.

한눈에 알아볼 수 있었다.

여전히 호리호리한 체격에 보통의 키였다.

하얀 피부와 눈매는 조금도 달라지지 않은 것 같았다.

언제나 장난기 가득하던 얼굴에 침착함과 무게감이 대신 자리하고 있다는 것만 빼고는 예전과 똑같았다.

할 말을 잃은 진우청은 눈만 끔벅거렸다.

이렇게 쉽게 만나도 되는 것일까?

십 년 동안 그렇게 그리웠지만 꿈속에서만 보았던 형이었고, 강서지부로 백봉령주가 소식을 가져오기 전까지는 앞으로도 언제 볼지 모른다고 생각했던 형이었다.

그런 형이 실제로 눈앞에서 모습을 드러냈다.

그리고 자신을 향해 다가왔다.

"많이 컸구나!"

진우혁이 하얀 이를 드러내며 미소를 지었다.

"형……? 정말 형인 거야?"

진우청은 망연한 표정으로 형 진우혁을 쳐다보았다.

진우혁의 입가에 떠오른 미소가 더욱 짙어졌다.

"그래, 이 골통 녀석아!"

팔을 뻗은 진우혁이 와락 진우청의 손을 잡았다. 그리고는 다른 한 팔로 깍지동이 같은 진우청의 상체를 당겨 안았다.

진우청의 뇌리 속으로 형의 체취가 가득 스며들었다.

소란스럽던 실내가 조용해지며 모두들 호기심 어린 눈으로 두 사람을 쳐다보았다.

"형이 맞구나! 정말 형이야……!"

진우청 역시 양팔로 진우혁을 억세게 끌어안으며 고함을 질렀다.

두 사람은 잠시 그렇게 서서 서로의 얼굴을 쳐다보며 단절된 십 년의 세월을 확인했다.

"그런데 형! 그동안 가세가 기운 거야?"

먼저 입을 연 사람은 진우청이었다.

"무슨 소리냐, 이 녀석아!"

진우혁이 만감이 교차하는 표정을 다 지우지 못하고 말했다.

"가세가 기울어서… 그래서 뭘 못 얻어먹은 거야? 왜 이렇게 안 컸어? 그리고 몸도 왜 이렇게 호리호리한 거야? 머리 풀고 여장을 시켜놓으면 남자들이 줄줄 따르겠는걸……."

"킥킥!"

"푸훗!"

반가움에 온 주루가 울릴 정도로 크게 터져 나오는 진우청의 목소리에 이곳저곳에서 실소가 터져 나왔다.

"망할 녀석! 십 년 전이나 지금이나 여전하구나. 그런데 넌 산에서 곰만 잡아먹고 살았냐? 무슨 몸통이 이러냐? 어디가 허리고, 어디가 엉덩인지 구분이 안가는구나."

진우혁도 지지 않고 대꾸하며 진우청의 허리와 가슴을 퍽퍽 두드리자 주루 안에는 폭소가 가득했다.

"어쭈, 형! 방금 날 친 거지?"

진우청이 눈에 쌍심지를 돋우었다.

"정말 여전하네요. 만나자마자 또 싸울 모양이군요."

두 형제가 회포를 푸는 모습을 지켜보던 한 여인이 어이없는 기운이 가득한 목소리와 함께 끼어들었다.

"그러고 보니… 넌, 수린… 하수린(河秀潾)?"

진우청은 진우혁 뒤에 있는 여인을 보며 소리를 질렀다.

"이 녀석이!"

진우혁이 고함을 치는 진우청의 뒤통수를 퍽 하고 때렸다.

"왜 그래, 형?"

진우청은 눈을 부릅뜨다가 뭔가 생각났는지 아차 하는 표정을 지었다.

"참, 형하고는 정혼한 사이였지. 깜박했어. 어릴 때는 그런 거, 저런 거 생각 안 하고 친구처럼 지냈으니 버릇이 돼서 그랬지."

"앉자! 앉아서 술이나 한잔하며 회포를 풀자."

모든 시선들이 자신들에게로 고정된 것을 느낀 진우혁이 진우청을 끌며 자리에 앉았다.

마침 시켰던 음식이 날라져 오고 모두들 식사를 하며 서로서로의 대화에 빠져들었다.

"대체 형은 여기 어떻게 온 거야? 세상이 이렇게 좁아도 되는 거야?"

진우청은 입속으로 연방 음식을 밀어 넣으며 떠들었다.

"그리고… 이젠 말을 높여야 하나?"

형의 정혼녀 하수린을 보며 진우청은 난감한 표정을 지었다.

"당연하죠! 무슨 콩가루 집안 만들 일 있어요?"

하수린은 웃음과 함께 눈을 흘기며 대꾸했다.

"마음은 안 내키지만 할 수 없지! 그런데 대체 형이 여긴 어쩐 일이야?"

진우청은 계속 음식을 입에 넣으며 질문했다.

"우선 배부터 채워라. 그래야 정상적인 대화가 될 것 같다."

"그래요. 연방 음식이 튀어나와 우리도 못 먹게 하지 말고……."

하수린도 옆에서 거들었다.

"그럼 난 먹기만 할 테니 형하고 예비 형수씨는 어서 대답해. 궁금해 죽겠어."

그래서 진우청은 평상시의 속도로 음식을 입으로 우겨 넣었고, 진우혁과 하수린은 교대로 설명을 했다.

진우혁과 하수린이 이곳 남패천으로 온 이유는 가문의 사업, 즉 장사 때문이었다.

명초 해상정책은 사무역을 철저히 금지했다.

사무역뿐만 아니라 해상으로는 배를 띄우는 것조차 힘들었다.

그건 자신들이 세상의 중심이라는 중화사상에 기인한 오만한 정책이었는데, 이른바 세상의 모든 것은 자신들 나라 안에 다 있어, 바다 건너 오랑캐들의 물건들은 모두가 쓸데없는 것이고 필요도 없다는 자만심의 소산이었다.

그래서 향료나 화장품, 서역 특산품 등은 부르는 게 값이었다.

그런 것들은 대부분 밀무역을 통해 대륙으로 들어왔다. 그리고 그 밀무역을 전체적으로 통제하는 곳이 남패천이었다.

황실에서도 언제인가부터 그걸 눈감아주었다. 대신 남패천은 바닷가의 골치 아픈 분쟁 등을 도맡아 해결했다.

서로 간의 싸움을 막고 중재하기도 했으며, 밀무역선들의 수효도 조정했다.

그건 황실이나 남패천 양쪽에 이익이 되는 상부상조 격의 일이었다.

중국에 없는 물품들이 밀무역으로만 거래가 이루어지면 황실에서는 아무것도 얻는 것이 없었다.

황실에서 스스로 금지한 무역에 세금을 물릴 수도 없었고, 그렇다고 그 물건들의 유통을 전면 금지시킬 수도 없었다. 오히려 그런 물건들은 황실이나 조정의 고관대신 집, 또는 황실의 재정에 영향을 미치는 부잣집에서 정작 더 필요로 했다.

그런 난처한 상황에서 남패천이 그것들을 하나로 관리하고 세금에 해당하는 막대한 돈을 비공식적이긴 하지만 어김없이 황실로 올려 보내니 황실로서는 가려운 곳을 긁어주는 격이었다.

그 특산물을 북방이라 할 수 있는 하남, 하북 지역으로 가져가서 팔면 소금을 파는 것 이상으로 이득을 볼 수 있다.

진우청의 가문인 하남진가와 하수린의 가문인 하씨세가 역시 그것들에 눈독을 들이기는 마찬가지였다.

그것이 진우혁과 하수린이 남패천으로 온 이유였다.

"형은 이제 가문의 대들보가 되어가는 모양이구나."

진우청은 빙긋이 웃으며 형 진우혁을 쳐다보았다.

그 정도의 일이라면 아버지께서 움직이셨을 것인데 이젠 형이 대신하고 있는 것을 보니 그만큼 능력을 갖추고, 또 집에서도 그만큼 형의 능력을 믿는다는 말이었다.

"참, 그리고 보니 식구들 안부도 묻지 않았구나. 모두들 잘 계시겠지? 특히 할아버지께서는……?"

진우청은 감회가 어리는 표정으로 뒤늦게 식구들의 안부를 물었다.

"모두 잘 계셔. 특히 할아버지께서는 예전보다 더 정정하셔서 네가 제대로 된 공부를 하지 못하고 올 경우를 대비해서 참나무 몽둥이 한 아름은 깎아놓고 기다리고 계시지."

진우혁은 어린 시절의 그 짓궂은 미소를 피워 올리며 답했다.

"어련하시겠어. 하지만 이젠 웬만한 몽둥이로는 힘드실 거야. 그동 안 몸으로 때우는 법 하나는 확실히 터득했으니까 말이야."

진우청은 어깨를 부풀리며 말했다.

진우혁과 하수린은 아름드리 소나무 같은 진우청의 덩치를 대견한 듯 쳐다보며 미소를 지었고, 진우청 역시 헌헌장부가 된 진우혁과 화려 한 여인으로 변한 어릴 적 친구이자 형의 정혼녀 하수린을 쳐다보았다.

혈육의 정이란 것은 말로는 표현할 수 없다.

같이 산 세월보다 떨어져 산 세월이 길었지만 잠시 이렇게 서로를 쳐 다보고 있는 것만으로도 그 단절된 긴 세월의 벽이 순식간에 무너졌다.

"넌 고수가 되었다면서?"

진우청의 어깨와 팔뚝, 떡 벌어진 가슴 등에서 언제까지나 시선을 거두지 않을 것 같던 진우혁이 진지하면서도 대견한, 그러면서도 일말 의 염려를 품은 눈으로 진우청을 눈을 쳐다보며 물었다.

"나 같은 농땡이가 고수는 무슨……. 그냥 내 몸뚱이 하나 내 마음 대로 움직일 정도일 뿐이지."

진우청은 피식 웃으며 대답했다.

"소문이 사실이 아니란 말인가요?"

내 몸뚱이 하나는 내 마음대로 움직일 수 있다는 말의 위력을 알지 못하는 하수린은 적이 걱정스러운 표정이 되어 물었다.

"무슨 소문?"

"늘어났다 길어졌다 하는 여의봉 같은 쇠몽둥이로 천군만마를 물리

친다는… 그래서 폭풍철곤이라는…….”

“여의봉에… 폭풍철곤? 혹시 머리에 뿔났다는 소리는 없었… 소?”

진우청은 하수린을 향해 접혀지지 않으려는 혓바닥을 억지로 접어, 경어를 쓰며 되물었다.

“그런 소문도 있었던 것 같아… 요.”

하수린도 비슷한 어법으로 답했다.

진우청은 쓴웃음을 지으며 진우혁에게로 시선을 돌렸다.

“그런데 듣기로 형이 곤란한 상황에 빠졌다던데 그건 무슨 얘기야?”

진우청은 백봉령주의 말을 떠올리며 물었다.

형과 하수린의 표정을 보니 이번 장사는 장사 수완만으로는 어려운 뭔가가 있는 것 같았다.

“자세한 건 여기서 말할 수 없고… 이번 일에 하북팽가와 남궁세가, 진주언가, 혁련세가 등, 쟁쟁한 세가에서 달려들고 있어서 만만치가…….”

진우혁은 주변을 둘러보며 말끝을 흐렸다.

“하북팽가, 남궁세가… 그리고 진주언가……. 꽤 장사를 잘하는 집안인 모양이군. 형이 밀릴 정도면…….”

그들 가문을 장사꾼 집안으로 판단한 진우청은 대수롭지 않은 어투로 말했다.

“그래! 좀 알아는 보셨소?”

삼국지의 관운장처럼 긴 수염을 가슴 복판까지 늘어뜨린 중년인이 막 실내로 들어오는 중년인을 보고 물었다.

“휴우—”

문을 열고 들어온 청의 중년인은 한숨을 한 번 푹 내쉬고는 풀썩 자리에 앉았다.

긴 수염을 늘어뜨리고 질문을 한 중년인의 이름은 팽정호(彭井乎)로 하북팽가 가주의 동생이었다.

그리고 실내로 들어서며 질문을 받은 사람은 진주언가의 언유의(彦儒儀)였다.

그 외에도 실내에는 둥근 탁자를 마주하며 세 사람의 중년인이 더 앉아 있었고, 그 뒤로는 이십대 초반의 청년들이 몇 명 서 있었다.

"표정을 보니 잘 안 풀린 것 같구려."

팽정호 옆에 앉은 중년인이 차분한 목소리로 물었다. 하남 남궁세가의 남궁세민(南宮世敏)이었다.

"알아보기는 했는데…… 쩝!"

언유의는 입맛을 한 번 다시고는 말을 이었다.

"이곳저곳 들쑤시긴 했는데 소득이 없소! 느슨한 듯하면서도 결정적인 내용에는 접근이 어렵소. 여러 아들들이 자신을 추종하는 세력들과 함께 서로 경쟁하고 대립하는 듯하지만 외부인에 대해서는 철저하게 정보를 통제하는 것을 보면 역시 남패천이구나 하게 되오."

언유의는 혀를 내두르며 말했다.

"거참!"

남궁세민도 혀를 찼다. 그리고 덧붙였다.

"며칠 전까지는 우리에게 유리하게 돌아가던 상황이 서서히 그 애송이 쪽으로 기울더니, 오늘 천주령회가 열린 뒤에는 아예 그 애송이에게로 굳어지는 상황으로 가니 말이오. 까짓거, 이번 일은 없었던 것으로 하고 다른 데서 더 큰 이득을 보면 되지만 새파란 애송이에게 밀렸다는 말을 듣는 것은 참을 수가 없소. 그러니 왜 그런 상황이 되어가는지나 알아야겠는데……."

남궁세민은 여전히 미련이 남는 눈빛으로 언유의를 쳐다보았다.

"정말 알아낸 바가 없으시오?"

이번에는 남궁세민과 맞은편에 앉아 있던 중년인 혁련사운(赫連使雲)이 미심쩍은 눈빛으로 물었다.

며칠 전까지만 해도 이들은 서로 치열한 경쟁자의 관계였다. 그러다 상황이 급변하게 되면서 눈치를 보다가 결국 자리를 같이하여 연합 전선을 펼치는 것이다.

남궁세가(南宮世家), 진주언가(晉州彦家), 혁련세가(赫連世家), 하북팽가(河北彭家), 그리고 황보세가(皇甫世家).

언제 어느 곳에 내놓아도 그 명성을 모르는 이가 없는 가문들이었다.

그들 가문은 무가로서 그 명성이 혁혁했다.

일일이 설명할 필요가 없을 만큼!

하지만 무가라는 곳이 무공만 열심히 수련한다고 해서 저절로 세력이 커지는 것은 아니다.

가문에서 절정고수가 나오면 물론 그를 따르는 사람들이 몰려들어 가세를 확장시키는 데 큰 도움이 되지만 그것만으로는 한계가 있었다.

소림에도 무승과 학승이 있고, 일반 사찰에도 수도에 전념하는 선승(禪僧)이 있는 반면, 그들을 먹여 살리는 탁발승도 있다. 이들 무가에도 무공에만 정진하여 독문무공의 극의를 깨닫고자 하는 사람이 있는 반면, 다른 방식으로 가세를 확장하기 위해 불철주야 매진하는 사람들이 있는데 이들이 바로 그런 사람들이었다.

남패천이 독점하다시피 하고 있는 서역 특산물을 사들여 각각의 고장으로 가져가 되팔면 큰 이득을 얻는 것은 불을 보듯 뻔한 일이었다.

특히, 이번에 서역 어느 곳에서 들어오는 향료는 이제껏 그 어떤 종류보다 향이 독특하고 여인들의 피부 미용에 큰 효능까지 있어 이들은 눈에 불을 켜고 있는 것이다.

"그렇다고 했는데도 왜 자꾸 물으시오. 그렇게 궁금하면 직접 알아보시구려."

언유의는 심히 언짢은 표정과 함께 입을 굳게 다물었다.

실내에는 잠시 침묵이 흘렀다.

이번 일은 결국 물 건너간 것이다. 그러나 언뜻 수긍하고 싶지가 않은 표정들이었다.

사업을 하다 보면 이익을 볼 수도 있고, 손해를 볼 수도 있지만 이번에는 손해보다는 자존심이 더 문제였다.

무가(武家)인 남패천에서, 같은 무가인 자신들이 상가(商家)인 하남진가, 그것도 새파란 애송이에게 밀려 패배를 맛보았다는 것은 인정하기가 싫었다.

그런 심정들이 이런 자리를 만들었고, 별로 소득이 없다는 결론은 났지만 자리를 파하지 못하게 하고 있었다.

계속해서 이어지는 침묵 속에서 문이 열렸다. 그리고 젊은 청년 한 사람이 바쁘게 걸어 들어왔다.

"대체 넌 어딜 갔다 이제 오는 것이냐?"

황보적상(皇甫摘桑)이 아들 황보도문(皇甫到門)을 보고 눈살을 찌푸렸다.

다른 세가의 아들들은 같이 모였는데 자신의 아들은 코빼기도 보이지 않다가 지금 불쑥 나타난 것이다.

"이번 일에 대해서 나름대로 좀 알아보았습니다!"

황보도문은 거두절미하고 다섯 명의 중년인을 보며 말했다.

"이번 일이라니? 자리에 있지도 않고 방금 막 들어온 놈이 그게 무슨 말이냐?"

황보적상의 눈 사이가 더욱 찌푸려졌다.

"무슨 말씀들을 나누셨는지는 듣지 않아도 뻔히 짐작이 가지요."

황보도문의 말에 다른 세가 사람들의 표정에도 불쾌감이 어렸지만 황보도문은 아랑곳 않고 자기 할 말을 이어갔다.

"이번 일이 왜 이렇게 갑작스럽게 하남진가로 기울어졌는지 이유를 알아냈습니다."

"뭣이?"

"정말인가, 공자?"

무거운 침묵이 내려앉은 실내의 분위기가 갑작스럽게 바뀌었다.

이제껏 그 이유를 몰라서 대책을 세우지 못하고 답답했는데 그걸 알았으니 방법을 찾을 수 있는 것이다. 그런 방법을 찾고 그 틈새로 파고들어 일을 꾸미는 데는 자신들이 전문가였다.

"도문아!"

황보적상이 엄한 목소리로 고함을 질렀다.

이런 정보라면 천금의 가치가 있는 것이나 마찬가지다. 그걸 알았으면 모른 척하고 자신에게만 알려줄 것이지 이렇게 철딱서니없이 구는 아들이 어이없는 것이다.

"이번 일을 해결해 나가려면 여기 모인 다섯 가문이 힘을 합쳐야 될 일입니다. 한 가문만 나섰다가는 그 가문만 덤터기를 쓰게 마련이지요."

황보도문은 부친의 의중을 익히 파악하고 있다는 표정을 하며 말했다.

잠시 동안의 침묵이 다시 흘렀다.

자신들이 그렇게 알아내고자 했지만 결국 알아내지 못했던 정보를 새파란 젊은이가 알아내고, 그걸 공유하겠다고 했을 때는 그야말로 장님이 눈을 뜬 심정이었지만 먼저 나섰다가는 그 가문만 덤터기를 쓴다는 말을 듣자 생각이 바뀐 것이다.

정말 그런 정보라면 그냥 듣지 않는 게 속 편하고, 모르는 게 약일 수도 있는 것이다.

억지로라도 모르고 있다가 나중에 어부지리를 취하면 되는 것이다.

대대로 머리가 잘 돌아가는 남궁세가가 즉시 반응을 나타냈다.

"이미 물 건너간 일! 우린 그만 빠지겠소."

그때 황보도문이 미소를 지으며 입술을 움직였다.

"이렇게 다섯 가문이 다 모인 이상, 제일 먼저 일어서는 가문이 덤터기를 쓸 가능성 또한 제일 높기도 하지요."

남궁세민이 반쯤 일으켰던 신형을 언제 그랬냐는 듯 주저앉았다.

쾌속한 입석(立席)에 섬전 같은 착석(着席)! 남궁세가의 독문신법이 위력을 발휘하는 순간이었다.

고소를 삼킨 황보도문이 설명을 이어갔다.

"이번 일이 하남진가로 무게가 실리게 된 것은 전적으로 남패천주의 입김이 작용했고, 그 이유는 이곳에 와 있는 진가 애송이의 동생이 남패천주 원하는 무언가를 가지고 이리로 오고 있기 때문이라는 정보입니다."

"천주가 원하는 것이라니, 그게 뭔가?"

"애석하게도 그건 알아내지 못했습니다. 아마 가족과 수뇌부만 알고 외부로 발설하지 못하도록 엄명을 내린 듯합니다."

황보도문이 잘라 말하고는 입을 다물었다.

"정말 애석하군."

누군가의 목소리가 울린 후 침묵이 다시 이어졌다.

"그게 뭐든 간에 우리가 뺏으면 어떨까?"

침묵 속에서 한층 더 낮아진 목소리 한줄기가 울렸다.

"쉽게 뺏기려 하겠소? 폭풍철곤이니 뭐니 하는 별명이 붙었다는데."

"물론 안 하겠지."

"그럼?"

"……."

"못 뺏으면 아예 못 가져오게 만들면 어떻겠소? 어차피 한 가문에서 빼앗아봤자 우리끼리 또 빼앗아야 하니 번거롭지 않소. 그럴 바에야 아예 가져오지 못하게 하면 어떻겠소?"

"그거나, 그거나 오십보백보가 아니오? 호위병만 하더라도 수십 명이라 들었소만."

"……."

"폭풍철곤이니 뭐니 하는 거, 그거 다 헛소문이랍디다. 호위병만 없으면 그깟 장사꾼 집안의 애송이 하나야 식은 죽 먹기 아니겠소?"

"내 말이 그 말 아니오? 어떻게 호위병을 없앤단 말이오?"

"……."

"호위병도 밥은 먹고, 잠도 잘 것 아니겠소?"

"그렇긴 하오만……."

실내에 모인 사람들의 머리가 맞닿을 듯 가깝게 모여졌다.

다음날, 산모퉁이를 돌아 탁 트인 들판에 선 진우청은 저 멀리 번화

한 성시를 보며 감탄사를 토했다.

자로 잰 것처럼 늘어선 고루거각들과 하늘 높은 줄 모르고 높이 솟아오른 지붕은 약동하는 힘을 느끼게 해주었다.

"사람은 역시 큰물에서 놀아야 한다니까."

입을 벌리고 있던 진우청은 성시 앞 호수 위에 띄워진 수많은 유람선과 그 유람선을 타고 노는 선남선녀들을 보고는 중얼거렸다.

물지게를 지고 돌산 오르내리기와 용무를 추는 것 외에는 십 년 동안 아무것도 한 것이 없었지만 혈기 왕성한 청년의 본능까지는 어쩔 수 없는 모양이었다.

"형! 남패천에 도착하기 전에 저곳에서 하루쯤 쉬었다 가는 게 어때? 여기까지 맛있는 냄새가 진동하는데 도저히 그냥 갈 수가 없겠는걸."

진우청의 말에 옆에 섰던 백봉령주가 킥 하고 실소를 흘렸고, 절명자 오무평도 쓴웃음을 삼키고 있었다.

진우혁과 하수린도 어색한 미소를 애써 감추며 헛기침을 했다.

"왜 그래, 형! 설마 이 멋진 곳을 그냥 지나쳐 곧바로 남패천으로 가려는 건 아니겠지?"

혹시라도 그러면 가만두지 않겠다는 눈으로 진우혁과 오무평을 노려보며 진우청은 계속 고함을 질렀다.

"그럴 리가 있어요? 원한다면 당분간 이곳에서 한없이 놀아도 좋아요!"

하수린이 의미심장하게 웃으며 말했다.

"정말 그래도 되는 거야, 형?"

진우청은 미심쩍은, 그러면서도 약간은 불만스런 눈빛으로 진우혁을 쳐다보았다.

미심쩍은 이유는 정말 이곳에서 그렇게 놀아도 되나 하는 것이었고, 불만스런 표정의 연유는 벌써부터 결정권이 하수린, 아니, 예비형수에게 넘어갔나 하는 생각에서였다.

"네가 좋다면 그렇게 하지 뭐!"

진우혁이 못 이기는 척 고개를 끄덕거렸다.

"뭐야, 형? 벌써부터 치마폭에서 못 헤어나는 거야? 그러다 남패천에는 언제 가고 사업은 또 어떻게 하려고?"

개인적인 안락과 가문의 영광 사이에서 잠시 갈등하다가 결국 가문의 영광을 택한 진우청은 쉬어도 좋다는 진우혁과 하수린을 보며 오히려 눈을 부라렸다.

'자고로 사내대장부가 여자 치마폭에 파묻히면……'

그런 생각이 끝나기도 전에 하수린의 입술이 움직였다.

"저곳이 남패천이에요."

"응? 어디……?"

진우청은 하수린의 시선을 쫓아 이리저리 눈을 돌렸다.

그러나 산 아래에서부터 산꼭대기까지 거의 비슷비슷한 건물들이 들어서 있는지라 어느 곳이 남패천 건물인지 구별이 불가능했다.

"호호호!"

진우청의 표정을 보며 백봉령주가 마침내 교소를 터뜨렸다.

'이 여자가?'

진우청은 뚱한 표정으로 백봉령주를 쳐다보았다.

아까부터 계속 자신을 보며 웃음을 참는 모습이 뭔가 꺼림칙했다.

"진 공자님 눈에 보이는 건물이 모두 남패천의 일부예요."

백봉령주가 웃음을 다 멈추지 못한 채 말했다.

진우청은 눈살을 찌푸리며 백봉령주와 오무평을 쳐다보다가는 결국 유화성에게로 고개를 돌렸다.

담담한 유화성의 눈빛에도 언뜻 감탄의 색조가 스쳐 지나갔다.

그건 백운, 해천 두 노인도 마찬가지였다.

짐작은 했지만 믿을 수 없다는 표정이었다.

"그럼… 이 들판 끝에 있는 저 성시 전체가 남패천이란 말이오?"

진우청은 재차 백봉령주를 쳐다보았다.

"그래요. 눈앞에 보이는 모든 건물들과 사람들 자체가 바로 남패천이에요."

백봉령주가 자부심이 넘쳐나는 어조로 답했다.

"어이가 없군!"

한참 뒤, 진우청은 혀를 내둘렀다.

지금은 기억도 가물거렸지만 자신의 집도 컸다.

그런데 남패천은 비교가, 아니, 비교를 한다는 생각 자체를 불가능하게 했다.

자신의 집만한 건물들이 대체 몇 개인가?

"그만 가도록 해요. 천주님께서 기다리실 테니……."

웃음을 멈춘 백봉령주가 진우청을 향해 말하고는 손짓을 했다.

잠시 멈추어 섰던 마차가 남패천의 성문을 향해 움직이기 시작했다.

〈5권에 계속〉

FANTASTIC
ORIENTAL
HEROES

청 어 람 신 무 협 판 타 지 소 설

신비로운 세계관 속에 동방의 영물과
독창적인 무공의 절묘한 만남!

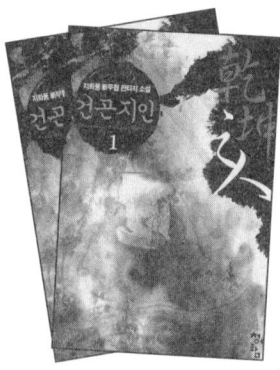

건곤지인(乾坤之人) / 지화풍 지음

우리가 바라고 운명이 내린
소년 영웅의 가슴 벅찬 이야기!

『건곤지인』
(乾坤之人)

신비로운 세계관 속에 동방의 영물과
독창적인 무공의 절묘한 만남!

정말… 미치게 하죠!!
요즘은… 정말 건곤지인 보는 맛으로 컴퓨터를 한답니다! ^_^
―검무혼

도가에서는 신선, 불가에서는 부처!
하지만 무인들은 건곤지인(乾坤之人)이라 부른다.

절대를 꿈꾸는 무인들의 위대한 도전기!!